Ullstein Krimi

Ullstein Krimi
Lektorat: Martin Compart
Ullstein Buch Nr. 10268
im Verlag Ullstein GmbH,
Frankfurt/M – Berlin – Wien

Titel der amerikanischen
Originalausgabe:
Fletch's Moxie
Übersetzt von Sigrid Gent

Umschlagentwurf:
Atelier Noth & Hauer, Berlin
Foto-Graphik:
Welfhard Kraiker & Karin Szekessy
Printed in Germany 1984
Gesamtherstellung:
Ebner Ulm
ISBN 3 548 10268 9

September 1984

Vom selben Autor
in der Reihe der
Ullstein Bücher

Toby ist verschwunden (10138)
Fletch (10238)
Gestehen Sie, Fletch! (10247)
Fletch und die Witwe (10255)

CIP-Kurztitelaufnahme
der Deutschen Bibliothek

Macdonald, Gregory:
Fletch und Moxie / Gregory Macdonald.
[Übers. von Sigrid Gent]. – Frankfurt/M;
Berlin; Wien: Ullstein, 1984
(Ullstein-Buch; Nr. 10268: Ullstein-
Krimi)
Einheitssacht.: Fletch's Moxie <dt.>
ISBN 3-548-10268-9
NE: GT

Gregory
Mcdonald

FLETCH
und Moxie

Ullstein Krimi

1

»Was ist mit Steve passiert?« Die Frau in dem Segeltuchstuhl beugte sich vor. Seit Fletch in das Zelt getreten war, hatte sie nicht einmal den Blick von dem Bildschirm abgewandt. Sonst war niemand da. Sie sprach mit sich selbst oder mit der Luft. »Um Himmels willen, was ist los?« sagte sie mit gepreßter, tiefer Stimme.

Das helle, vom Strand reflektierte Licht bleichte den Bildschirm des Fernsehmonitors trotz des Zeltdaches und des sonnenlosen Tages.

Von dort, wo Fletch stand, konnte er die fahlen Bilder auf dem Bildschirm flimmern sehen und gleichzeitig – über ein paar Meter Strand hinweg, zwischen den Kameras, den Stativlampen, Scheinwerfern und Mikrophongalgen –, die Realität der Bildschirmszene, den Aufbau für die *Dan Buckley Show*, den Gastgeber und die Gäste.

Im mittleren Stuhl saß Dan Buckley, bekleidet mit weißen langen Hosen, Mokassins und einem hellblauen Palm-Beach-Hemd. Selbst aus der Ferne betrachtet, schien ihm die Liebenswürdigkeit wie ein Abziehbild im Gesicht zu kleben. Zu seiner Linken, in einem langen, weißen, weiten Morgenrock, saß Moxie Mooney – der großartige, lebhafte, gesunde, rosige junge Filmstar, den man vom Schminktisch weggerufen hatte, um einer im Freien aufgenommenen Talkshow die Ehre zu geben. Zu Buckleys Rechten saß Moxies Agent, Manager und Produktionsleiter, Steve Peterman, im perlgrauen Dreiteiler mit schwarzen Schuhen und Krawatte.

Allerdings saß Steve Peterman nicht ordentlich auf seinem Stuhl. Er war zur Seite gesackt. Sein Kopf ruhte auf seiner rechten Schulter.

Fletch schaute auf seine Uhr.

Im Hintergrund des Talkshow-Aufbaus bewegte sich ein schwerer, lebhaft kolorierter, zweigeteilter Vorhang leicht in der Brise. Hinter dem Aufbau, strandabwärts, lag der in dieser Beleuchtung graublaue Golf von Mexiko. Rund um diesen Aufbau waren die Requisiten einer weitaus größeren Dekoration zu sehen, das Drehgelände des gerade entstehenden Films *Midsummer Night's Madness* mit Moxie Mooney und Gerry Littleford in den Hauptrollen. Seltsam geformte Wohnwagen waren auf dem Strand geparkt, jeder schaute in eine andere Richtung, als hätte man sie einfach dort stehenlassen, wo sie zufällig gerade standen. Hier und da waren Palmhüttenattrappen aufgebaut. Dicke schwarze Kabel liefen kreuz und quer über den Sand. Niedrige Holzplattformen, transportablen Tanzböden ähnlich, waren schräg auf den Strand gestellt worden. Überall verstreut standen die geformten Scheinwerferanlagen, Reflektoren, Kameras und Mikrophonkräne herum. Der ganze Strand sah aus wie ein Sandkasten voller Spielzeug, den ein riesiges, verwöhntes Kind im Stich gelassen hatte. Zwischen all diesen Requisiten bewegte sich die Filmcrew von *Midsummer Night's Madness*, arbeitete, ohne sich offensichtlich darum zu kümmern, was da in ihrer Mitte aufgezeichnet wurde.

»Was ist passiert?« wiederholte die Frau mit heiser flüsternder Stimme.

Fletch stellte sein Glas Orangensaft auf den Bartisch zurück und trat schweigend hinter die Frau in ihrem Segeltuchstuhl. Sie hatte sich immer noch nicht nach ihm umgedreht.

Aus der Nähe konnte er das Monitorbild klarer erkennen. Eine lachende Moxie war in Großaufnahme auf dem Bildschirm zu sehen. Dann wandte sie sich nach rechts, als suche sie Zustimmung bei Steve Peterman, als überlasse sie ihm die Fortführung des Gesprächs. Mit einem kurzen, scharfen Atemholen brach Moxie mitten im Wort ab. Das Lachen verschwand von ihrem Gesicht. Eine Augenbraue schnellte hoch.

Die Kamera fuhr zurück, um Buckley einzubeziehen. Er sah nach rechts, um den Grund für Moxies Erstaunen festzustellen. Seine Augen wurden größer. Seine Lippen bewegten sich nicht.

Die Kamera fuhr noch weiter zurück. Steve Petermans Augen starrten blind in die Kamera. Sein Kopf ruhte in einem derart merkwürdigen Winkel auf seiner Schulter, als wäre sein Genick gebrochen. Blut sickerte aus seinem rechten unteren Mundwinkel, tropfte die Wange hinunter, an seinem Ohr vorbei und auf die Krawatte.

Die Frau, die auf dem Segeltuchstuhl im Zelt saß, schrie auf, sprang hoch, schrie wieder. Alle Leute am Strand, selbst die von der Talkshow, blickten zu ihr hinüber. Sie schlug die Hände vor den Mund.

Fletch nahm ihren Arm. Sanft, aber bestimmt drehte er ihren Körper zu sich herum. Ihre Augen blieben wie gebannt an dem Monitor hängen.

»Kommen Sie«, sagte er. »Die legen eine kurze Pause ein.«

»Was ist passiert? Was ist mit Steve passiert?«

»Kaffeepause«, sagte er. »Sie werden gleich wieder da sein.«

Er drehte sie fort von dem realen Geschehen am Drehort und dem unrealen Geschehen auf dem Bildschirm.

»Steve!« rief sie.

Er setzte sie in Bewegung. Sie stieß gegen den Segeltuchstuhl. Er kickte ihn mit seinem nackten Fuß beiseite.

»Kommen Sie«, sagte er. »Wollen mal sehen, was die Kantine zu bieten hat.«

»Aber Steve...« sagte sie.

Sie schlug die Hände vors Gesicht. Er legte seinen Arm um ihre Schultern und führte sie weiter.

Er führte sie von dem Zelt weg und den Strand hinauf zu dem flachen, vollgestopften Parkplatz. Eine Menge Wohnwagen waren dort abgestellt.

Mit sachlichem Ton sagte Fletch: »Ich glaube kaum, daß Sie im Augenblick irgend etwas tun können.«

2

»Ist Steve Peterman Ihr Mann?« fragte Fletch. Er benutzte absichtlich die Gegenwarts- und nicht die Vergangenheitsform, obwohl er überzeugt war, daß die letztgenannte angemessener war.

Die Frau in dem metallenen Klappstuhl nickte mit verzerrtem Gesicht. »Ja, ich bin Marge Peterman.«

Fletch hatte zwei Metallstühle gefunden und sie abseits des Weges, auf dem, wie er wußte, der Verkehr zum und vom Strand vorbeiziehen würde, hinter einem Wohnwagen auf dem Parkplatz aufgestellt. Er setzte Marge Peterman auf einen der beiden Stühle und ging in die Kantine. Er kam mit zwei Tassen Kaffee, der eine schwarz, der andere mit Milch und Zucker, zurück und bot ihr beide an. Sie entschied sich für den schwarzen. Die andere Tasse stellte er neben seine Füße in den Sand und setzte sich still in den anderen Stuhl.

Fletch war erst eine halbe Stunde zuvor am Bonito Beach, wo die Außenaufnahmen zu *Midsummer Night's Madness* gedreht wurden, angekommen. Sein Ausweis von Global Cable News hatte ihm den Zutritt zum Drehort verschafft. Der Sicherheitsposten hatte ihm erzählt, daß Moxie gerade in der *Dan Buckley Show* auftrat, und Fletch zur Ruhe ermahnt. Er dirigierte Fletch zum Gästezelt, wo man anstandshalber ein Büffet zur Bewirtung der Fernsehcrew und anderer Presseleute nach den Dreharbeiten aufgebaut hatte.

Dort hatte er eine Frau vorgefunden, die einsam auf einem Segeltuchstuhl saß und ihren Ehemann auf einem Fernsehmonitor betrachtete.

Nun saßen sie gemeinsam hinter einem Wohnwagen am Rande eines Parkplatzes.

Sie hatte ihren Kaffee in kleinen Schlucken ausgetrunken und dann diePolystyroltasse in winzige Stücke zerpflückt, die jetzt wie Krümel in ihrem Schoß und um ihre Füße herum im Sand lagen.

»Wann werden sie mir endlich sagen, was passiert ist?« fragte sie.

Sie hätte sich von Fletchs Samariterdiensten befreien und es selbst herausfinden können. Doch sie tat es nicht. Das, was sie gesehen hatte, genügte ihr, um die momentane Angst der absoluten Gewißheit vorzuziehen.

»Atmen Sie tief«, sagte Fletch.

Sie holte tief Luft und unterdrückte ein Schluchzen.

Die Ambulanz kam zuerst an. Mit Blaulicht, das den grauen Tag durchzuckte, schlängelte sie sich langsam und behutsam hinunter zum Strand. Als nächstes traf ein Polizeiwagen ein, mit eingeschalteter Sirene und Blaulicht, aber anscheinend nicht in großer Eile. Einige Ortspolizisten waren schon vorher zum Drehgelände abgestellt worden. Dann tauchten zwei weitere Polizeiwagen auf, jaulend und schleudernd, als hofften ihre Fahrer, daß die Kameras liefen. Aus dem Beifahrersitz des einen Wagens kletterte eine nicht mehr ganz junge Frau in Uniform.

Marge Peterman sagte: »Wenn sie Steve ins Krankenhaus bringen, dann möchte ich ihn begleiten.«

Fletch nickte. Die Ambulanz war nicht vom Strand zurückgekehrt, was sie sicherlich längst getan hätte, wenn die Fahrt ins Krankenhaus notwendig gewesen wäre.

»Ich meine, ich möchte ihn im Krankenwagen begleiten.«

Fletch nickte wieder.

Die meisten Leute – die Filmcrew, die Fernsehcrew, die Presse – waren wie von einem Magneten angezogene Metallteilchen zum Strand hinuntergegangen. Ein paar kamen jetzt zurück. Sie liefen mit gesenktem Kopf daher. Ihre Schultern schienen gebeugter als normal. Und ihre Bräune schien eine Spur blasser geworden zu sein. Keiner sprach.

Fletch konnte das Rauschen des Golfs nicht hören, ja nicht einmal das Geschnatter der Vögel in den Palmen.

Ein von Fort Myers gestartetes Flugzeug flog über sie hinweg.

Eine junge Frau in Shorts, Sonnentop und Sandalen bog um die

Ecke des Wohnwagens und hielt inne. Sie sah zum Strand zurück, überlegte, was sie tun sollte, sah sich nach Hilfe um. Ein dunkelgelockter Mann mit dickem Bauch, über dem sich ein dunkelblaues T-Shirt spannte, und einem Belichtungsmesser, der an einem Band von seinem Hals baumelte, kam an und stellte sich neben die junge Frau. Er starrte unverwandt auf Marge Petermans Rücken. Ein junger Polizist gesellte sich zu ihnen. Er schob seinen Hut von der schwitzenden Stirn weg in den Nacken und sah in Richtung Straße, in der Hoffnung vermutlich, daß es dort irgendwelchen Verkehr zu regeln gäbe. Eine oder zwei weitere Personen stellten sich zu ihnen.

Dan Buckley bog um die Ecke des Wohnwagens und sah jeden einzelnen an, der dort stand. Auch er zögerte. Dann kam er langsam näher und legte seine Hand auf Marge Petermans Schulter.

Sie blickte zu ihm auf.

»Dan ...«

Fletch überließ Buckley seinen Stuhl und trat zur Seite.

»Mrs. Peterman ...« sagte Dan Buckley. »Marge, richtig?«

»Ja.«

»Marge.« Er beugte sich in seinem Stuhl vor, die Unterarme auf die Oberschenkel gestützt. »Es scheint, daß Ihr Mann ... Es scheint, daß Steve tot ist. Es tut mir leid, aber ...«

Bei allem Ernst, bei aller Trauer, die sich in Buckleys Gesicht abzeichneten, büßte er nichts von seiner unerschütterlichen Liebenswürdigkeit ein. Fletch, der ihn beobachtete, wünschte sich, sollte man ihm jemals eine so schreckliche Nachricht überbringen müssen, es jemand mit einem ebenso professionellen Gesicht wie das Dan Buckleys sein möge. Buckleys Gesicht schloß das Versprechen mit ein, daß die Zukunft ein neues Leben, eine neue Show, ein neues Lachen bereithielt,mochte die Gegenwart auch noch so schrecklich sein.

Marge Peterman starrte Buckley an. »Was meinen Sie mit ›scheint‹?« Ihr Kinn bebte. »›Scheint‹ tot zu sein?«

Er umschlang ihre Hände. »Ist tot. Steve ist tot, oh, Marge.«

Ihr Gesicht spiegelte die Nachricht wider, dann krampfte es sich weinend zusammen. Sie entzog ihm ihre Hände und schlug sie vors Gesicht. »Was ist passiert«, fragte sie mit erstickter Stimme. »Was ist Steve passiert?«

Buckley sah zu Fletch auf und lehnte sich dann in seinem Stuhl zurück. Seine Augen folgten einem Hochleistungskabel, das über den Parkplatz gespannt war.

Er schwieg.

Die junge Frau im Sonnentop kam näher und legte Marge Peterman beide Hände auf die Schulter. »Kommen Sie«, sagte sie.

Marge stand auf und schwankte auf dem flachen Erdboden.

Der Mann im blauen T-Shirt nahm ihren Arm.

Gemeinsam führten der Mann und die junge Frau Marge Peterman zwischen den Wohnwagen hindurch zum vorderen Teil des Parkplatzes.

»Was ist passiert?« fragte Fletch Buckley.

Buckley sah Fletch scharf an. »Wer sind Sie?« fragte er. Fletch trug Segeltuchshorts, ein Tennishemd und keine Schuhe. »Der Botschafter der Bermudas?«

»Manchmal hole ich Leuten Kaffee«, sagte Fletch.

Buckley musterte die Polystyrolstückchen im Sand. »Er wurde erstochen.« Er schüttelte den Kopf. »Man hat ihm ein Messer in den Rücken gebohrt. Direkt auf der Szene. Direkt vor der Kamera.«

»Dafür hat er sich sehr dezent verhalten«, kommentierte Fletch.

Buckley betrachtete seine Finger in seinem Schoß, als sähe er sie zum erstenmal. »Das hätte nicht passieren dürfen. Das hätte absolut nicht passieren dürfen.«

»Aber es ist trotzdem passiert, was?«

Buckley sah auf. »Hol mir eine Tasse Kaffee, ja, mein Junge? Schwarz, ohne Zucker.«

»Schwarz, ohne Zucker«, wiederholte Fletch.

Fletch marschierte auf die Kantine zu, daran vorbei, durch das Wachtor, stieg in seinen Mietwagen und fuhr davon.

3

Als erstes rief Fletch Global Cable News in Washington, D.C., an. Sein Anruf wurde schnell zum diensthabenden Sendeleiter durchgestellt. ›Ja, Sir, Mister Fletcher‹, hieß es, ›Ja, Sir, Mister Fletcher‹, auf dem ganzen Weg über die Zentrale und den Sendestab.

Fletch hatte kürzlich ein Aktienpaket von Global Cable News gekauft. Es war erst zehn Tage her, daß er ihre Büros und Studios in Washington besichtigt hatte.

Er hatte jeden wissen lassen, daß er Journalist wäre und man von Zeit zu Zeit wohl von ihm hören würde.

»Ja, Sir, Mister Fletcher«, sagte der diensthabende Sendeleiter.

Fletch sah hinunter zu seinen nackten Füßen auf den morschen, sandigen Planken der Veranda vor dem Lebensmittelladen. Als er noch voll als Journalist tätig gewesen war, hatte keiner der einflußreichen Leute jemals *Sir* zu ihm gesagt. Dafür hatten sie eine Menge anderer Dinge zu ihm gesagt. Natürlich war ihm immer klar gewesen, daß hinter der Macht der freien Presse die Macht des Geldes stand. Nachdem er festgestellt hatte, daß ihm dieses bislang unbekannte Gefühl für die Macht des Geldes durchaus nicht unangenehm war, hatte er sich vorgenommen, sich und andere mit aller Kraft von jeglichen Gefühlen dieser Art fernzuhalten. Einem *barfüßigen Rotzbengel* sollte man zuhören, weil er eine Story zu verkaufen hatte und nicht, weil er in der Lage war, ein paar Anteile an einer Firma zu erwerben.

»›Sir‹?« sagte Fletch. »Mit wem spreche ich bitte?«

»Jim Fennelli, Mister Fletcher. Wir haben uns letzte Woche, als Sie hier waren, kennengelernt. Ich bin der glatzköpfige Bursche mit dem mächtigen Backenbart.«

»Oh, richtig«, sagte Fletch. Jim Fennelli sah wie eine plattgetretene Baumwollkapsel aus. »Der Gummibärchen-Fetischist.«

»Genau«, kicherte Fennelli. »Eine Schachtel pro Tag erhält den Zahnarzt gesund, reich und sadistisch.«

»Kennen Sie die *Dan Buckley Show*?«

»Klar. Meine Schwiegermutter träumt davon, mit dieser Arschgeige verheiratet zu sein.«

»Sie haben heute nachmittag hier unten am Bonito Beach gedreht. Bei den Außenaufnahmen für einen Film mit dem Titel *Midsummer Night's Madness*.«

»Wie hübsch. Prospero's Island in Florida.«

Fletch schwieg. Zeit seines Lebens würde er sich über den fantastischen Mischmasch von Informationen und Fehlinformationen wundern, den alle Journalisten in ihrem Hirn mit sich herumschleppten.

»Hab' ich das richtig mitgekriegt?« fragte Fennelli.

»Klar, klar. Mit von der Partie bei der Fernsehshow waren Buckley, Moxie Mooney und ihr Manager, Steve Peterman.«

»Ja und? Mister Fletcher, versuchen Sie für irgendwen ein Publicityfilmchen rauszuschlagen? Ich meine, haben Sie in den Film investiert oder so was? Ich meine, alles, was Moxie Mooney betrifft, wird rausgeschickt, sie ist Spitze, aber wo liegt eigentlich Bonita Beach, nördlich von Neapel?«

»Na ja, eher südlich von Fort Myers. Nennen Sie mich Fletch. Dann komme ich mir nicht so fremd vor.«

»Das ist aber 'ne ziemliche Strecke. Wir müßten Leute von Miami rüberschicken. Ihr Aktionäre, Sie wissen schon. Ihr seht's gern, wenn wir unsere Kosten niedrig halten.«

»Schicken Sie Leute von Miami rüber. Steve Peterman wurde ermordet.«

»Wer?«

»Peterman. Steven Peterman. Bin nicht sicher, ob sich Steven mit *v* oder *ph* schreibt. Aber im Fernsehen spielt das ja eigentlich keine Rolle, oder?«

»Wer ist das nochmal?«

»So 'ne Art Manager, Freund von Moxie Mooney. So 'ne Art Produzent von *Midsummer Night's Madness*.«

»Aha, aber was soll's? Kein Mensch weiß, wer das ist.«

»Sie haben immer noch nicht kapiert, worum's geht.«

»Mein Vater lebt in Neapel. Hübsch da unten.«

»Er wurde mitten in der Dekoration für die *Dan Buckley Show* erstochen, während sie drehten. Während die Kameras liefen.«

Am anderen Ende der Leitung blieb es einen Moment still. »Aah, das ist gut«, sagte Fennelli. »Sie meinen, die wissen noch nicht, wer's war?Sobald sie die Aufnahmen gesehen haben, werden sie's wissen. Schnelle Geschichte. In ein paar Stunden ist alles aufgeklärt. Womit ich nicht meine, daß die Geschichte schlecht ist.«

»Jemand wurde vor laufender Kamera ermordet.«

»Jaja, aber es war keine Liveshow. Darüber berichten sollte man natürlich.«

»Naheliegenderweise sind sowohl Moxie Mooney als auch Dan Buckley Tatverdächtige. Sie waren die einzigen in Reichweite.«

Wieder blieb es einen Moment still, während Fennelli in Gedanken seine eigene Kamera/Ton-Crew, den Berichterstatter, seine Bildeinstellungen, seinen Storyaufmacher, seine elektronische Übertragungsapparatur zusammenstellte.

Der Lebensmittelladen lag abseits der einzigen Straße, die nach Fort Myers Beach hineinführte. Einige der Autos und Kleinbusse, die Fletch auf dem Parkplatz des Drehorts von *Midsummer Night's Madness* gesehen hatte, waren auf der Straße vorübergefahren, während er telefonierte. Als er den Strand verließ, hatten Polizeilautsprecher jeden Anwesenden aufgefordert, im örtlichen Polizeirevier vorzusprechen. Aufgrund der Sicherheitsvorkehrungen am Drehort dürfte die Polizei die Personalangaben aller haben, die dort waren, aller potentiellen Zeugen. Unter diesen Namen müßten sich auch die Personalangaben des Mörders befinden.

»Wann hat sich dieser Zwischenfall ereignet?« fragte Fennelli.

»Fünfzehn Uhr dreiundzwanzig.«

»Können wir damit sofort auf Sendung gehen?«

»Ich bin sicher, daß AP die Sache schon in den Radionachrichten gebracht hat.«

»Was haben wir, was die nicht haben?«

»Wie bitte?«

»Ist Ihnen irgendwas Neues von der Sache bekannt? Ich meine, etwas Brandneues zum Beispiel?«

Auf der Straße fuhr ein weißer Lincoln Continental vor. Moxie saß auf dem Beifahrersitz. Wer hinten saß, konnte Fletch nicht erkennen.

»Ja«, sagte Fletch. »Einer der Hauptverdächtigen ist gerade im Begriff, zu verduften.«

»Was? Welcher?«

»Moxie Mooney.«

Der zweite Anruf ging zur Five Aces Horse Farm in der Nähe von Ocala, Florida.

»Ted Sills«, sagte Fletch zu dem, der sich meldete. »Hier ist Fletcher.«

Fletch wartete lange. In Gedanken stellte er sich das weitläufige Ranchhaus vor, den Swimming-pool, die beiden Gästehäuschen, die Ställe, die Koppeln, die Futterkammer – die ganze stattliche Anlage der Five Aces Farm. Zu dieser Tageszeit würde sich Ted Sills in der Futterkammer aufhalten und bei einem Thai-Bier die tiermedizinische und Rennstrategie mit seinem Trainer durchsprechen, der tatsächlich Frizzlewhit hieß.

Auf der Veranda des Lebensmittelladens regte sich kein Lüftchen. Ein grauer, schwüler Tag.

»Ja, Sir, Fletch«, dröhnte Teds Stimme schließlich ins Telefon. »Kommen Sie vorbei?«

»Wollte nur mal feststellen, ob Sie Ihr Haus in Key West gerade bewohnen?«

»Wozu?« sagte Ted Sills. »Ich bin doch hier auf der Farm.«

»Kann ich dann vielleicht Ihr Haus in Key West haben?«

»Nein.«

»Oh. Danke.«

»Was wollen Sie denn da überhaupt?«

»Ein paar Tage von der Bildfläche verschwinden.«

»Weswegen? Sie sind doch ständig von der Bildfläche verschwunden. Wo sind Sie gerade?«

»Im Südwesten Floridas.«
»Und Sie wollen nach Key West?«
»Richtig.«
»Da gibt es ein paar hübsche Hotels.«
»Möchte aber kein Hotel. Hasse es, morgens von arbeitswütigen Zimmermädchen geweckt zu werden.«
»Dafür müssen Sie auch das Bett nicht machen. Und Ihr Frühstück bekommen Sie in Hotels auch serviert.«
»Brauche ein bißchen R. und F.«
»Das bedeutet wohl Ruhe und Frieden?«
»So ist es.«
»Und ich brauche die neuntausend Dollar, die Sie mir für die Futterrechnungen schulden.«
»So viel?«
»Die Pferde, die hier in Five Aces für Sie trainiert werden, fressen, wie ihnen vielleicht bekannt sein dürfte. Vielleicht dürfte Ihnen auch bekannt sein, daß ein Rennpferd mit leerem Magen nicht trainieren kann. Genau wie wir braucht ein Rennpferd sein regelmäßiges Hammhamm, um auf Trab zu kommen. Kapiert?«
»Morgen früh bekommen Sie es. Also, darf ich mir Ihr Haus ausleihen?«
»Das Haus ist für zwölftausend pro Monat zu vermieten.«
»Zwölftausend was?«
»Zwölftausend Dollar.«
»Zwölf wie die Zahl, die nach elf und vor dreizehn kommt?«
»Genau diese Zwölf. Sie sind ein richtiges Zahlengenie, Fletch, außer, wenn Sie Schecks für Futterrechnungen ausstellen sollen.«
»Als Sie versucht haben, mir ein paar lahme Renngäule anzudrehen, durfte ich umsonst im Blauen Haus wohnen.«
»Was heißt hier ›lahme Renngäule‹? Letzte Woche hatten Sie einen Sieger.«
»Tatsächlich?«
»Speedo Demon gewann das Vierte in Hialeah. Sie hätten dabei sein müssen.«
»Wieviel ist dabei herausgesprungen?«
»Warten Sie mal. Uuh . . . Ihr Anteil belief sich auf zweihundertsiebzig Dollar.«
»Tolles Rennen.«
»Na ja, es war ein Klepperrennen. Und der Favorit wurde zurückgezogen.«
»Gute alte Speedo.«

»Sie war schneller als fünf andere Pferde.«
»Haben sich die Fans das ganze Rennen angeschaut?«
»Fletch, irgendwem müssen die Verlierer schließlich gehören.«
»Warum gerade mir?«
»Vermutlich spüren sie, daß Sie sich über ihre Futterrechnungen ärgern. Pferde sind gar nicht so doof. Rennpferde sind wie ein gewisser Typ von Frauen, wissen Sie. Die wollen mit einem lächelnden Gesicht verwöhnt werden.«
»Also gut. Füttern Sie die Pferde. Aber, hol's der Teufel, Ted, wenn Sie mir nicht aufpassen, daß ihre Überschuhe zugeschnallt sind, bevor Sie sie in ein Rennen stecken. Versprochen?«
»Wir schnallen ihre Überschuhe immer zu.«
»Nun zum Blauen Haus.«
»Nein.«
»Ich möchte es ja nur für ein paar Tage.«
»Zwölftausend Dollar. Für ein paar Tage würde ich es erst gar nicht vermieten. Würde sich nicht mal lohnen, die Bettwäsche zu wechseln.«
»Vermieten Sie es sehr oft zu diesem Preis?«
»Nee. Bis jetzt noch nie.«
»Uff, Ted...«
»Ich habe es bis jetzt noch nie vermietet. Ich möchte es nicht vermieten. Ich habe einfach einen Preis genannt,weil Sie gefragt haben. Als Freund.«
»Okay. Als Freund, ich nehme es.«
»Sie nehmen es?«
»Ich nehme es.«
»Mann, unter allen, die in derselben Minute zur Welt kamen wie Sie, sind Sie der einzige Spinner.«
»Sorgen Sie dafür, daß die Bettlaken gewechselt werden.«
»Sie schulden mir jetzt einundzwanzigtausend Dollar.«
Was soll's – manche Wochen sind eben teurer als andere.«
»Bekomme ich das Geld?«
»Morgen früh. Auf Heller und Pfennig.«
»Sie machen sich nicht sonderlich viel aus Geld, was? Ich meine, Sie haben keinen Sinn für Geld, Fletch. Das ist mir schon an Ihnen aufgefallen.«
»Geld ist gut zum Naseputzen.«
»Vielleicht schau ich mal rein, solange Sie da sind. Ich habe da ein paar andere Rennpferde, über die ich gern mit Ihnen sprechen würde.«

»Richten Sie sich darauf ein, daß Sie nicht in Ihrem eigenen Haus übernachten, Ted. Der Zimmerpreis ist nämlich extrem hoch.«

»Nee, ich übernachte in einem Hotel. Ich werde die Lopez' anrufen, damit sie das Haus für Sie herrichten. Fahren Sie heute abend noch runter?«

»Ja.«

»Ich werde den Lopez' sagen, daß Sie anständige Trinkgelder geben.«

»Tun Sie das. Und richten Sie der lieben Speedo Demon aus, sie soll mir zuliebe brav Hamham machen.«

Für den dritten Anruf brauchte Fletch seine Kreditkarte nicht. Er ging zum Flughafen von Fort Myers.

Der Mann, mit dem Fletch dort sprach, wiederholte dreimal, daß Fletch einen einfachen Charterflug von Fort Myers nach Key West ohne Zwischenlandungen bestellte. Womit er es insgesamt viermal gesagt hatte. In der Stimme des Mannes schwang ein strenger, nahezu drohender Unterton mit, als er *ohne Zwischenlandungen* sagte.

»Es werden keine Deppen an Bord sein«, versicherte ihm Fletch. »Von mir abgesehen.«

Fletch stieß die Tür des Lebensmittelladens auf.

Die Frau hinter der Theke war Kubanerin. Sie betrachtete sein Grinsen und sagte mit einwandfreiem Akzent: »Guten Tag. Sie müssen Schuhe anziehen, ehe Sie den Laden betreten.«

»Können Sie mir sagen, wie ich zum Polizeirevier komme?« fragte Fletch.

Sofort drückte ihr Gesicht aufrichtige Anteilnahme aus. »Gibt es Probleme?« Sie spähte durch das Fenster. »Ärger?«

Fletch grinste noch breiter.

»Na klar.«

4

Der Vorraum des Polizeireviers sah wie der Sammelpunkt zur Abreise in ein Sommercamp aus. Überall saßen die Film- und Fernsehleute herum in vielfältigen Kombinationen von Shorts, Jeans, T-Shirts, Sonnentops, Sandalen, Stiefeln, Sonnenbrillen, Westernhüten, Anoraks. Plastik- und Ledersäcke, von ihrer Ausrüstung ausgebeult, hingen über ihren Schultern oder lagen zu ihren Füßen. Fletch hatte Mokassins angezogen, bevor er das Revier betrat.

Die Vertreter der örtlichen Presse, zwei davon mit Krawatte, standen in der Mitte des Vorraumes zusammen. Darunter auch ein paar mit leichten Tonbildkameras.

Fletch lehnte sich gegen den Pfosten der Eingangstür.

All diese verschiedenen Leute, die damit beschäftigt waren, verschiedene Arten von Realität auf verschiedene Arten von Film zu bannen, beäugten einander mit freundlicher Distanz, wie Mitglieder unterschiedlicher Sekten auf einer religiösen Versammlung. Sie waren alle Brüder im Glauben, aber sie beteten vor verschiedenen Altären.

Ein paar betrachteten Fletch neugierig, aber keine Gruppe erhob Anspruch auf ihn. Er war nicht zu ihrem Glauben übergetreten.

Unter den Anwesenden waren ein paar vertraute Gesichter, die er vorher noch nie in natura gesehen hatte. Edith Howell, die jetzt ältere Frauen und Mütter spielte; John Hoyt, der Väter, Geschäftsleute, Rechtsanwälte, Sheriffs spielte; John Meade, der auf jedem Schauplatz den Dorftrottel spielte. Der junge Hauptdarsteller, Gerry Littleford, saß in weißen Segeltuchhosen und hautengem, schwarzen T-Shirt auf einer Bank an der Wand. Wie ein schnittiger Sportwagen machte er selbst in Warteposition den Eindruck, als liefe er dreihundert Kilometer in der Stunde. Sein magerer Körper hatte Stromlinienform. Sein dunkler Teint strotzte vor Kraft. Seine schwarzen Augen sprühten Funken, während sie durch den Raum huschten, alles sahen, alle auf einmal musterten, nichts ausließen. Das Mädchen im Sonnentop, die sich um Marge Peterman gekümmert hatte, lehnte neben ihm an der Wand und kaute an einem Daumennagel. Marge Peterman war nicht anwesend. Einen kleinen, dünnen, wettergegerbten Mann, der eine Art Wahlkampfhut und längere Shorts als die anderen trug, hatte Fletch noch nie zuvor gesehen, nicht einmal im Film. Fletch bemerkte ihn sofort, weil er der einzige war, der zu keiner Gruppe zu gehören schien.

Auf der linken Seite war der Anmeldeschalter. Ihm gegenüber auf der anderen Seite der Halle stand ein Sekretärinnenschreibtisch zwischen zwei braunen Türen. Die eine trug die Aufschrift POLIZEICHEF, die andere ERMITTLUNGEN.

In dem Moment, als sich die Tür mit der Aufschrift ERMITTLUNGEN öffnete, wurden die beiden Minikameras geschultert, flammte unnatürliches weißes Licht auf, und die beiden Krawattenmänner, die wie segenspendende Priester bleistiftkurze Mikrophone hochhielten, traten vor. Die anderen Reporter schlossen sich ihnen an.

Den Kopf weder sonderlich hochgereckt noch gesenkt, die Augen starr geradeaus gerichtet und niemanden ansehend, kam Moxie Mooney durch die Tür und begann langsam die Halle zu durchqueren. Ein betrübter, beunruhigter Mensch, der im Augenblick, trotz des Lichtes und des Lärms, blind für seine Umgebung war.

Mit einem brasilianischen Tanzschritt, der bisher noch nicht erfunden worden war, und Ellbogen, die sich auf eine langjährige Praxis berufen konnten, drängelte sich Fletch mit dem Rest der Presse vor. Die Reporter murmelten höfliche Fragen. *Wie fühlen Sie sich? Werden die Dreharbeiten von Midsummer Night's Madness weitergehen?*

Fletchs Stimme war die lauteste und durchdringendste. »Miss Mooney – haben Sie Steve Petermann getötet?«

Alle Reporter rissen die Köpfe herum, einige von ihnen schnappten sogar nach Luft.

Moxie Mooneys tiefbraune Augen wandten sich ihm zu und verengten sich.

Fletch wiederholte: »Haben Sie Steve Peterman getötet?«

Mit kaltem, starren Blick sagte sie: »Wie heißen Sie, Jüngelchen?«

»Fletcher«, sagte er. Gnädig fügte er hinzu: »Sie dürfen jedoch Fletch zu mir sagen. Falls Sie mir etwas zu sagen haben.«

Andere Reporter machten *tschsch* und schüttelten den Kopf oder drückten ihre Betretenheit über den rüden Kollegen auf andere Weise aus.

Nachdem sie ihn einen Moment angestarrt hatte, sagte Moxie langsam und deutlich in die Kameras: »Ich habe Steve Peterman nicht getötet.«

Gurrend setzten die anderen Reporter ihre liebenswürdigen Fragen fort. *Wie lange haben Sie Steve Peterman gekannt? Waren Sie eng befreundet?*

Laut fragte Fletch: »Miss Mooney – waren Sie und Steve Peterman ein Liebespaar?«

Als sie Fletch dieses Mal ansah, drückte sich in ihrem Gesicht tiefste Verachtung aus.

»Nein«, sagte sie. »Mister Peterman und ich waren kein Liebespaar.«

»Welcher Art waren Ihre Beziehungen zu Peterman?« fragte Fletch.

Moxie zögerte, fast unmerklich. »Rein geschäftlich. Steve war mein Manager«, sagte sie. »Er kümmerte sich um meine geschäftlichen Angelegenheiten. Er unterstützte die Produktion dieses Filmes.« Sie schloß die Augen und holte tief Luft. »Und er war mein Freund.«

Gerade als Fletch glaubte, er könne sich unauffällig durch die Menge davonstehlen, fühlte er eine Hand auf seinem Arm.

Er drehte sich um.

Der kleine Mann musterte Fletch mißtrauisch. Er zog seine Hand fort.

»Habe Sie noch nie gesehen«, sagte er. »Wer sind Sie?«

»I. M. Fletcher. Global Cable News.«

»Stadtbursche, hä? Überregionale Nachrichten.«

»Sie haben's voll erfaßt.«

Hinter dem kleinen Mann ertönte die Frage: *Glauben Sie, daß der Mord an Peterman etwas mit der vorher passierten Fahrerfluchtgeschichte zu tun hatte?*

Fletch konnte Moxies Antwort nicht verstehen.

»Hören Sie zu, Mister«, sagte der kleine Reporter. »Hier in der Gegend behandeln wir die Leute nicht auf diese Art.«

»Auf welche Art?«

»Diese kleine Lady –« Der Reporter schwang sein Tonbandgerät auf das schweißgefleckte Hemd eines anderen Reporters zu. »– hat gerade ihren Freund durch Tod verloren. Begreifen Sie das? Ihr solche Fragen zu stellen, wie Sie es getan haben, ist schlichtweg ungezogen.«

»Woher kommen Sie?« fragte Fletch. »Vom Monatsmagazin der Pfadfinderinnen?«

»Aus St. Petersburg.«

»Hören Sie zu, Mann –«

»Kommen Sie mir nicht mit ›hören Sie zu, Mann‹.« Der kleine Mann preßte seinen Zeigefinger gegen Fletchs Brust. »Sie lassen die Finger von Miss Mooney, und Sie lassen die Finger von dieser Story, andernfalls werden Sie Ihr blaues Wunder erleben.«

Fletch hörte einen Reporter fragen: *Miss Mooney, glauben Sie, daß es Leute gibt, die verhindern wollen, daß dieser Film gemacht wird,*

Wieder konnte Fletch ihre Antwort nicht verstehen.

Zu dem kleinen Reporter sagte er: »Das wäre aber ungezogen von Ihnen.«

»Machen Sie sich nicht über uns lustig, Mister. Sie arbeiten hier im

Süden und haben sich anständig zu benehmen – haben Sie verstanden?«

»In diesem Gewerbe«, sagte Fletch zu dem kleinen Reporter, »gibt es keine falschen Fragen, sondern nur falsche Antworten.«

Als er die Halle verließ, hörte er einen Reporter fragen: *Miss Mooney, haben Sie selbst irgendwelche Morddrohungen erhalten?*

»Hey«, sagte Moxie.

Sie ließ sich auf dem Vordersitz des weißen Lincoln Continental nieder und schloß die Tür.

»Hey.« Fletch hatte auf dem Rücksitz gewartet. Sie hatte sich genauso lange mit der Presse abgegeben, wie Fletch es von ihr vermutet hatte. Ohne eingeschaltete Klimaanlage war es heiß im Wagen, selbst an diesem grauen Tag.

»Warum sitzt du vorne?« fragte Fletch.

»Ich bin ein demokratischer Star.«

Ein paar Leute schlichen um den Wagen, spähten hinein.

»Du glaubst an Gerechtigkeit?«

»Und die Gerechtigkeit glaubt an mich. Ich bezahle meine Schulden.«

Sie setzte sich seitwärts auf den Vordersitz und legte ihren gebräunten Arm auf die Rückenlehne.

»Ich darf Fletch zu Ihnen sagen?«

»Falls Sie mir etwas zu sagen haben.«

»Ein ulkiger Name. Man denke nur daran, auf was sich der alles reimt.«

»Tja«, sagte er nachdenklich. »Canelloni zum Beispiel. Prognathie, Lathka, Gaultheria, Palisaden, Pjeschkow, Modul, Gog und Magog.«

»Kennst du noch ein paar andere tolle Worte?«

»Das war's.«

»Danke für das, was du da drin für mich getan hast.« Moxie lächelte. »Daß du den anderen Reportern die Zähne gezogen hast – und all jenen, die noch kommen werden.«

»Dachte, daß ein oder zwei klare, schlichte Statements von dir zu dem Vorfall dringend notwendig wären.«

»Hab' ich's nicht gut gemacht?«

»Doch. Natürlich.«

»›Steve Peterman war mein Freund‹«, zitierte Moxie vage mit einem vagen Tremolo in der Stimme. »Dieser Mistkerl.Ich hätte ihn töten können.«

»Da war wohl offensichtlich jemand der gleichen Meinung.« Vor dem Fenster in nächster Nähe von Fletch stand eine schwergewichtige Frau in einem bunt bedruckten Kleid. »Moxie, die Aufklärung dieses Mordes kann nur eine Frage von Stunden sein.«

»Warum?« Ihr Gesicht war so faltenlos, als hätte sie noch nie ein Buch gelesen. Moxie hatte Bücher gelesen. »Warum sagst du das?«

»Steve wurde nicht erschossen. Aus einer gewissen Entfernung beispielsweise. Er wurde erstochen. In aller Öffentlichkeit.«

»Steve war ganz versessen darauf, in die *Dan Buckley Show* zu kommen«, sagte sie mit schleppender Stimme.

»Überall standen Kameras herum. Kameras drehten die Talkshow. Die Lokalpresse lief überall herum und fotografierte alles, was angemalt war, ob es sich nun bewegte oder nicht.«

»Ziemlich mutig von dem Täter, wer's auch sein mag.«

»Und die Sicherheitsvorkehrungen am Drehort waren so streng, daß sie von allen, die sich in Jodelreichweite aufhielten, die Namen und den Grund ihrer Anwesenheit kennen.«

»Gut«, sagte Moxie. »Betrachten wir diesen verdammten Fall also als gelöst.«

»Bist du sicher, daß es sich nicht um einen von Petermans Publicitysupertricks handelt, der schiefgelaufen ist? Daß zum Beispiel das Messer eigentlich auf der Bühne landen sollte oder so was ähnliches??«

»Du machst wohl Witze. Steve würde nicht einmal dann einen Fleck auf seiner Hose riskieren, wenn er ein brennendes Waisenhaus vor der Nase hätte.«

»He«, sagte Fletch.

»Was?«

»Hör auf, die Abgebrühte zu markieren.«

Sie studierte sein Gesicht. »Was tue ich? Mich selbst schützen?«

»Sieht mir ganz so aus«, antwortete er. »Kommt ja wohl auch nicht jeden Tag vor, daß der Bursche, der neben dir sitzt, erstochen wird. Jemand, den du kennst, der wichtig für dich ist.«

»Ich glaube nicht.« Sie seufzte. »Ich hatte echte Probleme mit Steve, Fletch. Darum habe ich dich ja gebeten, hierherzukommen. Ich wollte mit jemanden darüber reden. Es fiel mir unheimlich schwer, nett zu ihm zu sein.«

»Nicht nett zu sein, heißt nicht gleich, daß man Mordgelüste hegt.«

»Was?«

»Vergiß es. Du kämpfst gegen den Schock an, Moxie, indem du dich wie ein eiskalter Vamp aufführst.«

»Hm.«

»Du weißt das?«

»Ich glaube schon. Sicher.«

»Du und Steve, ihr habt euch mal eine Weile sehr nahe gestanden.«

»Steve hat mich nur ausgenutzt«, sagte sie ruhig. »Wo ist Marge? Ist sie in Ordnung?«

Fletch zuckte die Achseln. »Ich nehme an, daß man sich um sie kümmert.«

»Sie ist als erste befragt worden«, sagte Moxie. »In einem Auto. Am Strand.«

»Verstehe. Standen sich Steve und Marge nahe?«

»Ich möchte nicht behaupten, daß Steve außer seinem Banker irgendwem nahestand.«

»Ich dachte eigentlich an Marge«, sagte Fletch.

»Gut«, sagte Moxie. »Steve hat sich nie Gedanken um sie gemacht.«

Sie hielt den Kopf gesenkt und sprach mit leiser Stimme. Unter ihrer Sonnenbräune war sie blaß geworden. Die Ungeheuerlichkeit dessen, was geschehen war, kam ihr endlich zu Bewußtsein. »Puuh«, sagte sie. »Ich bin wohl ziemlich durcheinander. Ich bin so daran gewöhnt, daß Leute in meinem Beisein auf der Bühne und vor der Kamera sterben. Verstehst du? Daß ich meine Reaktion voll ausspiele.«

»Ich weiß.«

»Steve ist wirklich tot?« Sie wandte das Gesicht von ihm ab. »Steve ist wirklich tot.«

Er stieß mit der Zunge leicht gegen ihren Hals. »Laß dich nicht unterkriegen, Moxie.« Er öffnete die Wagentür, um auszusteigen. »Ich hole dich zum Dinner ab. Acht Uhr, einverstanden?«

»Im La Playa«, sagte sie.

Er war schon mit einem Fuß auf dem Bürgersteig.

Sie drehte sich auf ihrem Sitz herum. »Fletch?«

»Hm?« Er steckte seinen Kopf wieder ins Wageninnere. Ihre Wangen waren tränennaß.

»Finde Freddy für mich, ja?«

»Freddy? Ist der denn hier?«

»Oh, ja.«

»O Gott.«

»Zur Zeit spielt er mir den fürsorglichen Vater vor oder setzt sich bei mir zur Ruhe oder so was.«

»Laß mich raten, was davon in Frage kommt.«

»Er sollte nicht allein in der Öffentlichkeit herumlaufen, bei all dem, was hier los ist. Dem Mord.«

»Säuft er?«

»Das fragst du noch?«

Auf dem rückwärtigen Teppichboden des Lincolns war Sand.

Moxie sagte: »Ich fürchte, all diese kleinen Windungen in seinem Gehirn haben schließlich vor dem Suff kapituliert. Kann's ihnen nicht übelnehmen. Sie sind schließlich jahrelang in Alkohol gebadet worden.«

Über dem blauen Teppich des Wagens blitzte eine ganze Bilderserie vor Fletchs Augen auf: Frederich Mooney auf der Bühne als Willy Loman, Richard III. und Lear. Im Film als Falstaff, als Disraeli, als Captain Bligh, als dummer August, als ehrbarer Montana-Rancher, der sich zum ehrbaren Politiker wandelt, als Scanlon in Death Row, als . . .

»Er war der Beste«, sagte Fletch, »selbst wenn er blau wie ein Veilchen war.«

»Historie«, sagte Moxie.

»Wo könnte ich suchen?«

»In einer der Kneipen am Bonito Beach. Er ist heute morgen mit uns hergefahren. Gibt's in der Nähe was zu saufen, ist Freddy noch nie weit gelaufen.«

Fletch kicherte. »Der Gedanke an Freddy weckt unsere poetische Ader.«

»Bis um acht also«, sagte sie. »Danke, Fletch.«

»Schon gut.«

Als er zum Polizeirevier zurückging, bemerkte Fletch, daß große Regenwolkenfetzen von Nordwesten herangetrieben wurden.

5

»Okay«, sagte Fletch zu der Sekretärin, die zwischen den Türen mit den Aufschriften ERMITTLUNGEN und POLIZEICHEF am Schreibtisch saß, »ich möchte sofort mit demjenigen reden, der hier verantwortlich ist.«

Die Frau in der hellgelben Bluse sah ihn an, als wäre er gerade vom Mond gelandet. Im Vorraum drängten sich immer noch Leute.

»Sind Sie aufgerufen worden?« fragte die Frau, die für das Aufrufen zuständig war.

»Nein«, sagte Fletch, »aber ich stehe zu Diensten.«

Die Ermittlungstür öffnete sich und heraus kam Dan Buckley, der aussah, als hätte man ihn in den Wäschetrockner gesteckt. Die Reporter stürzten sich auf ihn wie ein Schwall Ruß. Selbst ohne Lächeln strahlte Dan Buckleys Gesicht immer noch liebenswürtige Zuversicht aus.

Der kleine Reporter funkelte Fletch an und ließ es sich nicht nehmen, sich in die Lücke zwischen ihm und Buckley zu schieben.

Werden Sie die Aufzeichnung von dieser Show im Fernsehen bringen?

»Nein, nein«, antwortete Buckley. »Ich habe der Polizei jeden Zentimeter Film übergeben. Wir werden die Polizei voll unterstützen. Welch eine Tragödie!«

Eine nicht mehr ganz junge Frau mit hübsch gewelltem, braunen Haar trat durch die Tür mit der Aufschrift ERMITTLUNGEN. Fletch hatte noch nie ein so ansehnlich ausgefülltes Polizeihemd gesehen. Ihr Rangabzeichen hatte ein bequemes Plätzchen auf ihrer linken Brust. Sie hielt maschinenbeschriebene Papiere in der Hand und wollte gerade etwas zu der Sekretärin sagen.

»Ich bin der nächste«, informierte Fletch sie.

Auch sie sah Fletch an, als wäre er soeben vom Mond gelandet.

»Fletcher«, sagte er.

Sie überflog ihre Liste, blätterte eine Seite um, überflog die Liste, blätterte eine weitere Seite um, überflog die Liste. »Honey«, sagte sie, »Sie sind der letzte.«

Fletch grinste. »Ich wette, daß Sie es gar nicht erwarten können, ans Ende dieser Liste zu kommen.«

Sie grinste zurück, wedelte ihm mit den maschinenbeschriebenen Blättern zu und sagte. »Na, dann kommen Sie schon rein.«

Auf dem Weg hinter ihren Schreibtisch sagte sie: »Ich bin Chief of Detectives Roz Nachman.«

Fletch schloß die Tür hinter sich.

Als sie sich an ihren Schreibtisch setzte, sah sie rasch auf die Zählanzeige ihres Tonbandgerätes, um die restliche Kapazität des Bandes zu überprüfen.

»Setzen Sie sich, setzen Sie sich«, sagte sie.

Er setzte sich.

»Könnte Ihnen eigentlich gleich eine Aussage zu Protokoll geben«, sagte er. »Spart Zeit. Erspart Ihnen die Mühe, eine Menge Fragen stellen zu müssen.«

Sie zuckte die Achseln. »Schießen Sie los.« Sie drückte auf den Aufnahmeknopf ihres Bandgerätes.

»Name: I. M. Fletcher.«

Hinter ihrem Schreibtisch sitzend, die Hände im Schoß gefaltet, musterte Chief of Detectives Roz Nachman Fletchs Mokassins, seine Beine, seine Shorts, sein Tennishemd, seine Arme, seinen Hals, sein Gesicht. Ihr Lächeln war nachsichtig. Das Lächeln einer Person, die bereit ist, sich ein Märchen über Feen und Hexen anzuhören.

»Ich kam heute nachmittag gegen fünf Minuten nach drei am Drehort des Films *Midsummer Night's Madness* an. Am Wachtor zeigte ich meinen Presseausweis von Global Cable News vor. Der Wachposten erzählte mir, daß die Aufzeichnung bis kurz vor vier laufen würde. Er zeigte mir den Weg zum Zelt, wo eine Bar aufgebaut worden war. Er sagte, daß nach der Aufzeichnung ein Empfang für die Fernsehcrew und die Presse geplant wäre.

Ich ging direkt zum Zelt. Während der ganzen Zeit, die ich im Zelt verbrachte, war nur noch eine einzige andere Person anwesend, eine Frau, die sich später als die Frau des Verstorbenen vorstellte. Marge Peterman. Sie verfolgte die Aufzeichnung der Show auf einem Monitor. Von weitem und nicht deutlich konnte ich die Originaldekoration der *Dan Buckley Show* sehen. Ebenso konnte ich, wenn auch nicht deutlich, das Monitorbild erkennen. Genaugenommen habe ich beides nicht beachtet. Ich schenkte mir an der Bar ein Glas Orangensaft ein. Ich wurde erst aufmerksam, als Marge Peterman sagte: ›Was ist mit Steve passiert?‹

Ich blickte zur Dekoration hinüber, und sah, daß Peterman in einer seltsamen Haltung dasaß. Ich stellte mich hinter Mrs. Peterman, um den Monitor besser sehen zu können. Auf dem Monitor sah ich, daß aus Petermans Mund Blut tropfte. Das war um drei Uhr dreiundzwanzig.

Ich führte Mrs. Peterman aus dem Zelt, setzte sie auf einen Stuhl am Rande des Parkplatzes, holte ihr etwas Kaffee und war dort mit ihr allein, bis um drei Uhr dreiundfünfzig einige andere Leute, darunter Dan Buckley, auftauchten, ihr die Nachricht überbrachten und sich um sie kümmerten.

Ende der Aussage.«

»Sie sind wirklich ein Reporter«, sagte Roz Nachman nachdenklich. »Prägnant. Präzise. Was Sie sehen konnten, was Sie gesehen haben. Genaue Uhrzeit von Ihrer Armbanduhr. Sie haben nur den Geist nicht erwähnt, den Sie durch die Talkshowdekoration laufen und ein Messer in Petermans Rücken stoßen sahen.«

»Was?«

»Nun, Mister Fletcher, würden Sie mir, trotz Ihrer sehr umfassenden und, wie ich überzeugt bin, sehr wahrheitsgetreuen Aussage, ein paar Fragen erlauben?«

»Klar.«

»Nett von Ihnen. Sind sie sicher, was die genaue Zeit angeht?«

»Ich bin Reporter. Sobald etwas passiert, schaue ich auf meine Uhr.«

»Warum waren Sie am Drehort dieses Films?«

»Um Moxie Mooney aufzusuchen.«

»Im Auftrag?«

»Ich bin heute in der Lage, mir meine Aufträge selbst zu verschaffen.«

»Aufgrund Ihrer Erscheinung hätte ich Sie für alles andere als einen Chefredakteur gehalten.«

»Wußten Sie das denn nicht?« sagte Fletch. »Jeder ist alles andere als ein Chefredakteur – Spitzensportler, Staatsoberhäupter, Reporter, Chief of Detectives –«

»Sie sagten, daß außer Ihnen und Mrs. Peterman niemand sonst in dem Zelt war? Nicht einmal ein Barkeeper?«

»Nein. Wir waren allein.«

»Wußte Mrs. Peterman, daß Sie da waren?«

»Ich glaube nicht. Ich hatte nämlich keine Schuhe an. Und man hatte mir gesagt, daß ich mich während der Aufzeichnung ruhig verhalten sollte. Sie war vollauf damit beschäftigt, auf den Monitor zu schauen . . .«

»Wenn Sie nicht gewußt hat, daß Sie da waren, zu wem hat sie dann gesprochen, als sie sagte: ›Was ist mit Steve passiert?‹ oder was sie auch immer sagte?«

»Sie sagte: ›Was ist mit Steve passiert?‹« beharrte Fletch.

»Verzeihung, ich bin leider nur den Umgang mit weniger, äh, professionellen Zeugen gewohnt.«

»Ich glaube, daß Mrs. Peterman mit sich selbst sprach. Dem Ton ihrer Stimme nach würde ich sagen, daß sie erschrocken war, alarmiert. Darum bin ich ja hinter sie getreten, weil ich sehen wollte, was sie sah.«

»Kannten Sie Marjory Peterman schon vorher?«

»Nein.«

»Während Sie sie vom Zelt wegführten, ihr Kaffee holten, sich mit ihr hinsetzten, was hat sie da gesagt?«

»Eigentlich nichts. Nur so Kleinigkeiten wie ›Was dauert da so lange?‹, ›Warum kommt niemand und sagt mir, was passiert ist?‹ Oh, richtig, sie sagte, daß sie mit Steve in der Ambulanz mitfahren wollte.«

»Also wußte sie doch, daß ihr Mann verletzt worden war, oder?«

Fletch zögerte. »Möglicherweise sagte ihr Gefühl ihr, daß ihr Mann tot war. Auf dem Monitor sah er zweifellos tot aus.«

»Hat sie mit irgendeinem Wort zu verstehen gegeben, ob sie wußte, daß man ihrem Mann Gewalt angetan hatte? Daß er ermordet wurde?«

Fletch überlegte. »Nein. Ich glaube, mehr als das, was ich Ihnen bereits erzählt habe, hat sie nicht gesagt.«

»Sie glauben es nur?«

»Ich weiß es. Ich weiß, daß sie nicht mehr gesagt hat.« Der Mokassin an dem Fuß des Beines, das quer über seinem Knie lag, war halb heruntergerutscht. »Außer, daß sie sich mir als Marge Peterman vorstellte.«

»Als Antwort auf eine Frage?«

»Ich hatte sie gefragt, ob sie Petermans Frau wäre.«

»Im großen und ganzen haben Sie das gleiche gesehen wie Marjory Peterman. Was war Ihrer Meinung nach mit Peterman passiert?«

»Ich habe darüber nachgedacht, was mit ihm passiert sein könnte. Ich glaube, ich dachte, daß er irgendeine Art innerer Blutung erlitten haben müßte. Wegen des Blutes an seinen Lippen.«

»Die Möglichkeit eines Mordes haben Sie nicht erwogen?«

»Keine Sekunde. Dieser Schweinehund war im Fernsehen. Ich hatte keinen Schuß gehört. Wer hält es denn auch für möglich, daß irgendwer auf offener, tagheller Bühne bei drei laufenden Kameras einem anderen ein Messer verpassen würde?«

»Das, Mister Fletcher«, sagte Nachman und blickte hinunter auf ihr Berichtsbuch, »ist der Grund, warum ich diese Versammlung einberufen habe. So.« Sie schwenkte ihren Stuhl seitlich zum Schreibtisch. »Mrs. Peterman hatten Sie also noch nie zuvor gesehen. Aber Steven Peterman kannten Sie doch?«

»Ah.« Fletch spürte, wie ihm die Röte ins Gesicht stieg. »Sie sagen das, weil ich diesen Schweinehund einen Schweinehund genannt habe.«

»Richtig.« Nachman nickte. »Ich könnte dies als einen Hinweis darauf deuten, daß Sie sich bereits vorher eine subjektive Meinung über den Verstorbenen gebildet haben.«

»Er ist mir nicht ganz unbekannt.«

»Wie das?« Sie wandte ihren Kopf um und lächelte ihm zu. »Ich denke, es ist Zeit für die nächste Ihrer prägnanten Aussagen, Mister Reporter.«

»Vor ungefähr neun Monaten verbrachte er ein ziemlich langes Wochenende in meinem Haus in Italien. Cagna, Italien.«

»Italien? Sind Sie Italiener?«

»Ich bin Bürger der Vereinigten Staaten. Ich darf auch schon wählen.«

»Haben Sie diese Shorts da in Italien gekauft?«

Fletch sah auf seine Shorts hinunter und hob die Hände in den Hosentaschen. »Sie haben prima Taschen. Man kann Bücher hineinstecken, Notizbücher, Sandwiches ...«

»Oder ein Messer«, sagte sie schlicht. »In den meisten Klamotten, die diese Filmleute anhaben, kann man nicht einmal einen schweinischen Gedanken verstecken. So. Würden Sie mir jetzt vielleicht erzählen, warum Peterman Sie in Italien besucht hat?«

»Selbstverständlich.«

»Sagen Sie mir zunächst, warum Sie ein Haus in Italien haben. Ich meine, ein um seine Existenz kämpfender junger Reporter, möge er auch noch so exakt arbeiten... Cagna liegt an der italienischen Riviera, nicht?«

»Ich habe etwas zusätzliches Geld.«

»Muß angenehm sein, wenn man reich auf die Welt kommt.«

»Muß wohl«, sagte Fletch. »Ich hatte nicht das Vergnügen.«

Sie wartete auf eine weitere Erklärung, aber Fletch lieferte keine.

»Nun, dann wüßte ich gerne, warum Peterman Sie in Ihrem *palazzo* besucht hat.«

»Er war mit Moxie Mooney auf Reisen. Sie machte eine Pressetournee durch Europa. Moxie besuchte mich. In meiner kleinen Villa. Er begleitete sie.«

Ihre Augenbrauen hoben sich. »So? Sie kannten Moxie Mooney also schon vorher?«

»Ich kenne Moxie Mooney schon ewig. Wir sind zusammen in die Schule gegangen.«

»Nur ein ganz bescheidener Reporter«, kommentierte Nachman. »Beherbergt berühmte Filmstars und Filmproduzenten auf seinem italienischen Landsitz. Warten Sie nur, bis ich das Ihren Kolleginnen und Kollegen im hiesigen Polizeibezirk erzähle. Die können es sich nicht mal leisten, zweimal wöchentlich ins Kino zu gehen. Offensichtlich beherrschen Sie die Rechtschreibung besser als sie.«

»Bemühen Sie sich nicht«, sagte Fletch. »Ich hab's bereits mit ihnen verdorben.«

»Also, an diesem Wochenende in Ihrer ›kleinen Villa‹ in Italien, wer hat da mit wem geschlafen?«

»Das ist vielleicht eine Frage.«

»Ja«, sagte Nachman. »Es ist eine Frage. Waren Moxie Mooney und Steve Peterman intim?«

»Nein.«

»Ich soll Ihnen wohl alle Würmer einzeln aus der Nase ziehen, was?«

»Ja.«

»Waren Sie und Miss Mooney intim?«

»Klar.«

»Warum ›klar‹? Sind Sie und Miss Mooney ein Liebespaar?«

»Ab und zu.«

»›Ab und zu.‹« Kinn in der Hand, Ellbogen auf dem Berichtsbuch sann Roz Nachman darüber nach, was *ab und zu* bedeuten könnte. Schließlich schüttelte sie den Kopf. »Ich glaube, das sollten Sie erklären.«

»Bin nicht sicher, ob ich das kann.«

»Versuchen Sie's«, sagte sie. »Damit Justitias Gewand einen ordentlichen Saum erhält.«

»Sie verstehen schon.« Fletch schaute zur Decke. »Jedesmal, wenn Moxie und ich uns begegnen, hier und da, dann und wann, tun wir so, als wären wir uns noch nie zuvor begegnet. Wir tun so, als ob wir uns gerade zum erstenmal begegnet wären.«

Roz runzelte die Stirn. »Nein. Das verstehe ich eigentlich nicht.«

»Auch gut.«

»Wären Sie so freundlich, mir auf die Sprünge zu helfen?«

»Ist doch ganz einfach.« Fletch studierte erneut die Zimmerdecke. »Wir sind alte und gute Bekannte. Ich glaube, wir lieben uns. Darum tun wir jedesmal, wenn wir uns begegnen, so, als wären wir uns noch nie begegnet. Was ja auch stimmt, verstehen Sie. Wir sind uns tatsächlich nie zuvor begegnet. Weil die Menschen von heute im Grunde ja nicht dieselben Menschen sind, die sie gestern oder vorgestern waren. Man ist jeden Tag ein neuer Mensch; man hat neue Gedanken, neue Erfahrungen. Wenn man einem Menschen begegnet, sollte man niemals voraussetzen, daß es derselbe Mensch ist wie vergangene Woche. Denn das ist er nicht. Realität ist nur, daß er existiert.«

»Ich verstehe«, sagte Roz Nachman und starrte ihn an. »Und *danach* hüpfen Sie zusammen in die Kissen?«

»Pfui.« Fletch schlug die Augen nieder.

»Wenn Sie beide soviel Spaß miteinander haben, warum bleiben Sie dann nicht zusammen?«

»Oh, nein.« Fletch schielte zum Tonbandgerät. »Sehen Sie, vermutlich können wir es nicht miteinander aushalten. Wenn man's mal ganz genau nimmt, meine ich.«

»Weil Sie beide viel zu schön sind«, sagte Roz Nachman. »Körperlich.«

»Nein, nein«, sagte Fletch. »Moxie ist das schönste Geschöpf, das jemals einen Kartoffelchip gegessen hat.«

»Hat sie denn schon mal einen Kartoffelchip gegessen?«

»Einen oder zwei. Falls sie welche erwischen kann.«

»Sie sieht nicht so aus, als hätte sie schon mal einen Kartoffelchip gegessen.«

»Das Ganze ist viel komplizierter. Vielleicht ist es so, daß wir beide dieselben Spielchen treiben. Wir sind ein schlechtes Publikum füreinander.«

»›Spielchen‹.« Nachman hatte einen Bleistift in die Hand genommen und ließ seine Spitze kreuz und quer über ein Blatt Papier gleiten. »Ich frage mich, was das wohl bedeutet.«

»Warum habe ich nur das Gefühl, als säße ich im Büro eines Erziehungsberaters an einer Public School?«

»Die Aussage, die Sie hier gleich zu Anfang gemacht haben, Mister Fletcher, ist sachlich richtig.« Nachman deutete mit ihrem Bleistift auf das Tonband. »Und von A bis Z eine Lüge.«

»Ich? Lüge?«

»Kein Wunder, daß Sie ein so reicher Reporter sind und an der italienischen Riviera leben können.«

»Ich weiß, Miss Forbisher, im Technischen Zeichnen bin ich durchgerasselt«, sagte Fletch, »aber ich möchte ehrlich noch ein zweites Jahr Autoreparatur belegen.«

»Es steht zweifelsfrei fest, daß Sie, erstens, den Eindruck erweckt haben, Sie wären nach Bonito Beach gekommen, um Miss Mooney zu interviewen, und, zweitens, nicht freiwillig darüber Auskunft gegeben haben, daß Sie das Mordopfer bzw. Miss Mooney kennen – die letztgenannte intim. Gehört das alles zu einem Ihrer Spielchen?«

»Alle Informationen, die Sie mir entlockt haben, sind belanglos. Ich habe niemanden umgebracht.«

»Es würde mich interessieren, ob Sie etwas dagegen hätten, diese Entscheidung den zuständigen Behörden zu überlassen?«

»Aber sicher hätte ich etwas dagegen. Alles, was ich damit sagen will, ist, daß Marge Peterman ihn auch nicht umgebracht hat. Zum Zeitpunkt des Mordes an Peterman war ich mit ihr zusammen.«

»Die Wahrheit ist, Mister Fletcher, daß keiner auf dieser Liste, mit dem ich bisher gesprochen habe, bezeugt, Sie oder Mrs. Peterman zwischen kurz vor drei und kurz vor vier gesehen zu haben.«

»Was sagt man dazu?«

»Und mir ist noch nie ein Reporter über den Weg gelaufen, der sich ein, wie auch immer geartetes Haus an der italienischen Riviera leisten kann.«

Fletch sagte: »Ich bin eben ein guter Schreiber.«

»Hatte Miss Mooney Sie heute erwartet?«

»Ja.«

»Und was für ein Spielchen treibt sie?«

»Sie treibt überhaupt kein Spielchen. Sie machen aus einer billigen Psychoanalyse ein –«

»Lassen Sie uns fortfahren.« Aufrecht an ihrem Schreibtisch sitzend, zog Nachman einige handschriftliche Notizen zu Rate.

»Zumindest beantworte ich Ihre Fragen.«

Nachman funkelte ihn an. »Sie wissen ja wohl, was passiert, wenn Sie das nicht tun.«

»Klar«, sagte Fletch. »Dann darf ich im nächsten Semester den Autoreparaturkurs nicht belegen.«

»Welchen Eindruck hatten Sie von Steven Peterman, als er dieses Wochenende in Ihrem Haus verbrachte?«

»Sie fragen nach einer Meinung.«

»Irgend etwas flüstert mir ins Ohr, daß Sie eine haben.«

»Ganz recht.«

»Welche?«

»Er ist ein Schweinehund.«

»Warum sagen Sie das?«

»Weil Sie mich gefragt haben.«

»Warum bezeichnen Sie Steven Peterman als einen ›Schweinehund‹?«

»Er fiel uns auf den Wecker. Schauen Sie«, sagte Fletch, »das

Haus da liegt am Strand. Oberhalb des Strandes. Es ist ein Strandhaus.«

»Sie beginnen, unpräzise zu werden.«

»Alles lief in Badezeug herum. Pasta und Fisch zum Mittagessen im Patio. Ein bißchen Wein. Musik.«

»Sie meinen damit, daß Peterman nicht hineinpaßte.«

»Immer im Dreiteiler. Krawatte um den Hals. Wollte nicht an den Strand, weil er fürchtete, daß der Sand seine Gucci-Treterchen ruinieren könnte.«

»Widerwärtiges Benehmen.«

»Ständig hing er am Telefon. Rief in Rom an, in Genf, Paris, London, New York, Los Angeles, Buenos Aires. Ich weiß, wovon ich rede, ich habe nämlich die Telefonrechnung bekommen. Es wäre billiger gewesen, die gesamte französische Regierung zum Wochenende einzuladen.«

»Na schön. Er war also ein rücksichtsloser Gast.«

»Jeden Abend bestand er darauf, daß sich jeder herausputzte und mit ihm durch die teuersten Cafés, Restaurants, Nightclubs und Casinos an der Riveria zog.«

»Und Sie durften bezahlen.«

»Jedesmal, wenn die Rechnung kam, war er gerade irgendwo am Telefon.«

»Na gut.«

»Nein, schlimmer. Jedesmal, wenn ihm Moxie vor die Nase kam, belästigte er sie mit irgendeiner Klausel in irgendeinem Vertrag oder mit irgendeiner Kleinigkeit in ihrem Terminplan, ging die Namen von Leuten durch, die sie zwei Wochen später in Berlin, in Brüssel treffen sollte, wer, was, wo, wann, warum. Er ließ sie keine Minute allein. Und dabei war sie da, um sich zu erholen.«

»Und um Spielchen mit Ihnen zu treiben. Sie beide sind ihm also aus dem Weg gegangen?«

»So oft wir nur konnten. Es ist durchaus kein Kinderspiel, eine ständig anwesende Regierung zu ignorieren.«

»Und Sie spielten Räuber und Gendarm mit ihm.«

»Erfaßt.«

»Marjory Peterman war nicht mit von der Partie an diesem Wochenende. Richtig?«

»Richtig.«

»Wo war sie?«

Fletch zuckte die Achseln. »Daheim, um ihre Nerze zu melken, soweit ich weiß.«

»Ich wiederhole die Frage: Sie hatten Marjory Peterman vorher weder gesehen noch gesprochen?«

»Richtig. Nein. Nie.«

»Aber Sie kennen das Opfer, Steven Peterman, und geben zu, daß Sie ihn nicht leiden können.«

»Ich würde niemals jemanden wegen einer Telefonrechnung umbringen. Stattdessen würde ich sie einfach nicht bezahlen und nach Spanien auswandern.«

»Und mit Moxie Mooney verbindet Sie dieses komplizierte Liebe-Hiebe-Triebe-Verhältnis.«

Fletch sah sie mit zusammengekniffenen Augen an. »Interpretieren Sie da bloß nicht zuviel rein.«

Sie sah ihn gleichmütig an. »Offen gesagt, Mister Fletcher, ich glaube, daß Sie und Miss Mooney zu allem fähig sind... gemeinsam.« Sie schielte zum Tonband, zu Fletch und der maschinegeschriebenen Liste auf ihrem Schreibtisch. »Nun gut, Mister Fletcher. Ich kann es mir ja wohl ersparen, Ihnen zu sagen, daß Sie das Gebiet von Fort Myers nicht verlassen sollten.«

»Das können Sie sich getrost ersparen.«

Roz Nachman schaltete das Tonband ab.

6

Völlig durchnäßt von dem strömenden Regen, durch den er gerannt war, legte Fletch oben auf der überdachten Außentreppe gerade eine Verschnaufpause ein, als er Frederick Mooneys berühmtes Profil erblickte.

Den Rücken dem weißen, aufgewühlten Golf von Mexiko zugekehrt, saß Mooney allein an einem langen Tisch auf der Veranda im ersten Stock eines Trink- und Speiselokals am Bonito Beach. Vor ihm auf dem Tisch stand eine halbleere Literflasche. In der Hand hielt er ein halbleeres Glas.

Fletch schlenderte zur Bar. »Bier«, sagte er.

»Egal, welches?« Der Barkeeper hatte den verkniffenen, ständig gequälten Blick des pensionierten Soldaten.

»Ja«, sagte Fletch. »Kalt.«

Der Barkeeper stellte ein kaltes Dosenbier auf die Theke. »Ziemlicher Regen«, sagte er.

»Es langt.« Fletch riß zischend die Lasche von der Dose. »Ist Mister Mooney schon lange hier?«

Es war sonst niemand auf der Veranda.

»Sind Sie hier, um ihn einzusammeln?«

»Ja.«

»Ein paar Stunden.«

»Hat er schon viel getrunken?«

»Ich weiß es nicht.«

Fletch nahm einen Schluck Bier. »Sie wissen es nicht?«

»Trinkt aus seiner eigenen Flasche. Schleppt er mit sich rum. Kognak, Fünf-Sterne-Fundador. Solches Zeug führe ich nicht.«

Zu Frederick Mooneys Füßen stand eine Fluglinienreisetasche.

»Erlauben Sie das denn?«

»Nein. Aber er gibt ein gutes Trinkgeld, und solang' er eine großzügige Miete für das Glas zahlt, ist mir's egal. Na ja, und immerhin ist er Frederick Mooney.«

Im Nordwesten war Donnergrollen zu hören. Regen sprühte in die Veranda.

»Kommt er jeden Tag her?«

»Nein. Ich glaube, er säuft sich durch alle Lokale am Strand.«

»In welcher Verfassung war er, als Sie ihm das Glas vermieteten?«

»Er hatte schon vorher irgendwo was getrunken. Hat zehn Minuten gebraucht, um die Treppe raufzukommen. Hörte ihn kommen. Mußte ihm beim Hinsetzen helfen und ihm dann seine Tasche bringen.«

Der Regen sprühte über Mooney hinweg.

»Wenn man mal überlegt, so'n berühmter, talentierter Mann wie der . . .« Der Barkeeper öffnete sich selbst eine Dose Bier. »Sind Sie auch Schauspieler?«

»Ja«, sagte Fletch. »Im Augenblick.«

»Ich meine, kommen Sie von den Filmleutchen und so, um ihn abzuholen? In welchen Filmen haben Sie schon mitgespielt?«

»Song of the South«, sagte Fletch. »Schon mal gesehen?«

»Ist das nicht der mit Elizabeth Taylor?«

»Nein«, sagte Fletch. »Maud Adams.«

»Oh, ja. Ich erinnere mich.«

»Spricht er gelegentlich mal mit jemandem?« fragte Fletch und nickte zu Mooney hinüber.

»Oh, doch, er ist freundlich. Er spricht mit allen. Normalerweise stehen die alten Damen in Sechserreihen um ihn herum. Auch junge Leute. Meistens deklamiert er Verse. Manchmal wird er laut.«

»Trotzdem gut fürs Geschäft, hä?«

»Klar.«

»Eine wandelnde Touristenattraktion.«

»Man sollte eigentlich glauben, daß er an der Riviera lebt oder so was. So 'n Superstar wie er. Ist ein einsamer Mensch.«

»An der Riviera leben immer die falschen Leute.«

Fletch ging hinüber und stellte sich an die Tischkante.

Mooney blickte nicht hoch.

Am nördlichen Himmel zuckten Blitze auf.

»Ihre Tochter schickt mich zu Ihnen, Mister Mooney.«

Mooney blickte immer noch nicht hoch. Sein Atem ging schnell und flach. Sein Haar und sein Hemd waren vom Regen leicht besprüht.

Plötzlich jedoch brach die große Stimme aus dem vornübergesunkenen Mann heraus, nicht laut, aber mit dem hinreißenden Vibrato eines fantastischen Cellos, das von einem fantastischen Musiker gespielt wurde.

»Nein, nein, nein, nein!« Er sah hoch zu Fletch, sprach in leutseligem Ton. *»Komm fort! Zum Kerker fort! Da laß uns singen, wie Vögel in dem Käfig. Bitt'st du um meinen Segen, will ich knien und dein Verzeihn erflehn.«*

Fletch setzte sich ihm gegenüber an den leeren Tisch.

»So woll'n wir leben, beten und singen, Märchen uns erzählen und über goldne Schmetterlinge lachen. Wir hören armes Volk vom Hofe plaudern, und schwatzen mit; wer da gewinnt, verliert; wer in, wer aus der Gunst; und tun so tief geheimnisvoll, als wären wir Propheten der Gottheit. Und so überdauern wir im Kerker Ränk' und Spaltungen der Großen, die ebben mit dem Mond und fluten.«

Die Handfläche nach außen gekehrt, schob Mooney seine Hand zwischen den stürmischen Himmel und sein Gesicht und wandte dabei den Kopf herum, bis seine Augen mit einem irren Blick an Fletch hängenblieben. Mooney sah total wahnsinnig aus.

»Himmel.«

Schauer der Angst und des Entsetzens waren Fletch über den Rücken gelaufen. Er stürzte einen Schluck Bier hinunter und holte tief Luft.

»Wirklich . . .« Fletch räusperte sich. Seine Stimme klang in seinen Ohren wie eine Flöte, die man in einer Konservendose spielte. »Ich habe Sie einmal in *King Lear* gesehen. Als Student. In Chicago. Noch gar nicht lange her.«

Mooneys Gesicht wurde spitzbübisch. »Nur einmal?« fragte er.

»Nur einmal. Ich mußte mein Kofferradio verkaufen, um mir dieses eine Mal leisten zu können.«

»Lear«, sagte Mooney. »Die Rolle, die Charles Lamb für unspielbar hielt.«

Fletch hob seine Bierdose. »Zur Hölle mit Charles Lamb.«

Die Hand, die nach dem Cognacglas griff, zitterte erbärmlich. »Zur Hölle mit Charles Lamb.«

Sie tranken.

»Sind Sie Schauspieler?« fragte Mooney.

»Nein.«

»Was?« fragte Mooney. »Nicht einmal ein schlechter?«

»Es hat etwas Ärger gegeben«, sagte Fletch langsam und behutsam. »Am Drehort. Es ist jemand erstochen worden.«

Mooneys Augen waren halbgeschlossen. Sein Atem kam erneut in kurzen, flachen Stößen.

»Es hat einen Mord gegeben«, sagte Fletch.

Mooney lehnte sich zurück. Sein Blick wanderte zur Wand, zum Dach der Veranda, zum Sturm draußen. Seine Augen waren riesengroß mit riesigen Pupillen, dunkelbraun und weit auseinanderstehend. Zusammen bildeten sie die Doppelmaske der Tragödie und der Komödie, beide konnten gleichzeitig einen jeweils anderen Ausdruck annehmen: das eine melancholisch, traurig, gefühlvoll, das andere kühl, sachlich, nachdenklich. Fletch, der ihn prüfend betrachtete, fragte sich, ob das eine Auge tatsächlich tiefer im Kopf des Mannes lag als das andere. Er fragte sich, ob es sich um einen Schauspielertrick oder einen Geburtsfehler handelte. Er fragte sich, ob es ein Ausdruck der Persönlichkeit dieses Mannes war.

Mooney sagte: *»Betrügt mich nicht!«*

»Haben Sie mich gehört? Es hat einen Mord gegeben.«

»Ich schließe daraus, daß Marilyn nichts geschehen ist.«

»Marilyn? Ach so. Nein. Ihr geht's gut. Aber sie saß neben dem Opfer, als es erstochen wurde.«

»Und wer war das Opfer?«

»Steven Peterman.«

Mooney runzelte die Stirn, kraulte seinen grauen, angegrauten Haarschopf.

»Der Manager, Produzent, was auch immer, Ihrer Tochter.«

Mooney nickte.

»Sie zeichneten gerade die *Dan Buckley Show* auf. Mitten im Drehgelände von *Midsummer Night's Madness*.«

»Nicht ein Spiel innerhalb eines Spieles«, kommentierte Mooney, »sondern eine Bühne innerhalb einer Bühne.«

»Innerhalb einer Bühne«, ergänzte Fletch. »Denn die Presse war ebenfalls da und machte Videoaufnahmen und Standfotos.«

»Und kein richtiges Publikum.«

»Nicht der Rede wert.«

»Wie armselig unsere Kunst doch geworden ist. Wir spielen nicht mehr für die Zuschauer auf den billigen Stehplätzen. Für Menschen, die wir davon abhalten müssen, in der Gosse Blackjack zu spielen. Nicht mehr für die Logen oder die Galerie. Sondern für Reihen um Reihen von Kameras.« Mooney beugte sich vor, nahm sein Glas und kicherte. »Für die Reihen. Peterkin?«

»Peterman. Steven Peterman.«

»Peterman war *in camera*.« Mooney leerte sein Glas. Seine Augen wurden glasig, schielten leicht. Mit reichlich zittriger Hand langte er nach der Flasche. »Kennen Sie den Ausdruck? Von der Öffentlichkeit ausgeschlossen.«

»Das Problem ist, daß Moxie auf uns wartet.«

»Wir werden erst noch was zusammen trinken, Sie und ich, und uns darüber unterhalten, wer ›in‹ ist und wer ›out‹. Holen Sie sich was zu trinken.«

»Ich habe schon was.«

Mooney kniff die Augen zusammen, um Fletchs Bierdose zu erkennen. »So, Sie haben schon was.«

Er schenkte sich selbst gut drei Finger breit ein.

»Also, wer war dieser Peterdingsbums. Großer Verlust für die Menschheit, was meinen Sie?«

Fletch zuckte die Achseln. »Moxies Manager. Einer der Produzenten des Films.«

»Und wie ist er gestorben?«

»Bekam ein Messer in den Rücken.«

Mooney lachte. »Typisch für die Branche. Die *Intrigustrie*, wie man sie heute nennt.«

»Ich fürchte, daß Ihre Tochter zu den Hauptverdächtigen zählt.«

»Marilyn?«

»Ja.«

»Das traue ich ihr glatt zu.« Mooney blickte nachdenklich über das Geländer in das Gewitter hinaus, ohne es überhaupt wahrzunehmen.

Fletch zögerte. Wie weit ging bei einem solchen Genie die Betrunkenheit; war er bei klarem Verstand oder war er Lear; galten seine Gedanken Regan oder Moxie? »Was würden Sie wem glatt zutrauen?«

»Mord.« Mooneys Blick wanderte zu Fletch zurück. »Marilyn.«

Ein noch schlimmerer Schauer jagte Fletch den Rücken hinunter und wieder hinauf, wo er wie eine Handvoll Federn gegen seinen Hinterkopf prallte.

Mooney senkte den Blick auf den zerschrammten Tisch. »Sie hat's schon mal getan?«

»Was getan?« stieß Fletch hervor.

Mooney bohrte seinen Daumennagel in eine Rille auf der Tischplatte. »Mord«, sagte er.

Dreimal donnerte die Brandung auf den Strand, bevor Fletch wieder frei genug atmen konnte, um zu sagen: »Wovon reden Sie eigentlich?«

»Von diesem Vorfall in der Schule«, sagte Mooney. »Als Marilyn dreizehn, vierzehn war. Das Jahr, in dem ihr gütiger Vater – meine Wenigkeit – den Entschluß faßte, sie mitten im Semester nach England in eine Schule zu bringen. Im November war das, glaube ich. Es sollte natürlich niemand wissen, was der Grund für diesen plötzlichen Wechsel war. Ich sagte, daß ich sie gern in meiner Nähe hätte. Ich war in jenem Jahr allerdings kaum in England.«

Fletch sagte: »Ich wußte, daß sie ein oder zwei Jahre in England zur Schule gegangen ist.«

»Aber Sie wissen nicht, warum.« Mooney sprach mit der erschöpften Stimme eines Menschen weiter, der eine traurige, alte Geschichte erzählt. »In dem privaten Internat, das sie in Kalifornen besuchte, wurde ihr Schauspielpauker ... vielleicht kann ich mich ja noch an seinen Namen erinnern ...« Er nahm einen großen Schluck von seinem Drink. »... Nein. Egal. Kleines Stinktier. Wurde also am Rand des Schulteichs ertrunken aufgefunden, seine Füße ragten raus. Irgendwer hatte ihm einen Stein an den Kopf gedonnert. Ihn bewußtlos geschlagen. Die Schulbehörde untersuchte den Fall. An diesem Nachmittag hatten sich nur drei Mädchen irgendwo in der Nähe des Teiches aufgehalten. Marilyn war am dichtesten dran gewesen. Marilyn hatte als einzige von den dreien dieses Stinktier gekannt, sie hatte bei ihm Unterricht gehabt. Marilyn war die Werferin im Baseballteam der Schule und durchaus imstande, jemandem mit einem Stein kräftig eins über die Rübe zu ziehen.« Mooney rülpste. Dann seufzte er. »Sie konnte diesen Schauspielpauker nicht ausstehen. Das hatte sie mir geschrieben – in flammendem Rosa. Ich meine Prosa.«

»Der Mann hätte doch ausgerutscht sein können ...«

»Er lag mit dem Gesicht nach unten im Wasser. Er war am

Hinterkopf getroffen worden. Ganz gemeiner Mord . . . und vorsätzlich. Konnten nicht mit Sicherheit beweisen, wer's getan hatte . . . daß Marilyn es getan hatte. Man verhörte sie. Gute Schauspielerin, schon damals. In ihr fließt das Blut ihres alten Herrn, wissen Sie. Wurde damit geboren. Ihre Adern sind vollgepfropft damit.«

»Und darum haben Sie sie nach England in eine andere Schule expediert.«

»Ja«, sagte Mooney gedehnt. »Sie wurde verhört, verhört, verhört. Nichts einzuwenden gegen diese Fragerei, wohlgemerkt. Aber ein oder zwei der Antworten hätten ja . . .« Mooneys Stimme blieb in der Luft hängen.

»Wenn sie aber doch einen Mord auf dem Gewissen hatte –«

Mit einem Ruck setzte sich Mooney kerzengerade auf. »Sie ist und bleibt meine Tochter, verdammt noch mal. Glänzende Zukunft. Dieses ganze Blut in ihren Adern. Talent darf nicht sinnlos vergeudet werden.« Seine Schultern entspannten sich. »Ich beurteile diesen Vorfall nicht anders als das, was Odysseus getan hat, als er seinem Lehrer mit einer Lyra den Kopf zertrümmerte. Irgendwann kommt einmal die Zeit, da muß man sich seine Lehrer vom Halse schaffen, so oder so. Zugegeben, Odysseus und Marilyn haben da eine etwas dramatischere Methode angewandt als andere . . .«

Fletch sagte: »Sie hatte einigen Ärger mit Peterman. Deswegen hat sie mich gebeten, sie hier unten zu besuchen.«

»Was?« fragte Mooney scharf. »Heißt das, daß Sie gar nicht in der *Intrigustrie* sind?«

»Nein. Ich bin Reporter.«

»Upps. Muß auf meine Manieren achten. Werde ich gerade interviewt?«

»Nein.«

»Ich fühle mich beleidigt. Warum nicht?«

»Weil Sie betrunken sind, Sir.«

»Ihrer Meinung nach . . .« Mooney hielt inne, blinzelte träge. ». . . bin ich also betrunken?«

»Soll keine Beleidigung sein.«

»Ich bin ständig betrunken«, sagte Mooney. »Ist keine Beleidigung. Das ist mein Lebensstil. Mein Betrunkensein hat mich noch nie davon abgehalten, gute Interviews zu geben. Oder Vorstellungen.«

»Ich habe einmal gelesen, Sie hätten gesagt, daß Sie nicht weniger als fünfzig Filme in sturzbetrunkenem Zustand gedreht hätten, sich aber an keinen einzigen mehr erinnern könnten. Ist das wahr?«

Mooney schien mit dem Kopf zu wackeln. Dann nickte er heftig. »Das's wahr.«

»Wie ist so was möglich?«

»Ich schau' mir für mein Leben gern Filme an, die ich nicht kenne. Vor allem, wenn ich selbst drin mitspiele.«

»Das kapiere ich nicht. Wie können Sie sich zu einem Auftritt hochrappeln, auf der Bühne einen nüchternen Eindruck machen, wenn Sie betrunken sind?«

»Illusion«, sagte Mooney. »Wirklichkeit. Die Verdrehung der Wirklichkeit. Verstehen Sie?« fragte er.

»Nein.«

»Ich habe mal in Italien, in Chiasso, einen kompletten Film gedreht. Ein Jahr später erzählte ich einem Reporter, daß mir Chiasso völlig unbekannt wäre. Wurde überall zitiert. Das Studio erklärte, es handele sich um ein Mißverständnis. Ich hätte gemeint, mir wäre ein Fiasko völlig unbekannt.« Mooney lachte. »Mir sind Fiaskos durchaus nicht unbekannt. Und Chiasso, glaube ich, auch nicht. Hübscher Ort, Chiasso. In Gedanken sehe ich einen hübschen Ort vor mir. Filmen ist einfach. Dauert nur ein paar Minuten pro Tag. Dazu kann ich mich immer hochrappeln.«

»Immer?«

Die Pupillen von Mooney Augen tanzten oder glitzerten angriffslustig. »Soll ich Ihnen mal vorführen, wie ich mich hochrappeln kann?«

Fletch sagte: »Ich glaube, das haben Sie schon. Gerade eben haben Sie mir Lear vorgeführt.«

»War ich das? Hab ich das getan? Ich werd's noch mal tun.« Mooney stimmte seine Mimik ein, holte langsam und tief Luft. Aber irgend etwas hinter seiner Mimik wollte lieber schlafen. »Mir ist nicht danach«, sagte er.

Er genehmigte sich einen Schluck.

»Tut mir leid, Sir«, sagte Fletch. »Ich wollte nicht indiskret sein. War dumm von mir.«

»All's in Or'nung«, sagte Mooney vergnügt. »Bin's gewöhnt, ein Objekt der Inkretion zu sein. Indi-skreti-i-on.«

»Sie sind ein großartiger Mann.«

»Sind andere auch«, sagte Mooney.

»Wollen wir zum Wagen gehen? Es regnet im Moment nicht so stark.«

»Der Wagen!« rief Mooney aus. Er blickte um sich, dann hinaus zum Strand. »Was, haben sie für heute mit dem Drehen aufgehört? Kein Licht mehr?«

»Während wir hier saßen, hat's draußen höllisch gestürmt, in Strömen gegossen, gedonnert, geblitzt.«

Mooney sah verwirrt, verwundert aus. Er sagte: »Ich dachte, das wäre in *King Lear* gewesen.«

»Kommen Sie.« Fletch stand auf. »Ihre Tochter wartet.«

»In einen Mord verwickelt ...«

»So was Ähnliches.«

»Ich frage mich ... ob sie einen schwarzen Schleier dabei hat.«

»Keine Ahnung«, sagte Fletch. »Zeit zu gehen.«

»Diese Flasche ...« Mooney zeigte auf die Flasche. »... kommt in diese Tasche.« Er zeigte nach rechts auf den Fußboden anstatt nach links, wo die Fluglinientasche stand.

Fletch schraubte die Flasche zu und verstaute sie in der Tasche.

In der Tasche waren noch drei volle Flaschen, eine leere und einige seltsame, dicke Lappen.

Mooney stürzte den Rest seines Drinks herunter, stand auf und schwankte.

Fletch packte seinen Arm.

»Gehn Sie jetzt?« fragte der Barkeeper.

»Danke, Herr Wirt«, sagte Mooney, »für Ihre vorzügliche Gans.«

»Nacht, Mr. Mooney.«

»Gansfreundschaft.«

Fletch sagte: *»Beliebt es Euch, hinauszugeh'n, mein König?«*

Vornübergebeugt und an Fletchs Arm geklammert, grinste Mooney zu ihm hoch: *»O habt Geduld mit mir! Bitte, vergeßt, vergebt, denn ich bin alt und kindisch.«*

Ihn die Treppe hinunterzubringen, war ein hartes Stück Arbeit. Es dauerte fast zehn Minuten.

Als Mooney unter der Verandaüberdachung hervor ins Freie trat, betrachtete er den Tag, den Golf, den Regen, als sähe er das alles zum erstenmal.

»Feuchter Tag«, sagte er. »Werd' wohl ins Hotel zurückgehen und mich in einem trockenen Martini verkriechen.«

»Werd' wohl ins Hotel zurückgehen«, sagte Fletch, »und mich in Ihrer Tochter verkriechen.«

Mooney sah Fletch zwar nicht an und drehte auch nicht den Kopf, aber unmittelbar vor seinem Ohr rötete sich die Haut.

Fletch verfrachtete ihn auf den Rücksitz des Mietwagens.

Auf der Fahrt nach Vanderbilt Beach genehmigte sich Frederick

Mooney zwei kräftige Schlucke aus seiner Flasche und entschlummerte. Er schnarchte laut genug, um jeden, der irgendwo auf irgendeinem Balkon gerade ein Nickerchen machte, aufzuwecken.

7

»Kann ich Ihnen helfen, Sir?«

Durch die gläserne Eingangstür des Hotels La Playa hatte der rotberockte Hausdiener beobachtet, wie Fletch vorgefahren, aus dem Wagen gestiegen und zögernd stehengeblieben war. Die Dunkelheit war bereits hereingebrochen, und Fletch hatte feuchte Shorts, ein feuchtes Hemd und keine Schuhe an.

»Ja. Würden Sie bitte Miss Mooney verständigen, daß ihr Vater und ihr Chauffeur auf sie warteten?«

»Gewiß, Sir.«

Fletch lehnte sich gegen den nassen Wagen. Trotz der geschlossenen Türen und Fenster konnte er Frederick Mooney auf dem Rücksitz schnarchen hören.

Innerhalb von fünf Minuten kam Moxie durch die Tür und die Treppe herunter.

Sie trug ein einfaches, kurzes, schwarzes Kleid. Und einen schwarzen Schleier.

Fletch hielt ihr die Tür zum Beifahrersitz auf und setzte sich dann hinters Steuer.

Im Fond wurde es still.

»Mein Gott«, ereiferte sich Moxie. »Was ist aus dieser Welt geworden? Da wird ein Mann wie Steve Peterman direkt vor meinen eigenen Augen erstochen!«

»Wirklich?«

»Was sagten Sie, junger Mann?«

Fletch steuerte den Wagen zurück zur Route 41. »Wurde er wirklich direkt vor Ihren eigenen Augen erstochen?«

»Nein. Genaugenommen habe ich überhaupt nichts gesehen. Ich verstehe nicht, wie so etwas passieren konnte.«

»Standen Sie sich nahe?«

»Wie Bruder und Schwester. Steve war jahrelang mit mir zusammen. Ging mit mir durch dick und dünn. Stand mir bei. In guten wie in schlechten Zeiten. In Hochs und Tiefs.«

»Beim Kommen und Gehen.«

»Beim Kommen und Gehen.«

»Bei der Ankunft und der Abfahrt.«

»Bei der Ankunft und der Abfahrt.«

Im Fond sagte Frederick Mooney: »Sehr gut, Mädelchen.«

Moxie riß Hut und Schleier herunter und schleuderte sie auf den Rücksitz neben ihren Vater. »Dachte mir, daß dir das gefällt, O. E.«

»Wie ich hörte, geliebte Tochter, könnte dich dein nächstes Engagement möglicherweise für längere Zeit ans Kittchen binden, sofern du diese Vorstellung hier nicht wirklich hervorragend über die Bühne bringst.«

»Er spielt die Rolle von Scanlon«, erklärte Moxie Fletch.

»Oh.«

»Der Heilige auf dem Mörderpfad.«

»Verstehe.«

»Warst du es, Tochter, die diesem Stinktier ein Loch in die Wasserleitung gebohrt hat?«

»Ich habe es nicht gewollt, ehrlich. Ich habe es nicht gewollt. Schau, ich war gerade dabei, mir mit diesem niedlichen, scharfen Messerchen meine Fingernägel zu schneiden, als er wirklich äußerst unvorsichtig daherkam und rückwärts in mich hineinlief.« Moxie schüttelte den Kopf. »Wirklich äußerst unvorsichtig.«

»Nach dem, was Peterman mir erzählt«, sagte Mooney, »handelt es sich hier um eine sehr schwerwiegende Angelegenheit.«

Fletch und Moxie sahen sich ehrlich verblüfft an.

»Peterman?« fragte Moxie.

Durch den Rückspiegel sah Fletch, wie Mooney Zeichen gab, daß er Fletch meinte.

»Peterman«, sagte Mooney.

»O. E.« Moxie atmete aus. »Der Name dieses Mannes ist Fletcher. Peterman ist der Name des Mannes, den man durchlöchert hat.«

Mooney murmelte: »Ich dachte, er hätte gesagt, sein Name wäre Peterman.«

»Der liebe O. E.«, kommentierte Moxie. »Weiß immer ganz genau über meine Angelegenheiten Bescheid. Legt Wert darauf, jeden in meinem Leben zu kennen. Ein Freund für alle meine Freunde. Kurzum, ein zärtlich liebender Vater.«

»Also, wer ist denn nun erstochen worden?« fragte Mooney.

Fletch sagte: »Der andere.«

»Also sind Sie doch Peterman«, beharrte Mooney.

»Nein«, sagte Fletch. »Ich bin Fletcher. Ich bin derjenige, der Ihnen von Peterman erzählt hat.«

»Das ändert nichts an der Sache«, entschied Mooney nach einem Schluck aus seiner Flasche. »Es bleibt eine sehr schwerwiegende Angelegenheit.«

Einen Augenblick später, nachdem er Mooneys Kopfnicken im Rückspiegel gesehen hatte, fragte Fletch Moxie: »Du sagst O. E. zu deinem Vater?«

»Nur, wenn ich ihn direkt anspreche.«

»Das habe ich noch nie gehört. Du hast ihn bisher immer Freddy genannt.«

»Ursprünglich hieß es O. D. E. Kurz für Oh, Du Erleuchteter. Meine Mutter begann ihn so zu nennen, als sie gerade geheiratet hatten, noch jung waren, alles noch vor ihnen lag. Sie nennt ihn immer noch so. Sofern ihr armes, verwirrtes Hirn überhaupt etwas ausspuckt. Ich habe sie vergangenen Monat besucht. Im Heim. Arme Mamma. Na ja, wie auch immer, im Laufe der Jahre wurde es eben zu O. E. verkürzt.«

»Man nennt mich Oh, Satan«, verkündete Mooney vom Rücksitz mit einer Stimme, die in dem geschlossenen Wagen wie Donnerhall klang. »Abgekürzt Oh, Dämon.« Er setzte die Flasche an den Mund.

Moxie sah durch die vom Regen gesprenkelte Windschutzscheibe. Sie waren auf der Route 41 in nördliche Richtung abgebogen. »Wohin fahren wir?«

»Zum Dinner.«

»Und was fangen wir mit dem Superstar da hinten an?«

»Den nehmen wir mit.«

»Du hast Freddy noch nie in einem Restaurant erlebt.«

»Nein.«

»Die Leute schnappen nach Luft und fallen von ihren Stühlen. Sie reißen sich darum, ihm Getränke zu spendieren. Sie stehen Schlange, um ihm die Hand zu schütteln und ein paar Worte mit ihm zu wechseln, mit dem Ergebnis, daß er nie etwas zu essen bekommt. Sie scheinen nie zu merken, wie betrunken er schon ist. Ich nenne das die Bürgeriniative zur Ermordung Frederick Mooneys.«

»Er lebt aber immer noch.«

»Als Kind fand ich das immer schrecklich peinlich. Hosianna dem Prominentensuff.«

Mooney sagte: *»Ich stürbe wohl vor Mitleid, erblickt' ich andre so.«*

»O Gott«, sagte Moxie. »Lear. Was hat ihn bloß auf Lear gebracht? Habe ich irgend etwas gesagt, was sich wie Regan anhörte?«

»Ich glaube, es ging los, als ich ihn in der Bar gefunden hatte«, sagte Fletch. »Das erste, was ich zu ihm sagte, war so was Ähnliches wie *›Ihre Tochter schickt mich, Sie zu holen‹*.«

»Ja«, sagte Moxie. »Das dürfte als Stichwort ausreichen, um ihn auf Lear zu bringen. Hat er auch deklamiert?«

»Ja«, sagte Fletch. »Es war fantastisch. Bei Donner und Blitz und prasselndem Regen.«

Moxie langte nach hinten und tätschelte Mooneys Knie. »Ist schon o. k., O. E., ich habe auf keine Mahlzeit verzichten müssen.«

»Das war auch gut so«, sagte Mooney.

»Mich hast du in die Schule gesteckt und Mamma ins Heim, aber keiner hat je auf eine Mahlzeit verzichten müssen.«

Mooney schüttelte zustimmend den Kopf. »Das ist eine verdammt schwerwiegende Angelegenheit. Das habe ich Fletcher auch schon gesagt.«

Moxie schüttelte den Kopf und drehte sich gerade wieder herum, als sie an einem Schild mit der Aufschrift 41 vorbeifuhren. »Diese verfluchte Route 41. Da komme ich hierher, um einen Film zu drehen, und dann scheine ich meine ganze Zeit bisher damit zu verbringen, auf der Route 41 hin und her zu pendeln. Van Vanderbilt Beach nach Bonito Beach. Von Bonito Beach nach Vanderbilt Beach. Das Leben springt schon recht grausam mit einem arbeitenden Mädchen um.«

»Was war das für eine Sache mit dem Fahrerfluchtunfall?« fragte Fletch.

»Du weißt davon?«

»Hab' gehört, wie dich ein Reporter etwas darüber fragte.«

»Ich glaube nicht, daß da eine Verbindung besteht«, sagte Moxie. »Ich meine zu Steves Tod. Es war Geoffrey McKensies Frau.«

»Warum kommt mir dieser Name so bekannt vor? Geoffrey McKensie?«

»Australischer Regisseur.« Moxie gähnte. »Ein sehr guter australischer Regisseur. Vielleicht der beste Regisseur der Welt. Er hat drei sehr sanfte Filme gemacht. Glaube nicht, daß sie außerhalb Australiens groß bekannt geworden sind. Ich habe mir alle drei angesehen. Sie sind traumhaft. Er arbeitet die Rolle unheimlich gut heraus. Sehr einfühlsam. Weißt du, er nimmt sich die Zeit, diesen Bruchteil einer Sekunde, den das dauert, und läßt einen Darsteller etwas wirklich Enthüllendes, vielleicht sogar Widersprüchliches tun, uh . . . verstehst du, was ich meine?«

»Nein.«

»Oh. Na gut. Ich hatte wirklich gehofft, daß er bei *Midsummer*

Night's Madness Regie führt. Ich war auch überzeugt, daß er's machen wird. Er kam ja extra deswegen her.«

»Und jetzt führt er nicht Regie.«

»Das macht Sy Koller. Ein netter Typ und gar nicht mal schlecht.«

»Du willst sagen, daß dieser McKensie den weiten Weg von Australien gemacht hat in der Meinung, er hätte einen Job, und dann hatte er gar keinen?«

»Mit Frau.«

»Wie kann denn so was passieren?«

»So was ist in der Branche an der Tagesordnung. In dieser Branche gibt es ein Sesam-öffne-dich – den Begriff *kreditwürdig.*«

»Du meinst wohl investitionswürdig.«

»Leicht verdaulich. Wenn in diesem Gewerbe die nicht kreativen Leute eine Entscheidung treffen müssen und nicht wissen, wie sie eine Entscheidung, die sich an Kreativität und Talent orientiert, treffen sollen, dann treffen sie die Entscheidung, die sich an der *Kreditwürdigkeit* orientiert. Sie behaupten, daß sie Banker, Investoren an der Hand hätten, die nur an diesem einen Drehbuch oder dieser einen Person interessiert wären, ausschließlich. Was im Grunde auf die einfache Formel zu bringen ist: *Mein Drehbuch und meine Freunde sind kreditwürdig, und dein Drehbuch und deine Freunde sind nicht kreditwürdig.* Verstehst du?«

»Und dieser Godfrey McKensie wurde für nicht kreditwürdig erklärt?«

»Geoffrey McKensie. Ja.«

»Nachdem er hierhergekommen war?«

»Nachdem er hierhergekommen war, wurde Sy Koller frei. Ein anderer Film, den er gerade drehte, ging baden.«

»Und Sy Koller ist kreditwürdig?«

»Sy Kollers letzte fünf Filme waren durchweg Mißerfolge. Finanziell und von der Kritik her. Katastrophen.«

»Und das macht ihn kreditwürdig?«

»Aber sicher. Steve meinte, Sy wäre geradezu gezwungen, einen guten Film zu machen.«

»Und dieser arme Aussie, der drei gute Filme gemacht hat und um die halbe Welt geflogen ist, um einen neuen Film zu machen, ist nicht kreditwürdig?«

»Richtig. Weil kein Mensch seinen Namen kennt. Noch nicht. Kein Mensch hier hat seine Filme gesehen. Aber Sy Kollers Namen kennt jeder.«

»Sie kennen ihn als gescheiterten Regisseur. Sei mir nicht böse, aber ich glaube kein Wort von dem, was du da erzählst.«

»Es ist auch nicht zu glauben. Darum hat ja jemand wie ich jemanden wie Steve Peterman, der sich mit diesem ganzen Kram abgibt. Wer kann das schon verstehen? Wer will das überhaupt verstehen?«

»Hat dieser Mensch, dieser McKensie, irgendwelche Rechte?«

»Sicher. Er hat das Recht zu klagen. Vermutlich hat er das auch getan. Aber ich glaube kaum, daß seit *Birth of the Nation* überhaupt irgendein Film gedreht wurde, ohne daß die Leute geklagt haben. Und wenn sie's nicht getan haben, dann sollten sie deswegen verklagt werden. Wie auch immer, vor etwa zehn Tagen wurde Geoffrey McKensies Frau überfahren. Auf der Old Route 41. Sie hatte an einem Obst- und Blumenstand angehalten, ein paar Blumen gekauft und ging gerade über die Straße zu ihrem Wagen zurück, als sie umgefahren wurde. Der Fahrer hielt nicht an.«

»Tot?«

»Sie starb drei Tage später im Krankenhaus.«

»Keine Zeugen?«

»Nur die Frau vom Blumenstand. Sie sagte, der Wagen, der Mrs. McKensie erwischt hätte, wäre sehr schnell gefahren. Wäre entweder grün oder blau gewesen und entweder von einem Mann oder einer Frau gesteuert worden. Wir fahren ziemlich weit zum Dinner, findest du nicht auch? Bis ganz nach Fort Myers hinein?«

»Und McKensie treibt sich immer noch hier herum?«

»Klar.«

»Das Begräbnis ... Ich könnte mir vorstellen, daß er nach Hause möchte ...«

»Erst einmal mußte er seine Frau beerdigen. Dann mußte er sich vermutlich Anwälte suchen. Ich hoffe, daß er Strafanzeige gestellt hat. Vielleicht muß er an Ort und Stelle bleiben, um seinen Prozeß durchzusetzen. Was weiß ich. Ich mag ihn. Das ist alles ganz scheußlich.«

An einer Ampel bog Fletch nach rechts ab.

»Hier geht's zum Flughafen«, sagte Moxie.

»Ganz recht.«

»Wir essen im Flughafen?«

»Mehr oder weniger.«

»Wir haben diese Spazierfahrt gemacht, um in einem Flughafen zu essen?«

Fletch antwortete nicht.

»Irwin Maurice Fletcher, ich bin schon oft genug in meinem Leben mit diesem gräßlich faden, unappetitlichen Essen konfrontiert worden, das einem in Flughäfen vorgesetzt wird.«

»Hand aufs Herz. Hast du wirklich noch nie in einem Flughafen gut gegessen?«

»Noch nie.«

»Noch kein einziges Mal?«

»Einmal.«

»Wo? In welchem Flughafen?«

»Das werde ich dir gerade verraten? Sieh doch nur, was du mit mir vorhast. Führst mich zum Essen in einen Flughafen!«

Fletch zog den Kopf ein und schaute durch die Windschutzscheibe nach oben. »Über einen Flughafen, genau genommen.«

»Großartig. Dinner in einem Kontrollturm. Sehr erholsam.«

»Sieh mal, das Wetter klart auf. Dachte mir, daß es doch hübsch sein könnte, in einem Flugzeug in die Lüfte zu steigen und hoch oben einen gemütlichen Imbiß einzunehmen, während wir den Mondaufgang betrachten.«

»Ernsthaft?«

»Dürfte gerade die richtige Abflugzeit sein.«

Er fuhr in eine Parklücke.

Sie starrte ihn an. »Du hast ein Flugzeug zum Dinner gechartert?«

Er stellte den Motor ab. »Wo könntet ihr beiden Superstars heute abend denn sonst hingehen? Einer von euch hat den ganzen Tag gesoffen –«

»– das ganze Leben –«

»– und der andere bibbert wie eine Sprechpuppe in den Händen eines kleinen Jungen.«

»Fletcher, du bist kein kleiner Junge.«

»Das weiß ich. Fragt sich nur, was ich dann bin.«

Er stieg aus und öffnete den Kofferraum. Sie folgte ihm hinter den Wagen.

»Was ist das denn?« fragte sie.

»Ein Picknickkorb. Habe ihn zusammengepackt, während ich nach Freddie suchte. Lauter schnuckelige Sachen. Tatar und saure Gurken. Shrimps. Champagner.«

Er nahm den Korb heraus und schlug den Kofferraumdeckel zu.

Er öffnete die Fondtür des Wagens. »Mister Mooney?«

Er schüttelte Mooney am Arm. Die Flasche in Mooneys Schoß war fast leer.

»Wir sind am Flughafen, Sir.« Mooney blinzelte ihn an. »Habe mir gedacht, Sir, daß wir unser Dinner in etwas höheren Sphären einnehmen.«

»Sehr rücksichtsvoll von Ihnen.« Mooney schälte sich aus dem Wagen. »Wirklich sehr rücksichtsvoll, Mister Peterman.«

8

»Ich sehe den Mond nicht«, sagte Moxie.

»Immer diese Reklamationen! Du mußt Geduld haben.« Fletch füllte ein langstieliges Glas mit Champagner. »Ein bißchen Schampus gefällig, Mister Mooney?«

»Das Zeug rühr' ich nie an«, sagte Mooney. »Bringt meinen Kognak durcheinander.«

Sie saßen in geräumigen Lederdrehsesseln, jeder mit einem Sicherheitsgurt angeschnallt. Der Passagierbereich des Flugzeugs war teils als Salon, teils als Büro eingerichtet.

Der Pilot, der sie über die dunkle Rollbahn geleitet hatte, hatte Frederick Mooneys schwankenden Gang zunächst mit besorgter Miene betrachtet und sich auch nicht damit trösten lassen, daß Frederick Mooney sehr laut und sehr falsch *Wenn ich ein Vöglein wär*... sang. Als sie an einer Lampe vorbeigingen, warf der Pilot seinen Passagieren einen schnellen Blick zu und bekam Stielaugen, als er Moxie Mooney und nach schärferem Hinsehen auch noch Frederick Mooney erkannte. Fürsorglich half er Frederick Mooney die Treppe hinauf und schnallte ihn höchstpersönlich im Sessel an.

Der Flieger hob sofort ab.

»Ich nehme an, daß wir Kurven fliegen müssen«, sagte Moxie.

»Wie in aller Welt soll man denn sonst fliegen?« fragte Fletch.

Von seinem Platz aus deckte Fletch den von ihren Sesseln aus leicht erreichbaren Ausziehtisch mit dem Inhalt des Picknickkorbs. Er entfernte die Zellophanschutzhüllen von den Platten mit verschieden belegten Kanapees. Öffnete die Behälter mit geeisten Shrimps, Hummerschwänzen, den dazugehörigen Saucen und Salaten. Verteilte Teller und Besteck und Servietten auf dem Tisch. Als letztes holte er aus dem Korb eine kleine, weiße Vase und eine langstielige, rote Rose, goß Champagner in die Vase, stellte die Rose hinein und setzte sie in die Mitte des Tisches.

Moxie, die ihm dabei zuschaute, sagte: »Eigentlich würdest du einen interessanten Ehemann abgeben.«

»Hab' ich schon«, sagte Fletch. »Zweimal.«

»Wie die Dame sagte«, intonierte Frederick Mooney mit einem kalten Blick auf seine Tochter, »als man sie gerade abführte: ›Mein Verderben war die Heirat mit einem interessanten Mann.‹«

Fletch sah von einem zum anderen und fragte dann: »Möchte jemand etwas essen?«

Wortlos beluden die beiden Mooneys ihre Teller mit allem, was an Eßbarem zu sehen war. »Ganz schön üppig, wenn man die Eitelkeit der Filmstars bedenkt«, murmelte Fletch und bediente sich von den Resten. »Ein Glück, daß ich für sechs Personen eingekauft habe.«

Den Teller auf dem Schoß, schwang Mooney seinen Sessel herum, um aus dem Fenster zu schauen, während er aß.

»Nun«, sagte Fletch zu Moxie, nachdem sie sechs Sandwichviertel, vier Hummerschwänze und die Hälfte ihrer Shrimps verspeist hatte, »möchtest du mir jetzt vielleicht verraten, warum du mich gebeten hast, hierherzukommen? Oder reicht es dir für heute? Oder hat es sich inzwischen erledigt...?«

»Du bist ganz schön schwer zu finden«, maulte Moxie. »Hat mich beinahe eine Woche gekostet, dich aufzuspüren.«

»Ich war in Washington«, sagte Fletch, »hab' die Abteilung für Indianerangelegenheiten gesucht.«

»Und hast du sie gefunden?« Sie kaute an einem Hummerschwanz.

»Ich habe die Möglichkeiten auf eine von drei Telefonzellen einschränken können.«

Sie wischte sich die Hände an einer Serviette ab. »Ich scheine in echten finanziellen Schwierigkeiten zu stecken.«

»Wie ist das denn möglich?«

»Das wüßte ich gerne von dir.«

»An manchen Abenden bist du auf zwei Fernsehkanälen gleichzeitig. In den Kabelprogrammen bist du so oft zu sehen, daß es mich eigentlich wundert, warum du nicht durch die Nase sprichst. Deine Filme füllen die Kinos. Vergangene Weihnachten hast du die ersten einhundert Tage von *A Broadway Hit* feiern können –«

»Und ich ersticke in Schulden. Erklär' mir das mal.«

»Ich würde das selbst gern verstehen. Du zerstörst den amerikanischen Traum. Den Reich-und-Berühmtsein-Traum.«

In ihren Augen standen Tränen. Sie senkte den Kopf über ihren Teller. »Ich arbeite schwer. Ich muß. So viele Leute verlassen sich auf mich. Mit meiner Arbeit trage ich mittlerweile zum Einkommen von buchstäblich Tausenden von Menschen bei. Wir haben meine

Mutter in dieses sagenhaft teure Sanatorium in Kansas gebracht. Ich habe einen Teil der Kosten von Freddy übernommen.« Sie senkte die Stimme. »Und man braucht kein Prophet zu sein, um vorauszusehen, daß ich demnächst für alle Kosten aufkommen muß. Und dabei weiß doch jeder, daß diese Branche, in der ich stecke, schlichtweg verrückt ist!« sagte sie lauter. »Keine Sicherheit. Heute kreditwürdig, morgen abgehalftert. Jemand wie ich kann nicht soviel aus sich herausholen, wenn er ständig daran denkt, daß man ihn irgendwann nächste Woche, nächsten Monat, nächstes Jahr aufs Abstellgleis schieben wird.«

»Iß ein paar Shrimps.«

»Ich habe schon ein paar Shrimps gegessen.«

»Dann iß noch ein paar Shrimps.«

»Ich will keine Shrimps mehr«, sagte sie mürrisch. Dann sah sie ihn an. »War das deine Mitleidsplatte Nummer 12?«

»Nummer 9, genaugenommen. Ich wäre froh, wenn du mich nicht so schnell durchschauen würdest. Das macht mich verlegen.«

»Du bist in deinem ganzen Leben noch nicht verlegen gewesen.«

»Warum versuchst du nicht, mir in Form einer Geschichte, der Reihe nach zu erzählen –«

»Kann ich nicht.«

»Ich bin doch nur ein einfacher Journalist, der vorübergehend arbeitslos ist –«

»Es ist erst ein paar Wochen her, daß die ganze Sache wie eine Riesenbombe auf mich runterstürzte. Kurz bevor ich zu den Außenaufnahmen von *Midsummer Night's Madness* erwartet wurde. Tolle Ausgangsbasis für einen Film. Falten im Gesicht und Ringe unter den Augen –«

»Du hast noch nie in deinem Leben Falten im Gesicht und Ringe unter den Augen gehabt.« Er betrachtete den Schimmer auf ihrer hellen, gebräunten Haut, den Schimmer in ihrem blonden Haar. »Asche und Honig vertragen sich nicht.«

»Okay«, sagte sie. »Die Geschichte. Vor ein paar Wochen rief mich ein Mann vom Internal Revenue Service an und sagte, es täte ihm leid, daß er mich belästigen müßte, *aber*...«

»Bei denen kommt's immer auf das *aber* an.«

»Ich sagte ihm sofort, daß er Steve Peterman anrufen möge, daß Steve Peterman sich um alle meine geschäftlichen Dinge, Steuern etcetera, etcetera kümmerte. Und er sagte, genau aus diesem Grund riefe er mich ja persönlich an, weil mir nämlich Mister Peterman vielleicht nicht erzählt hätte, daß ich ins Gefängnis käme,wenn ich nicht innerhalb einer gewissen Frist etwas unternähme. Daß *ich* ins Gefängnis käme – nicht Steve Peterman.«

»Oh, Moxie, der Internal Revenue Service hat immer so deftige Sprüche auf Lager. Mir ist da mal etwas sehr Komisches passiert –«

»Fletch, ich bin im Moment nicht in der Stimmung, die komische Seite des Internal Revenue Service kennenzulernen. Ich fragte den Mann, worum es eigentlich ginge. Er sagte, ich hätte meine letzte Fristverlängerung weit überzogen, und dann noch eine Menge anderer Dinge, die ich nicht verstand. Ich bat ihn, mir alles nochmals ganz langsam und in einer mir verständlichen Sprache zu erklären.«

»Das ist aber reichlich viel verlangt von einem Regierungsbeamten.«

»Nun, er hat's aber getan. Er war wirklich sehr zuvorkommend. Nach einer Weile dämmerte es mir. Anstatt in den letzten Jahren meine Steuern zu bezahlen, hatte Steve um Fristverlängerungen gebeten. Also bin ich Jahre im Rückstand. Ich fragte den Mann, wieviel Schulden ich hätte. Er sagte, das wüßten sie nicht, meinten aber, daß es sich um eine beachtliche Summe handeln müßte. Aber dann sagte er noch irgendwas über das ganze Geld, das ich ein- und ausgeführt hätte, was die Angelegenheit ziemlich komplizierte.«

»Was für Geld hast du ein- und ausgeführt?«

»Keine Ahnung.«

»*Eingeführt* könnte ich ja noch verstehen. Da du im Filmgeschäft bist, wirst du wahrscheinlich auch im Ausland Gagen kriegen. *Ausgeführt* verstehe ich allerdings nicht. Hast du irgendwo im Ausland investiert?«

»Nicht, daß ich wüßte. Warum sollte ich?«

»Nun, es wäre doch möglich, daß Steve dich in die französische Parfümindustrie eingekauft hat.«

»Er hat nie ein Wort darüber verloren. Das Schlimmste hast du noch gar nicht gehört. Ich war völlig fassungslos. Ich rief Steve an, und das brachte mich noch mehr aus der Fassung. Er redete eindeutig um den heißen Brei herum, Fletch. Am Telefon. Sagte, *nur keine Aufregung, nur keine Aufregung*, ich hätte wichtige Aufnahmen für einen Film vor mir und sollte mich ganz darauf konzentrieren, er würde sich schon um alles andere kümmern. Ich war so durcheinander, daß ich mir *Being There* dreimal und *Why Shoot The Teacher?* zweimal ansehen mußte.«

»Donnerwetter, dann warst du wirklich durcheinander.«

»Ich rief Steve wieder an und sagte ihm, daß ich den nächsten Flug nach New York nähme. Er gackerte und gurrte. Als ich endlich in der Wohnung in New York war und ihn anrief, war er nach Atlanta, Georgia, gerufen worden. Geschäftlich.«

»Da wir gerade darüber sprechen, Moxie . . .«

Sie sah ihn verblüfft an, weil er sie unterbrach.

». . . Du lebst doch eigentlich recht gut«, sagte Fletch. »Du hast dieses tolle Haus in Malibu, am Strand, mit Swimming-pool und Vorführraum. Du hast diese wirklich hübsche Wohnung in New York –«

»Jetzt hört euch den an!« rief sie aus. »Ein mickriger Reporter mit einer Luxusvilla an der italienischen Riviera –«

»Oh. Das schon wieder.«

»– der Jahre mit einem Buch über irgendeinen Künstler verplempert –«

»Edgar Arthur Tharp.«

Sie grinste hinterhältig. »Wie läuft's denn so mit dem Buch, Fletch?«

»Mühsam.«

»Mühsam! Hast du etwa schon das zweite Kapitel angefangen?«

»Es ist immer wieder etwas dazwischengekommen.«

»Ich brauche das Haus in Kalifornien, Fletch, für meine Arbeit. Ich lebe dort. Ich brauche das Apartment in New York, für meine Arbeit. Ich lebe dort. Keins von beiden ist ein Urlaubs*palazzo* in Italien!«

»Nun, ich habe auch schon meine Probleme mit dem Internal Revenue Service gehabt.«

»Keine weiteren Mitleidsbezeugungen, bitte. Ich bin überzeugt, daß der Internal Revenue Service in diesem Fall im Recht ist. In New York bin ich in Steves Büro gegangen, obwohl man mir gesagt hatte, daß er nicht da wäre. Natürlich kennt mich dort jeder. Sie geben sich ja schon seit Jahren mit meinem Kram ab. Ich bat um ein ruhiges Büro und um alle Bücher, alle Zahlen, die mich und meine Angelegenheiten betreffen.«

»Die mußten sie dir geben.«

»Haben sie ja auch.«

»Aber warum hast du überhaupt darum gebeten?«

»Warum nicht? Ich war dazu gezwungen.«

»Moxie, es ist völlig unmöglich, daß du aus solchen Büchern und Zahlen, wie du das nennst, ohne entsprechende Ausbildung schlau wirst. Du hättest dir einen versierten Buchhalter nehmen sollen.«

»Ich bin schlau genug daraus geworden.«

»Du bist überhaupt nicht schlau daraus geworden.«

»Vor Jahren hat Steve mir mal erzählt, ich müßte Kredite aufnehmen, müßte mir Geld leihen, Schulden zu haben wäre vorteilhaft für mich, Zinszahlungen würden meine Steuersituation erheblich verbessern. Ich haßte den Gedanken, Schulden zu haben, aber er erklärte mir, daß diese Schulden ja nur auf dem Papier bestünden. Also habe ich jedesmal, wenn er mir irgendwelche Papiere vor die Nase hielt, unterschrieben. Fletch, ich habe entdeckt, daß er in meinem Namen Millionen von Dollar aufgenommen hat.«

»Durchaus möglich. Vermutlich richtig ... denke ich. Wissen tu' ich beides nicht.«

»Fletch, was ist ein Steuerasyl?«

»Das ist eine kleine Bretterbude, in der du wohnen wirst, wenn dich der Internal Revenue Service erst einmal durch die Mangel gedreht hat.«

»Er hat in meinem Namen bei ausländischen Banken Geld aufgenommen. In Genf, Paris, Mexico City.«

»Das scheint seltsam. Ich habe wirklich keine Ahnung.«

»Er hat Wertpapiere mit meinem Geld gekauft, die alle rapide an Wert verloren zu haben scheinen.«

»Pech.«

»Immobilien in Atlantic City. Eine Pferdefarm irgendwo, Filmgesellschaften ...«

»Moxie, diese Zahlen sagen dir gar nichts. Mir würden sie ebensowenig sagen. Die Art, wie diese Geschäftsleutchen ihre Zahlen hinbiegen, ist für Normalsterbliche ein Buch mit sieben Siegeln.«

»Fletch«, sagte sie wie ein verängstigtes Kind. »Ich habe Schulden in Millionenhöhe. Bei den Banken. Beim Internal Revenue Service.«

Sie drehte ihren Sessel und sah aus dem Fenster.

Fletch gönnte ihr diesen Augenblick Ruhe.

Frederick Mooney hatte eine neue Flasche aus seiner Flugtasche geöffnet und ein Champagnerglas vollgeschenkt.

»Oh, schau nur«, sagte Moxie schließlich. »Der Mond geht auf.«

»Tatsächlich?« sagte Fletch.

»Perfektes Timing.«

Er beugte sich vor, um durchs Fenster zu schauen. Der Mond ging tatsächlich auf. »Ich habe doch eine sehr romantische Ader.«

»Und auch noch genau vor meinem Fenster«, sagte sie. »Mister Fletcher, versuchen Sie mich zu verführen?«

»Mitnichten. Sie haben zu viele Falten im Gesicht und zu tiefe Ringe unter den Augen.«

Sie zuckte die Achseln. »Es ist doch immer das gleiche: diejenigen, zu denen ich mich hingezogen fühle, wollen mich nicht haben.«

Nach einer Weile fragte Fletch: »Was sagte Steve Peterman, als du ihm das alles unter die Nase gerieben hast?«

»Genau das gleiche wie du. Daß ich nicht wüßte, worüber ich redete, daß das alles viel zu kompliziert für mich wäre, daß er mit mir die Bücher durchgehen und mir alles erklären würde, sobald die wichtigsten Aufnahmen für den Film fertig wären.«

»Und der Internal Revenue Service?«

»Er sagte, er wolle sich darum kümmern.«

»Und du hast es dabei belassen?«

»Ich habe eine Woche damit verbracht, dich zu finden. Ich bat dich, hierherzukommen.«

»Ich bin kein Buchhalter. Ich wollte, ich wäre einer. Mir wird schon schwindlig, wenn ich drei Zahlen hintereinander sehe.«

»Ich brauchte eine Schulter, an der ich mich ausweinen kann.«

»Davon habe ich zwei.«

»Außerdem, hast du – auch wenn ich dich höchst ungern in deiner Anwesenheit lobe – schon ein- oder zweimal erfolgreich als Reporter ermittelt.«

»Was man leider erst rückblickend erkannt hat, fürchte ich.«

»Du hast mir von ein paar Sachen erzählt, die du gemacht hast.«

»Ach, damit habe ich mir nur die Zeit vertrieben.«

»Ich dachte, daß du mir vielleicht deine Meinung über Steve Peterman sagen würdest.«

»Er war ein widerlicher Schweinehund.«

Frederick Mooney schwang in seinem Sessel herum, um sie anzusehen. »Wie kommt es, daß ich gerade den Broadway gesehen habe?«

»Gute Frage«, antwortete Fletch.

»Wir sind gerade über den Broadway geflogen«, verkündete Frederick Mooney seiner Tochter. »Diese große weiße Bahn. Die sternenübersäte Straße. Dieser wundervolle Pfad des Lichts in einem Meer der Dunkelheit.«

»Oh«, sagte Fletch. »Dann sind wir wohl gerade über die Florida Keys geflogen.«

»Wie Sie meinen, junger Mann.« FrederickMooney rülpste. »Ich fürchte nur, wir sind im Begriff, auf dem Herals Square zu landen.«

9

»Fletch! Was hast du getan?«
»Was soll ich denn getan haben?«
Moxie spähte durch die Dunkelheit auf den Flugplatz, hinaus, auf dem sie gerade gelandet waren. »Wo sind wir?«
»Hier.«
»Wir sind nicht in Fort Myers.«
»Tatsächlich?« Er versuchte, Moxie und Frederick Mooney rasch vom Flugzeug zum Taxistand zu treiben. Doch unglücklicherweise waren an allen zweckdienlichen Stellen Schilder mit der Aufschrift KEY WEST angebracht.
»Wir sind in Key West!« sagte Moxie.
»Tatsächlich?« Fletch nahm Mooney die klirrende Flugtasche ab. »Dieser dämliche Pilot. Hat uns doch glatt am falschen Ort abgesetzt.«
»Union Square?« erkundigte sich Mooney.
»Was machen wir in Key West?«
Fletch vermied es, sie mitten durch den Terminal zu führen. »Du hast doch gesagt, daß du die Route 41 satt hättest.«
»Ja und?«
»Alle Straßen enden in Key West. Gewöhnlich in einer Massenkarambolage.«
Zwei Taxis warteten am Stand.
»Fletch«, sagte Moxie streng. »Diese Frau. Diese Chief of Detectives. Sie hat uns aufgefordert, den Bezirk von Fort Myers nicht zu verlassen. Zumindest hat sie mich aufgefordert, den Bezirk von Fort Myers nicht zu verlassen.«
»Eine ähnliche Bemerkung hat sie auch zu mir gemacht.«
Moxie baute sich auf dem Gehweg vor Fletch auf. »Was machen wir dann in Key West?«
»Eine Fliege.«
»Wir wurden aufgefordert –«
»Das ist rechtlich ohne jeden Belang, weißt du.«
»Wirklich?«
»Wirklich. Wir sind weder auf Kaution noch auf Bewährung entlassen. Es wurde keinerlei Anklage gegen uns erhoben.«
Frederick Mooney schickte sich an, auf den Rücksitz des einen Taxis zu klettern.
»Aber wir entziehen uns doch der Justiz?« fragte sie.
»Oh, das ist möglich. Leider ist es so, daß die Leute, wenn du

unter solchen Umständen davonläufst, eher geneigt sind, an deine Schuld zu glauben.«

»Und wir sind davongelaufen. Großartig.«

»Zum Teufel, Moxie, bist du etwa nicht schuldig?« Ihre Augen wanderten von Fletch zu dem geduldigen Taxifahrer und dann zu Mooneys dunkler, massiger Gestalt auf dem Rücksitz. »In Anbetracht der außergewöhnlichen Umstände, die in dem Fall herrschten, hatten nicht allzu viele Leute Gelegenheit, Steve zu erstechen. Da oben –« Fletch deutete zum Himmel, »– hast du so schwergewichtige Gründe für seine Ermordung geliefert, daß das Flugzeug überall hätte abstürzen müssen. Gelegenheit«, sagte Fletch. »Motiv«, sagte Fletch.

»Du meinst, ich hätte dir das alles nicht erzählen sollen?«

»Rechtfertigung«, sagte Fletch. »Für mich klang es wie ein Beinahe-Geständnis.«

Unter dem Licht der Bogenlampen sah Moxie Mooney einen Augenblick lang so aus, als hätte sie wirklich Falten im Gesicht und Ringe unter den Augen.

»Na, komm schon«, sagte Fletch. »Laß uns mit Freddy mitfahren. Sonst weiß er womöglich nicht, wo er hinfährt.«

Sie nahmen Moxie auf dem Rücksitz in die Mitte.

»Zum Blauen Haus«, sagte Fletch zum Fahrer. »In der Duval Street.«

Das Taxi machte sich auf den Weg.

Zu Moxie sagte Fletch: »Ich habe mir ein Haus geliehen. Von einem Freund.«

Mooney genehmigte sich einen Drink.

»Hör zu«, sagte Fletch zu Moxie. »Ein paar Tage Ruhe und Frieden . . .«

Moxie stieg aus dem Taxi, während Fletch den Taxifahrer durch das Seitenfenster bezahlte. Sie sah zu dem beleuchteten Haus hinauf.

»Irwin«, sagte sie. »Dieses ›Blaue Haus‹ ist wirklich nicht blau.«

»Tatsächlich.«

»Werde ich allmählich verrückt? Ich kann doch selbst noch in dieser Beleuchtung erkennen, daß dieses Blaue Haus nicht blau ist.«

Fletch half Frederick Mooney aus dem Taxi.

»Key West ist eben eine exzentrische Stadt«, sagte Fletch. »Glaube kaum, daß du dich hier so lange aufhalten wirst, um dich daran zu gewöhnen.«

Moxie blieb zögernd auf dem Gehweg stehen. Sie hob den Kopf und sprach zum Himmel. »Was soll ich tun?«

»Lieb sein«, antwortete Fletch, während er Mooney die drei Stufen hinaufhalf.

»Mister Peterson«, sagte Mooney am Ende der Treppe. »Sie sind zwar ein netter junger Mann, aber wenn Sie nicht aufhören, mir zu helfen, haue ich Ihnen eins über die Rübe.«

»Entschuldigung.« Fletch ließ von ihm ab.

Mooney schwankte auf der Veranda. »Sie haben mich aus dem Gleichgewicht gebracht.«

Moxie folgte ihnen durch die Haustür. »Warum ist dieses Blaue Haus weiß?«

»Himmel«, sagte Fletch. »Du kannst es doch nicht das Weiße Haus nennen. Wäre ja wohl ziemlich respektlos.«

Die Lopez', die sich um das Blaue Haus kümmerten, waren nicht da. Fletch wußte, daß sie hinter der Gartenmauer in ihrem eigenen Haus wohnten. Sie hatten die Eingangstür nicht abgeschlossen und das Licht brennen lassen. Im Speisezimmer hatten sie ein Tablett mit Sandwichhäppchen aufgebaut und einen kunstvollen Eiskübel voller Bierdosen. Selbst im hinteren Teil des Hauses, im Billiardzimmer, brannte Licht.

Fletch schwirrte durchs Haus und löschte das Licht. »Ich werde euch eure Zimmer zeigen.«

Moxie sagte: »Es ist doch nocht nicht einmal neun Uhr.«

»In Key West bedeutet Zeit überhaupt nichts.« Er stieg die Treppe hinauf. »Traue nie einer Uhr in Key West.«

Mooney nahm die Treppe in Angriff. »Anklage!« sagte er.

Moxie, die hinter ihm herstapfte, sagte: »Lieber O. E., deine Anspielung auf *Arsenic and Old Lace* unter den gegebenen Umständen zeugt entschieden von schlechtem Geschmack.«

Fletch deutete auf die erste Tür zur Rechten. »Dies ist Ihr Zimmer, Miss Mooney. Ich hoffe, Sie finden alles zu Ihrer Zufriedenheit vor. Handtücher im Badezimmer.«

Sie warf einen Blick in das Zimmer und sah ihn dann über den breiten Flur hinweg an. »Erwarten Sie ein Trinkgeld?«

»Sollten Sie Probleme mit der Klimaanlage haben, brauchen Sie nur unten Bescheid zu sagen.«

Fletch stieß eine andere Tür auf. »Dies ist Ihr Zimmer, Mister

Mooney. Sehen Sie? Hübsches, geräumiges Doppelbett.«

»Sehr schön.« Frederick Mooney wankte durch die Tür in sein Zimmer. »Wann ist mein nächster Auftritt?«

»Keine Bange«, sagte Fletch. »Wir werden Sie rechtzeitig rufen.«

Durch die Tür hörte Fletch, wie Moxie murmelte: »Lear hat er gerade hinter sich gebracht. Dann ist heute abend sicher *Richard III.* fällig.«

Das Kinn leicht in die Höhe gereckt, stand Moxie unter der Tür, und obwohl sie sich nicht bewegte und dieses schwarze Kleid trug, strahlte ihr Wesen, ihre Erscheinung vor dem beleuchteten Hintergrund, etwas Erregendes aus.

»Gute Nacht, Miss Mooney. Schlafen Sie gut.«

»Gute Nacht«, sagte sie. »Danke, daß Sie mir mein Gepäck gebracht haben.«

»Kann mich gar nicht daran erinnern.«

In seinem eigenen Zimmer schlüpfte Fletch aus seinen Mokassins, ließ Hemd, Shorts und Slip zu Boden fallen, hüpfte kurz unter die warme Dusche und dann ins Bett, ließ sich zurücksinken und zog die Decke über sich.

Dann lachte er.

10

»Ich kann es kaum erwarten, alt zu werden.« Moxie ließ ihre Beine an seinen hinuntergleiten und streckte sich auf dem Bett aus. »Runzlig und schwabbelig.«

»Das wünschen wir dir alle«, sagte Fletch.

»Ich meine nicht richtig alt«, sagte Moxie. »Nur so alt, daß man ohne schlechtes Gewissen fett und häßlich sein darf.«

»Kann den Tag kaum erwarten.«

Sie rollte sich auf die Seite und wandte ihm, der ebenfalls auf der Seite lag, das Gesicht zu. Abgesehen von ihren Bäuchen, berührten sich ihre Körper von oben bis unten. »Ich kann es kaum erwarten, echte Charakterrollen zu bekommen.«

»Schwabbelbauchrollen, hä?«

»Ehefrauen, Mütter, Nonnen, Omas, Karrierefrauen. Du weißt schon, was ich meine – Frauen, die das Leben schon etwas kennengelernt haben, die schon eine gewisse Würde besitzen und deren Gesicht danach aussieht.«

Die Glastüren zur Terrasse im ersten Stock waren geöffnet, und die leicht feuchte Brise, die hereinwehte, strich über ihre erhitzten Körper.

Typisch Moxie, war sie nackt in sein Zimmer gekommen und gemächlich darin herumspaziert, wobei sie jede Lampe angeknipst hatte. Ihr Körper war nahtlos braun, wie es sich für ihre Rolle in *Midsummer Night's Madness* gehörte. Sie war auf sein Bett gehüpft, hatte nach unten gelangt, ihm die Decke weggezogen und sich dann flach und zu voller Körperlänge gestreckt auf ihn fallen lassen.

Dies war auch der Grund gewesen, warum sich Fletch zur Seite gedreht hatte und sie sich in dieser Position umarmt hatten.

»Nicht so eine schwachsinnige Rolle wie in *Midsummer Night's Madness*. Weißt du, wie der Drehbuchautor die Figur für meine Rolle beschrieben hat? Ich zitiere: Schöne Blondine, amerikanischer Körperbau, in den Zwanzigern, Gedankenstrich Moxie Mooney Fragezeichen Zitatende.«

»Diese Rolle scheint dir auf den Leib geschrieben zu sein.«

»Das nennst du werkgetreu?«

»Nun, du bist schön, und du bist blond, vom Scheitel bis zur Sohle, und du bist eine Frau, vom Scheitel bis zur Sohle. Was ist ein amerikanischer Körperbau?«

»Schätze, daß du ihn gerade ansiehst, Baby.«

»Ich sehe nichts außer deinen Augen, deiner Stirn, deiner Nase und deinen Backenknochen.«

»Aber du fühlst ihn doch, oder?«

»Oh, ja. Das tue ich.«

»Fühl' ihn ein bißchen mehr«, sagte sie. »Arr.«

»Warte eine Minute.«

»Nein. Bitte nicht.«

Später lag er auf dem Rücken, und die Brise kam ihm kühler vor.

»Es gibt gute Rollen für junge Leute«, sagte er. »Es muß sie geben.«

»Nicht in *Midsummer Night's Madness*. In *Midsummer Night's Madness* bin ich nur ein Lärvchen, rein und unbedarft, großäugig, naiv, erstaunt und dumm. Ich habe nichts weiter zu tun als O! zu sagen und verschreckt zu gucken. In diesem Drehbuch gibt's mehr O's als in zehn Kilo Schweizer Käse.«

»Muß schlimm sein, wenn man nur ein schönes Gesicht unter vielen ist. Ein Lärvchen.«

Sie lagen auf dem Rücken, hatten alle viere auf dem riesigen Bett von sich gestreckt und ließen sich abkühlen. Nur ihre Fingerspitzen berührten sich.

»Red' nicht so'n Quatsch, Fletcher. Aufgrund meiner Erziehung, meiner Ausbildung, kann ich mehr leisten, als nur rumzustehen und O! zu sagen. Dafür haben Freddy und ich gesorgt. Wenn du denkst, daß ich dir hier das Talkshow-Interviewthema Nummer eins liefere, dann irrst du dich.«

»Klingt aber so.«

Eine ganze Weile starrte sie zur Decke, dann sagte sie: »Ich glaube, du hast recht. Ach, Schatz.«

»Das ist das allererste Mal, daß du mich Schatz nennst.«

»Ich habe nicht dich Schatz genannt, sondern die Zimmerdecke.«

»Sei vorsichtig mit solchen Kosenamen, Moxie. Denk daran, daß ich dir ins Kittchen schreiben muß und unsere Post zensiert wird.«

»Ich meine ja nur, daß die ganzen Scherereien wegen dieses Films und der Film selbst zum Kotzen sind. Stumpfsinnige Szenen, schwülstige Dialoge, Klischeefiguren. Die ganze Handlung besteht im Grunde nur darin, daß Leute sich nachts auf einem mondbeschienen Strand gegenseitig jagen und die Hucke vollhauen.«

»Könnte ein Knüller werden.«

»Hauptrolle Moxie Mooney.«

»Und Gerry Littleford.«

»Und Gerry Littleford. Auch nicht seinem Talent entsprechend eingesetzt.«

»Wenn dieser Film so schlecht ist, Schatz, warum machst du ihn dann?«

»Steve meinte, ich müßte. Müßte irgendeinen Vertrag erfüllen.«

»Einen, den du unterschrieben hast?«

»Ich oder er.«

»Ich habe den Eindruck, daß du Steve Peterman einen beträchtlichen Teil deines Lebens anvertraut hattest.«

»Fletch, wer in meiner Haut steckt, muß sich jemandem anvertrauen.«

»Hübsche Haut. Ist mir schon aufgefallen.«

»Man kann nicht ein hundertprozentiger Künstler und gleichzeitig ein hundertprozentiger Geschäftsmann sein. Das ist psychisch und physisch unmöglich. Andere pflücken sich vom Talentbaum traumhafte Manager und leben glücklich bis an ihr Lebensende. Ich habe einen faulen Apfel erwischt.«

»Und wenn dich nicht der District Attorney erwischt, dann ganz bestimmt der I. R. S.«

»Bei dir klingt alles immer so lustig.«

»Ist doch auch alles lustig. Kommt immer auf den Standpunkt an.«

»Möchtest du, daß ich dir etwas über diesen dämlichen Film erzähle?«

»O ja, erzähle mir eine Geschichte.«

»Mädchen. Kannst du mir soweit folgen?«

»Klar. Amerikanischer Körperbau. Hab' ihn jetzt deutlich vor Augen.«

»Kleinstadt.«

»Irgendwo in den USA.«

»Irgendwo. Wird vom Sohn des Polizeichefs vergewaltigt.«

»Anfangsszene?«

»Anfangsszene.«

»Schlägt die Luftaufnahme vom Empire State Building glatt um Längen.«

»Natürlich erzählt sie nichts davon.«

»Warum denn nicht?«

»Mädchen erzählen oft nicht, daß sie vergewaltigt wurden, Mister Fletcher.«

»Warum denn nicht?«

»Weil es ihnen peinlich ist«, sagte Moxie unbehaglich. »Das hängt mit der Psychologie dieser ganzen Sache zusammen. Aus irgendeinem unerfindlichen Grund glauben sie, es könne sie in der Achtung der anderen herabsetzen.«

»Und tut es das?«

»Das solltest du eigentlich besser wissen. Tut es das?«

»Mir ist der ganze Gedanke zuwider.«

»Bist du schon mal vergewaltigt worden?« fragte sie.

»Klar.«

»Hast du's erzählt?«

»Nein.«

»Und warum nicht?«

»Kommt so selten das Gespräch darauf«, sagte er.

»Wirst du mich nun endlich mal zur Pointe des Films kommen lassen?«

»Bitte sehr.«

»Mädchen ist schwanger. Mädchen ist echt verliebt in jungen schwarzen Mann.«

»Amerikanischer Körperbau?«

»Du hast Gerry Littleford ja gesehen.«

»Attraktiver Bursche. Sieht wie ein Greyhound aus. Den Rennhund meine ich, nicht den Bus.«

»Weißes Mädchen und schwarzer Mann verloben sich.«

»Weiß er, daß sie ein Kind von einem anderen Mann erwartet?«

»Natürlich. Die beiden lieben sich wirklich.«

»Und was passiert?«

»Stadt erfährt, daß die beiden heiraten wollen. Stadt gefällt das nicht. Macht schwarzem Mann das Leben zur Hölle. Stadt entdeckt, daß Mädchen bereits schwanger ist. Und dann in der Mitsommernacht dreht Stadt durch und hetzt schwarzen Mann durch die Landschaft, durchs Moor, durch Wälder, bis er das Meer erreicht, wo man ihn schnappt und totschlägt. Versteht sich, daß der Frauenschänder alias Polizeichefsohn den tödlichen Schlag austeilt, genau dem Schwarzen auf den Kopf, der wiederum gerade an einem Felsen liegt.«

»Pfui.«

»Midsummer Night's Madness.«

»Dieser Film stachelt die gemeinsten menschlichen Gefühle auf, Moxie. Wirklich.«

»Ach, komm, Fletch. So denkt doch heute kein Mensch mehr. Gerry Littlefords Frau ist eine Weiße.«

»Na klar, schließlich ist die Rassenmischung ja auch seit wenigen Jahren gesetzlich erlaubt. Fast überall.«

»Du meinst, das ist sie noch nicht überall?«

»Das meine ich.«

»Ach, komm, Fletch. Ich habe gelesen, daß es keinen schwarzen Amerikaner gibt, der nicht einen Schuß weißes Blut in sich hat.«

»Womit wir wieder beim Thema Vergewaltigung wären, wenn ich mich nicht irre.« Er setzte sich im Bett auf und lehnte sich gegen das hohe, holzgeschnitzte Kopfteil.

»An so etwas habe ich nicht einmal gedacht.« Moxie wälzte sich herum und legte das Kinn in die Armbeuge. »Ich meine nur, als Film ist so was zum Kotzen. Er ist miserabel geschrieben. Meiner Meinung nach wurde das ganze zwischen ein paar Drinks in der Polo Lounge geschrieben. Von Leuten, die keine Ahnung haben von Jungen und Mädchen, Männern und Frauen, Menschen, vom Süden, Norden oder von Amerika. Von der Welt überhaupt. Es gibt wirklich keine einzige Szene, in der zum Ausdruck kommt, was die Leute voneinander halten.«

»Moxie?«

»Ich bin noch da. Falls du es nicht bemerkt haben solltest.«

»Mir geht gerade etwas durch den Kopf. Diese Fahrerflucht. Peterman. Eine Frage, die irgendein Reporter in der Polizeistation gestellt hat. Wäre es möglich, daß irgendwer oder irgendeine Gruppe versucht, das Zustandekommen dieses Films zu verhindern?«

Ihr sichtbares Auge wanderte auf dem zerknitterten Laken zwischen ihnen hin und her. »Nein.«

»Warum nicht?«

»Wer begeht schon einen Mord, nur um einen Film zu stoppen?«

»Ich halte das für gar nicht so abwegig.«

»So naiv sind die Leute nicht.« Sie krümmte den Rücken und stützte sich auf die Ellbogen. »Es ist ein miserabler Film, Fletch. Man wird ihn niemals zur Aufführung freigeben.Kein Mensch wird ihn jemals sehen.«

»Na schön, aber bis jetzt weiß das noch kein Mensch.«

»Ich werde es ihnen mitteilen, falls sie mich fragen.«

»Einen Teufel wirst du. Aber mal im Ernst: Wenn die Dreharbeiten an dieser programmierten Pleite wieder aufgenommen werden, wirst du dann zum Drehort zurückkehren und weiterfilmen?«

»Ich muß, Fletch. Ich habe keine andere Wahl.«

»Dank des lieben Steve Peterman.«

»Dank des lieben Steve Peterman«, wiederholte sie ruhig.

Irgendwo im Haus knallte eine Tür zu. Eine schwere Tür.

»Was war das?« fragte sie.

»O nein«, sagte Fletch.

Er sprang aus dem Bett. »O nein.«

Er rannte die Treppe hinunter, öffnete die Eingangstür, trat auf die Veranda hinaus und sah zum Zentrum von Key West hinunter.

Außer zwei Männern, die direkt vor dem Haus spazierengingen, war niemand auf der Straße.

»Komm doch ganz herunter, Süßer!« rief der eine.

»Du bist eine Wucht!« schrie der andere.

Der erste prügelte heftig auf den zweiten ein. Fletch hörte, wie eine Flasche herunterfiel.

Erst jetzt merkte er, daß er nackt war. »O Verzeihung«, sagte er.

Er kehrte ins Haus zurück und schloß die Tür. Sah zuerst in der Küche nach und dann oben in Frederick Mooneys Zimmer.

Als er in sein eigenes Schlafzimmer zurückkam, sagte er: »Ich schätze, dein Vater hat das Haus verlassen, um einen kleinen Spaziergang zu machen.«

»Er hat das Haus verlassen, um sich einen Drink und ein wenig

Geselligkeit zu suchen«, sagte Moxie. »›Geselligkeit‹, so nennt er das.«

»Verdammt.«

»Wieviel Uhr ist es?«

»Hör endlich auf, in Key West diese Frage zu stellen.«

»Kann man um diese Zeit in Key West noch etwas zu trinken bekommen?«

»Du machst wohl Witze?«

»Nach meiner Schätzung ist es jedenfalls noch früh. Ich habe mir schon gedacht, daß du Freddy ein wenig zeitig ins Bett verfrachtet hast.«

»Verdammt. verdammt«, sagte Fletch. »Verdammt, verdammt, verdammt.«

»Hübscher Refrain«, sagte Moxie. »Kann mit O, O, O, O mithalten. Was ist denn schon dabei, wenn Freddy auf einen Drink ausgeht? Jedenfalls kannst du ihn nicht ans Haus fesseln.«

»Für den Fall, daß es euch entgangen sein sollte. O Ihr Erleuchteten: Ich habe mir die größte Mühe gegeben, aus eurer Anwesenheit in Key West ein tiefes, dunkles Geheimnis zu machen.«

»Oh«, sagte sie.

»In dem Augenblick, wo das Licht irgendeiner Bar auf Freddys berühmtes Gesicht fällt, klingelt bei der Presse das Telefon.«

»Natürlich«, sagte sie.

»Freddy hier: Moxie hier. Ganz einfache Gleichung.«

Vom Bett aus sagte sie: »Liebgemeinter Versuch, Sportsfreund. Bestens ausgedacht und so weiter.«

»Verdammt.«

»Verdammt«, sagte sie, während sie ihn, wie er da in der Mitte des Zimmers stand, betrachtete. »Ich glaube, du hast einen amerikanischen Körperbau.«

»Na klar«, sagte er. »Bin ja auch in den USA hergestellt worden.«

11

»Wie kommt es eigentlich«, fragte Moxie sehr früh am anderen Morgen in der hellen Küche«, daß du dir jederzeit so ein hübsches, großes Haus in Key West leihen kannst?«

Frederick Mooney lag schlafend in seinem Zimmer. Fletch hatte sich davon überzeugt.

»Es gehört jemandem, mit dem ich Geschäfte mache.« Fletch war gerade dabei, außergewöhnliche Omeletts zuzubereiten. »Kein nennenswertes Geschäft. Nun ja, rundheraus gesagt: Ich gebe ihm Geld und er füttert Rennpferde damit.«

»Klingt aber nach einem durchaus nennenswerten Geschäft.«

»Den Pferden gefällt's, vermute ich.«

»Und was springt dabei für dich heraus? Pferdemist?«

»Ausschließlich.«

»Selbst bei Tageslicht ist das Blaue Haus noch weiß. Ich bin nämlich heute morgen gleich hinausgelaufen und habe nachgesehen.« Moxie hatte darauf verzichtet, das einzige Kleid, das sie mitgebracht hatte, anzuziehen. Der geräumige Garten hinter dem Blauen Haus war rundum von Mauern umgeben. »Ob du mir wohl irgendwann einmal verrätst, warum es das Blaue Haus genannt wird?«

»Möglich.«

»Aber nicht sofort, hab' ich recht?«

»Kleine Geheimnisse erhalten die Freundschaft.«

Sie preßte Orangensaft aus. »Sieht so aus, als hätten wir schon ein ganz schön großes Geheimnis zu bewältigen.«

Das Omelett klebte an der Pfanne. Fletch drosselte die Hitze.

»Also, wem gehört das Blaue Haus?«

»Einem Mann namens Sills. Ted Tills.«

»Klingt irgendwie bekannt.«

»Wenn ich's mir recht überlege, dann habe ich ihn auf einer Party in deiner Wohnung kennengelernt.«

»Tatsächlich?«

»Großer Bursche. Bierbauch. Angeklatschte Haare.«

»Richtig. So sehen alle aus, die auf meine Partys kommen.«

»Das Dumme war nur, daß ich mich später dabei ertappte, wie ich mich mit ihm bei einem Drink darüber unterhielt, in seine Pferde zu investieren. Daraufhin verbrachte ich eine Woche bei ihm auf seiner Pferderanch und ein Wochenende hier in Key West, wo ich dann tatsächlich irgendwelche Papiere unterschrieb.«

»Woher hast du das viele Geld?« fragte Moxie.

Das Telefon läutete.

Automatisch hob Moxie den Hörer ab. »Blaues Haus«, meldete sie sich. »Mister Blau ist nicht zu Hause.« Dann sagte sie. »Hallo, Gerry! Woher wußtest du, daß ich hier bin?« Sie sah zu Fletch hinüber. »Es kam heute morgen in den Nachrichten? . . . Sie haben sogar das Blaue Haus, Key West, erwähnt? Elende Verräter . . .« Sie lauschte und sagte dann zu Fletch: »Gerry Littleford erzählt, Global

Cable News hätte gestern abend um sechs Uhr gemeldet, daß ich verduftet wäre.« Sie sagte ins Telefon: »Das ist unmöglich, Gerry. Ich bin nicht vor acht Uhr verduftet.« Sie sah Fletch kopfschüttelnd an. »Diese Reporter«, sagte sie. »Sind sie nicht schrecklich? ... Jaja, ich weiß. Freddy war unten in Key West und hat den Mund nicht gehalten. Er ist eben ein sehr geselliger Mensch. Freddy ...« Sie drehte Fletch den Rücken zu. »... Klar, Gerry ... klar ... Bist du sicher, daß du nicht bloß unter Wahnvorstellungen leidest, Gerry? Das kommt vom Koksen, weißt du ... Klar ... Okay, das wäre großartig.« Sie wandte sich an Fletch. »In welcher Straße wohnen wir hier?«

»Duval.«

»Duval«, sagte Moxie in den Hörer. »Ach, übrigens, Gerry, würdest du bitte ein Drehbuch von *Midsummer Night's Madness* mitbringen? Ich habe keins dabei und möchte gerne, daß Fletch es liest ... Was ein Fletch ist?« Mit sprühenden Augen musterte sie Fletchs nackten Körper. »Ein Fletch ist ein Schnellimbißkoch. Er ist Spezialist für schnell flambierte Eier. Bis dann.«

Sie legte auf und machte sich wieder ans Orangensaftauspressen. »Das war Gerry Littleford. Möchte gerne herkommen. Sagt, daß die Polizei und die Presse hinter ihm her seien. Ich sagte, er solle ruhig kommen. Ist 'ne Menge Orangensaft geworden.«

In der Pfanne war das Omelett auseinandergefallen. Fletch drosselte noch einmal die Hitze.

Sie frühstückten im hinteren Garten an einem Tisch auf der Zisterne.

»Sobald Key West ein wenig aus dem Schlaf erwacht ist«, sagte Fletch, »gehe ich hinunter und besorge dir ein paar Kleider. Schreib mir auf, was du brauchst.«

Sie nickte. »Diese Eier sind interessant«, sagte sie. »Schichtweise gekocht. Zuviel gekocht, zuwenig gekocht, zuviel gekocht, zuwenig gekocht, alles auf einmal. Habe noch nie solche Eier gegessen.«

»Ich hoffe, daß die Lopez' uns früher oder später erlösen werden.«

Während Moxie unter der Dusche stand, klingelte erneut das Telefon. Fletch meldete sich.

»'allo?«

»Miss Moxie Mooney, bitte. Sergeant Frankel, Bonita Police.«

»Miss Oxie Hooney? Niemand hier mit diese Namen. Auf Wiedersehen.«

»Wo hat Ernest Hemingway gewohnt?«

»Parallel zu dieser Straße. Whitehead Street«, antwortete Fletch. »Toller Schriftsteller. Keinen Sinn für Humor.«

Moxie rieb die Spitze ihres Queues mit Kreide ein. »Welches Handicap wirst du mir vorgeben?«

Fletch legte die Billardbälle zu einem Dreieck zusammen. »Hast du schon viel gespielt?«

»Noch nie.«

»Du spielst sehr gut. Zehn Punkte auf hundert?«

»Schmeichler.«

»Fünfzehn?«

»Das wäre lieb, aber du wirst mich trotzdem schlagen.«

»Wollen wir um Geld spielen? Du hast doch schon immer gern um Geld gespielt.«

»Wäre wohl gescheiter.«

»Na schön. Ich gebe dir achtzehn Punkte vor, und wir spielen um einen Dollar pro Punkt.«

Moxie begann, den Billardtisch abzuräumen. »Was hast du bisher gelesen?«

»Nichts«, sagte Fletch. »Ich bin reichlich schwer von Begriff, fürchte ich.«

»Nein. Aber du solltest etwas lesen.«

»Was zum Beispiel?«

»Zum Beispiel *The Green Hills of Africa*. Oder *A Farewell to Arms*.«

»Nein, hat er nicht.«

»Was?«

»Er hat den Waffen nicht Lebewohl gesagt.«

»Dann hast du also doch schon was gelesen?«

»Ja, aber das ist schon eine Zeit her.«

»Ich halte *The Old Man and The Sea* für eine ausgezeichnete Geschichte zum Thema Habgier.«

»Auf diesem Gebiet kenne ich mich nicht aus.«

»Armer Junge. Keiner von uns kennt sich auf dem Gebiet der Seele aus. Bist du ein *Croyant*?«

»Nachts.«

Sie war wieder an der Reihe und trieb drei Bälle ins Loch. »Ich hatte eigentlich erwartet, daß ich mit zunehmendem Alter frommer würde, aber irgendwie ist da nichts draus geworden«, sagte sie. »Jammerschade.«

»Würdest du dir ein Leben nach dem Tode wünschen?«

»Das hinge vom Leben ab. Das jetzige Leben ist sehr angenehm. Ich wünsche mir das ewige Leben.«

»Ich hoffe, daß dein Wunsch in Erfüllung geht.«

»Danke.«

Moxie trieb den letzten Ball ins Loch. Sie hatte gewonnen. »Sehr liebenswürdig von Ihnen, mit mir zu spielen, *Tenente*.«

»Es war mir ein großes Vergnügen.«

»Wir sollten einmal zusammen ausgehen.«

Sie legte gerade den Hörer auf die Gabel zurück, als er wieder ins Schlafzimmer kam.

»Das war Geoff McKensie«, sagte sie. »Er ist auf dem Weg hierher. Er rief von Key Largo an. Vermutlich fühlte er sich hundeelend.«

Sie trug das schwarze Kleid und sah verschwitzt aus. Er hatte seine Shorts angezogen.

Sie hatten gehört, wie die Lopez' ins Haus gekommen waren.

»Ich werde dir ein paar Kleider besorgen«, sagte er.

Im Foyer des Blauen Hauses wurde Fletch von den Lopez' begrüßt.

»Mister Fletcher«, sagte Mrs. Lopez. »Wie schön, Sie wieder hier zu haben.«

Mister Lopez lächelte, schüttelte ihm die Hand und schwieg.

»Vielen Dank, daß Sie alles so nett vorbereitet hatten, als wir gestern abend ankamen.«

Mrs. Lopez nahm seinen Kopf zwischen ihre Hände und küßte ihn. »Aber Sie haben gar nichts gegessen. Sie haben die Sandwiches liegenlassen und nicht einmal eine Dose Bier getrunken.«

»Wir hatten schon im Flugzeug etwas gegessen.«

»Und heute morgen habe nicht ich das Frühstück gemacht, sondern jemand anderes.«

»Wir haben versucht, unsere Unordnung aufzuräumen.«

»Das haben Sie auch.«

»Oben sind ein junges Mädchen und ihr Vater. Und ich vermute, daß wir zum Lunch noch ein oder zwei mehr sein werden. Wir können die Sandwiches essen, die Sie gemacht haben.«

»Ich werde etwas Frisches zubereiten.«

»Ich bin auf dem Weg in die Stadt, um ein paar Einkäufe zu erledigen«, sagte Fletch.

»Soll ich Sie begleiten?« fragte Lopez.

»Nein«, sagte Fletch. »Will nur ein paar Kleinigkeiten besorgen. Bis später.«

»Bis später«, sagte Mrs. Lopez.

12

Als er auf dem Rückweg im warmen Wind und Sonnenschein die Duval Street hinunterschlenderte, die Arme voller Pakete, standen zwei Autos mit geöffnetem Kofferraum vor dem Blauen Haus. Die Einkäufe für Moxie hatten mehr Zeit in Anspruch genommen, als Fletch erwartet hatte, da ihn der Verkäufer zunächst gründlich mißverstand. Zweifellos davon überzeugt, daß Fletch diese Damenbekleidung für sich selbst kaufte, hatte er die Gelegenheit nutzen wollen, sich mit Fletch ein wenig zu amüsieren.

Der kleine, wettergegerbte Mann, den Fletch in der Polizeistation gesehen hatte, lud einen kleinen gelben Wagen aus. Offenbar war er allein gereist. Einer großen blauen Limousine entstiegen gerade Edith Howell, die Schauspielerin, die nicht nur wie jedermanns Mutter aussehen konnte, sondern auch tatsächlich so aussah, und John Meade, der selbst dann wie ein Elefant im Porzellanladen wirkte, wenn er nicht für diese Rolle bezahlt wurde. Sie hatten eine Menge Gepäck. Fletch war nicht darüber unterrichtet worden, daß auch Edith Howell und John Meade erwartet wurden.

Auf der anderen Straßenseite lungerten ein paar neugierige Touristen herum, einige mit Kameras um den Hals, die aufgeregt darüber schwatzten, was sie da sahen und was nicht. Eine Touristenstraßenbahn kroch auf der Straße vorbei. Der Fremdenführer sagte gerade durch sein Megaphon: ... *Blaues Haus. Zur Zeit halten sich dort die Schauspielerin Moxie Mooney und ihr Vater, der legendäre Frederick Mooney, auf. Momentan dient das Blaue Haus als Schlupfwinkel für jene Prominenten, die erst gestern zugegen waren, als jemand während der Dan Buckley Show im wahrsten Sinn des Wortes, wahrhaftig, un-ge-lo-gen ermordet wurde. Kamen gestern abend so rechtzeitig an, daß sich der gute Frederick in den hiesigen Bistros schnell noch ein paar hinter die Binde gießen konnte. Vielleicht hätte ich Ihnen ihren Schlupfwinkel nicht zeigen sollen, aber schließlich steht's ja schon in allen Morgenzeitungen, daß sie hier sind. Zu Ihrer Linken taucht jetzt ...*

Die Haustür stand weit offen.

Moxie war im Speisezimmer und stapelte eine Unmenge Servietten aufeinander. »Gott sei Dank«, sagte sie, als sie die Pakete in Fletchs Armen sah. »Ich bin schon durch und durch gesotten und gebraten.«

»Gerade kommen noch weitere Gäste für dich an«, sagte Fletch. »Edith Howell, John Meade.«

»Richtig. Sie haben aus Key Marathon angerufen.«

»Geoff McKensie auch, wenn ich mich nicht irre.«

»Daß der kommt, wußtest du.« Sie wühlte sich durch die Pakete, die auf dem Eßtisch lagen. »Hinterm Haus sind noch mehr. Gerry Littleford und seine Frau. Sy Koller ist mit ihnen hergeflogen.«

»Sy Koller? Wir haben zwei Regisseure im Haus? Ist das nicht das gleiche, als hätten wir zwei Damen hier, die das gleiche Modellkleid tragen?«

Moxie hielt das Unterteil eines gelben Bikinis an ihr schwarzes Kleid. »Ich glaube, das wird passen.«

»Ich habe einfach den amerikanischen Körperbau als Maß angegeben. Wo sollen die denn alle schlafen?«

»Auf allen Terrassen gibt es Sitzbänke. Hängematten, Hollywoodschaukeln.«

»Wo ist der Erleuchtete?«

»Ausgegangen. Sucht ein bißchen Geselligkeit.«

»Als ob es in diesem Haus keine Geselligkeit gäbe! Es platzt ja nahezu vor Geselligkeit. Moxie, als ich die Idee hatte, dich für ein paar Tage aus dem Verkehr zu ziehen –«

»Ich bin aus dem Verkehr gezogen. Aber ich brauche mich nicht zu verkriechen.« Zornig raffte sie alle Pakete vom Tisch und klemmte sie sich vor die Brust. »Ich habe niemanden ermordet, falls du es noch nicht weißt.«

»Dann sollten wir wohl besser einen anderen Verdächtigen finden«, sagte Fletch. »Und zwar verdammt fix. Und es wird nicht leicht sein, einen besseren Verdächtigen als dich zu finden.«

»Ich ziehe mich jetzt um.« Sie rauschte aus dem Speisezimmer und eilte auf die Treppe zu. »Du kümmerst dich um die Leute.«

Fletch ging mit einem Glas Orangensaft in den Garten hinterm Haus.

Gerry Littleford war der erste, der ihn bemerkte. »Sie sind ein Fletch«, sagte er.

»Ganz recht.«

»Ich bin Gerry.« Er stand auf, um Fletch die Hand zu schütteln. »Das ist meineFrau Stella.«

Stella war die junge Frau, die sich tags zuvor um Marge Peterman gekümmert hatte.

»Kennen Sie Sy Koller?«

Auch der schwere Mann in dem strammsitzenden T-Shirt war tags zuvor nett zu Marge Peterman gewesen. Diesmal trug er ein grünes

T-Shirt, das nicht minder stramm saß. Er erhob sich nicht und reichte Fletch auch nicht die Hand. »Es tut mir leid«, sagte er zu Fletch.

»Sie sind Koch?« Gerry nahm wieder Platz.

»Das hat Moxie gesagt, bevor sie mein Omelett probierte.«

»Nicht hinterher?«

»Nein. Nicht hinterher.«

Alle in der Runde tranken eine Bloody Mary.

»Es tut mir ehrlich leid«, wiederholte Koller. Seine Augen verrieten, daß es ihm ehrlich leid tat.

»Was tut Ihnen leid?« Fletch setzte sich auf eine der weißen, gepolsterten Zweierbänke aus Schmiedeeisen. Ohne den warmen Golfwind war es in dem ummauerten Garten kühler.

»Daß ich Ihnen für diese Rolle einen Korb geben mußte.«

»Das haben Sie doch gar nicht.«

Koller sah erleichtert aus und grinste. »Ich war fest davon überzeugt. Wenn ein Regisseur erst einmal so alt geworden ist wie ich, mein Sohn, dann hat er nahezu jedem schon mal einen Korb gegeben. Was haben Sie gemacht?«

»Gemacht?«

»In welchen Filmen sind Sie gewesen?«

»Ich bin kein Schauspieler.«

»Aber habe ich denn nicht Ihre Arbeit gesehen?«

»Sie haben mich gestern gesehen. Am Bonita Beach. Ich war mit Marge Peterman zusammen.«

Koller starrte ihn unvermindert an.

»Illusion und Wirklichkeit«, sagte Gerry Littleford. »Das ist Berufsrisiko. Wir können nicht auseinanderhalten, was wir auf der Leinwand sehen und tun, und was wir im wirklichen Leben sehen und tun. Was ist Wirklichkeit und was Film?«

»An dieser Krankheit leidet die gesamte Gesellschaft«, sagte Stella. »Heutzutage nehmen die Leute die Wirklichkeit erst dann zur Kenntnis, wenn sie ihnen im Film geboten wird.«

Gerry sagte: »Es ist unsere Aufgabe, das Filmgeschehen noch wirklicher als die Wirklichkeit zu gestalten.«

»Und manchmal«, sagte Sy Koller, »gelingt uns das auch.«

»War der gestrige Tag Wirklichkeit?« fragte Stella. »Oder lediglich ein Ausschnitt aus der *Dan Buckley Show*?«

»Keine Ahnung«, lachte Sy Koller. »Ich hab's noch nicht im Fernsehen gesehen. Ich sage euch Bescheid, wenn ich's gesehen habe.«

Gerry Littleford ließ seinen Blick über den Banyan-Baum schweifen. »Ist der heutige Tag Wirklichkeit?« Sein Arm ruhte auf der Rücklehne der Zweierbank, hinter dem Kopf seiner Frau.

»Jeder Tag, an dem ich nicht arbeite, keine Illusionen produziere«, sagte Sy Koller ruhig, »ist unwirklich.«

»Gestern ...« sagte Gerry.

Durch die hintere Tür des Hauses kamen Edith Howell, Geoff McKensie und John Meade. Jeder hatte eine Bloody Mary in der Hand. Die Lopez' wurden in Trab gehalten.

Koller sprang auf. »Geoff!« Er stolperte über den Rand der Zisterne, als er McKensie begrüßte. »Das ist großartig! Ich hatte so gehofft, daß wir noch ein wenig Zeit füreinander hätten.«

»Sie meinen, bevor ich abschiebe?«

»Sie wurden abgeschoben«, sagte Koller. »So was Ähnliches ist mir auch schon passiert. Mehr als einmal. Kommen Sie, setzen Sie sich in den Schatten.«

Jeder begrüßte jeden mit Küßchen, bis auf McKensie, der keinen küßte. Gerry Littleford stellte Fletch vor.

Edith Howell erwiderte die Vorstellung mit den Worten: »Ich weiß nicht, was ich mit meinen Beutelchen anfangen soll, Schatz.«

Fletch sah unschlüssig auf ihre Brüste, und sie setzte sich in einen Korbsessel.

John Meade sagte: »Guten Tag. Sind Sie unser Gastgeber?«

»Ich denke schon.«

»Danke für Ihre Gastfreundschaft.«

Geoffrey McKensie sagte nichts. Er schüttelte Fletch auch nicht die Hand, aber als er ihn ansah, klickten seine Augen wie der Verschluß einer Fotolinse.

»Das Licht, das Sie in *The Crow* hatten – fantastisch!« Koller führte McKensie zu zwei Stühlen hinter der Runde. »Vor allem in dieser letzten Szene, der Schlußszene mit der alten Frau und dem Jungen. Wie haben Sie das bloß gemacht?« Er lachte. »Muß ich extra nach Australien, um solches Licht zu erwischen?«

»Was für eine fürchterliche Fahrt«, sagte Edith Howell. »Auf dieser Siebenmeilenbrücke glaubte ich, mein Herz würde ins Wasser plumpsen.«

»Hast du deswegen ununterbrochen geredet?« fragte Meade grinsend.

»Solange man redet«, sagte Edith Howell, »muß man noch am Leben sein. Ist Freddy hier?« fragte sie Fletch.

»Er ist hier irgendwo. Macht vermutlich einen Spaziergang.«

»Meine Güte, dieser Mann ist der reinste Wandervogel«, sagte Edith.

In ihrem Korbsessel mit der fächerförmigen Rückenlehne schien sich Edith Howell instinktiv in den Vordergrund zu rücken. John Meade, der schlacksig auf einem leichten Eisenstuhl saß, schien den Hintergrund auszufüllen. Durch seine Ruhelosigkeit, seine Art, alles um sich herum in sich aufzusaugen, wirkte Gerry Littleford, als wäre er ständig auf dem Sprung. Die andere Person unter ihnen, die ebenfalls nicht vom Fach war, Stella Littleford, hatte ein niedliches Gesicht, war jedoch klein und von einer Blässe, die schon fast an Blutleere grenzte. Die Art, wie sie in ihren Sessel plumpste, rückte sie weit in die Kulissen.

»Was für ein traumhaftes Haus«, sagte Edith Howell. »Sieht so kühl und luftig aus. Sie müssen uns alles über Key West erzählen«, sagte sie zu Fletch. »Wie lange wohnen Sie schon hier?«

»Ungefähr achtzehn Stunden.«

»Oh.« Sie betrachtete mit krauser Nase die Rückseite des Hauses. »Es wird das Blaue Haus genannt . . . Vielleicht ist ja die Vorderseite blau. Ich habe nicht darauf geachtet.«

»Sie ist nicht blau«, sagte Fletch.

John Meade lachte. »Sie sind bestimmt ein lieber netter Junge, was?«

Moxie wirbelte in ihrem neuen gelben Bikini durch die hintere Tür. Es gab noch mehr Umarmungen und noch mehr Küßchen. Sie küßte sowohl Sy Koller als auch Geoffrey McKensie.

Sie nippte an Fletchs Orangensaft. »Da ist ja gar kein Wodka drin.«

»Tatsächlich?«

»Wie kann man einen Screw Driver ohne Wodka machen?« fragte sie.

»Man kann nicht«, sagte er.

John Meade lachte.

Moxie setzte sich neben Fletch auf die Zweierbank. »Verrate mir nichts. Ihr habt alle gefachsimpelt.«

»Stella und ich haben uns über Fischfang unterhalten«, sagte Fletch.

»Da ihr gerade die Sprache darauf bringt«, sagte John Meade gemächlich. »Sy? Drehen wir den Film zu Ende?«

Sy sah zu Moxie. »Wenn ich das nur wüßte.«

Und Moxie sagte: »Das hängt von den Banken ab, nicht? Wenn die Banker sagen, wir drehen zu Ende, dann drehen wir zu Ende.

Wenn die Banker sagen, wir drehen nicht zu Ende, dann drehen wir eben nicht zu Ende. Jumping Cow Productions.«

»Tja«, sagte Koller. »Das ist die Realität dieses Gewerbes. Die einzige Realität.«

Littleford sagte: »Eine Drehpause hatten wir dringend nötig.« Er rieb sich seinen linken Unterarm. »Ich bekam es allmählich satt, dauernd verprügelt zu werden. Jetzt haben meine Blutergüsse wenigstens eine Chance, abzuheilen.«

Die Lopez' erschienen und begannen Tabletts mit Sandwiches herumzureichen.

Edith Howell legte ihre Hand auf Moxies Knie und sagte sanft. »Ich hoffe, wir haben recht daran getan herzukommen, Schatz. Ich nehme an, daß wir alle den gleichen Gedanken hatten . . .« Moxies Augen weiteten sich. ». . . In solchen Zeiten braucht man Menschen um sich herum. Freunde.«

Moxie starrte sie mit offenem Mund an.

»Iß ein Sandwich«, sagte Fletch. Lopez hatte den kunstvollen Bierkühler in den Schatten gestellt. »Trink ein Bier. Soll ich dir ein Bier holen?«

Moxie antwortete nicht.

Alle außer Moxie hatten ein Sandwich und ein Bier in der Hand. Die Lopez' waren ins Haus zurückgekehrt.

Moxie stand auf. Langsam und bestimmt sagte sie: »Liebe Freunde. Ich habe Steve Peterman nicht getötet. Jedem, der an dieser Tatsache zweifelt, steht es frei, das Haus zu verlassen.«

In dem drückenden Schweigen ging Moxie zum Haus zurück und knallte die Tür hinter sich zu.

Stella Littleford murmelte: »Dann wäre das Haus leer.«

»Halt' den Mund«, sagte ihr Mann und sah Fletch und Sy Koller entschuldigend an.

Fletch räusperte sich. »Irgend jemand hat das Schwein geschlachtet.«

Stella sagte: »Wahrscheinlich hat er's verdient. Dieser Deckskerl.«

»Ich habe da so meine eigene Theorie.« Sy Koller wartete, bis jeder ihm zuhörte. »Dan Buckley.«

»Eine gute Theorie«, sagte Fletch.

»Er war genauso nah an ihm dran wie Moxie.«

»Du sagst das ja nur«, sagte Gerry zu Sy, »weil er der einzige Anwesende war, der nicht . . .« Er deutete mit seinem Sandwich auf die Gruppe unter dem Banyan-Baum. ». . . der nicht zu uns gehört.

Nicht mit uns zusammenarbeitet.«

»Nein.« Sy Koller mampfte sein Sandwich. »Ich weiß, daß sie sich gekannt haben. Schon vorher. Was glaubst du wohl, wie Steve Peterman Buckley sonst herumgekriegt hätte, daß er seine Show am Drehort aufzeichnet? Buckley klappert nämlich nicht jeden Drehort ab, weißt du.«

Fletch fragte: »Was wissen Sie noch?«

»Nun, ich weiß, daß Peterman mit Buckley zum Dinner verabredet war. Arbeitsessen. Ich bin ziemlich sicher, daß sie zusammen gegessen haben. Buckley hat dauernd irgendwelche Andeutungen über eine Aluminiummine in Kanada gemacht und dabei Peterman vielsagende Blicke zugeworfen, und der hat immer nur dazu gelächelt und das Thema gewechselt.«

»Wäre doch schön.« Fletch sah jeden einzelnen an. »Wenn's Dan Buckley gewesen wäre.«

»Gewiß«, sagte Sy Koller. »Wer sonst könnte seinen eigenen Szenenaufbau manipuliert haben, verraten Sie mir das mal? Ich spreche als Regisseur.« Er sah Geoffrey McKensie nach Zustimmung heischend an. »Ein Regisseur ist für alles verantwortlich, was in einer Dekoration passiert. Er ist der einzige, der sich wirklich in der gesamten Dekoration auskennt, der weiß, wozu alles da ist, wie alles funktioniert. Als Regisseur sage ich, daß es nicht leicht ist, in einer einfachen, offenen Dekoration wie die der *Dan Buckley Show* ein Messer so anzubringen, daß es genau und mit der gehörigen Kraft herunterfällt, damit es im Rücken einer Person steckenbleibt und sie tötet. Das kriegt man nicht in exakt zwei Minuten hin. Dan Buckley muß es gewesen sein.«

»Oder jemand aus seiner Crew«, sagte Meade.

»Ist das Messer denn heruntergefallen?« fragte Fletch.

Koller sagte: »Keine Ahnung. Offensichtlich ist es mit Kraft von irgendwoher gekommen. Ich habe mir die ganze Nacht darüber denKopf zerbrochen. Ich bin überzeugt, daß ich diese Dekoration so hinbiegen könnte, daß einer ein Messer in den Rücken kriegt.« Generös wandte er sich McKensie zu. »Geoff hier könnte das sicher auch. Aber selbst nachem ich die ganze Nacht darüber gegrübelt habe, ist mir die beste Methode nicht eingefallen.« Zusammenfassend sagte er: »Ich meine, daß Buckley als einziger in der Lage war, diese Dekoration zu präparieren und gestern für sich arbeiten zu lassen. Um Peterman zu töten.«

Mitten in die Verdauungsstille hinein wehte über die Rückwand die Megaphonstimme eines Fremdenführers: »*... Mooneys, be-*

rühmter Vater und berühmte Tochter, die von der Polizei bezüglich des Mordes verhört wurden, dem gestern jemand in der Dekoration der Dan Buckley Show zum Opfer fiel. Der alte Herr scheint es mit Fassung zu tragen. Vor einer Stunde sah ich, wie er in der Stadt vom Sloppy Joe's zum Captain Tony's hinüberging ...

»Herje, stellt das ab«, sagte McKensie.»Mir wird übel davon.«

Wieder richtete Edith Howell ihre Nase auf die Rückseite des Blauen Hauses. »Zumindest ist es schön«, sagte sie, »ein paar Tage nicht im Hotel leben zu müssen.«

13

Fletch stieß die Tür mit dem Fuß auf und trug das Tablett in sein abgedunkeltes Schlafzimmer. Auf dem Tablett waren ein paar Sandwichhäppchen, ein Krug Orangensaft und ein Glas. Er stellte das Tablett auf den Nachttisch.

Moxie lag wie ein X auf dem Bett. Ihr Bikinioberteil hatte sie abgelegt.

»Ich habe Steve nicht getötet«, sagte sie.

»Wir müssen herausfinden, wer es war. Moxie. Du bist ernstlich in die Sache verwickelt. Oder wirst es sein, wenn die Geschichte erst einmal herauskommt. Ich meine deine komischen finanziellen Beziehungen zu Peterman.«

»›Finanzielle Beziehungen‹. Ich habe sie ja nicht mal begriffen. Ich habe diesem Dreckskerl vertraut, Fletch.« Sie stöhnte. »-zig Millionen Dollar Schulden.«

»Ich weiß, daß du sie nicht begriffen hast. Ich verstehe, daß du jemandem vertrauen mußtest. Du mußtest zwischen Kunst und Geschäft wählen. Du hattest die Gelegenheit, dich hundertprozentig in dein künstlerisches Leben zu stürzen, und daß du es getan hast, war für alle von Vorteil.«

»Haben Richter und Leute wie der I. R. S. denn kein Verständnis für so was? Es ist doch nicht schwer zu verstehen.«

»In diesem Land jedenfalls nicht. In diesem Land ist alles Geschäft. Kunst ist auch Geschäft. Es sei denn, du hast weder einen Mitarbeiterstab, noch einen Verwaltungsrat, noch Geschäftspraxis oder -erfahrung, auf die du zurückgreifen kannst. Ist alles deine Schuld, wie du siehst, weil Künstler zu sein hierzulande bedeutet, daß du im Grunde ein Nichts bist. In Amerika wird ein Künstler nur nach seinem Einkommen bewertet. Wenn du etwas unterzeichnest, dann setzt man voraus, daß du weißt, was du unterschreibst. Und du allein mußt für das geradestehen, was du unterschrieben hast.«

»Aber verdammt nochmal, das passiert doch am laufenden Band. Man liest doch ständig darüber –«

»Folglich mußt du dich selbst schützen.«

»Folglich sollte Steve Peterman mich schützen.«

»Folglich hat er dich möglicherweise übers Ohr gehauen.«

»Und genau das passiert am laufenden Band. Himmel, Fletch.«

»Unwissenheit schützt vor Strafe nicht, sagt man. Genauer gesagt: Es ist nahezu unmöglich zu beweisen, daß du nicht gewußt hast, was du nicht gewußt hast. Im Gerichtssaal die Ahnungslose zu spielen, ist einfallslos.«

»Gerichtssaal! O-oh. Du konntest dir dieses Wort wohl nicht verkneifen, was?«

»Entschuldige.« Er setzte sich aufs Bett. »Der Haken an der Sache ist, verstehst du, daß du ja etwas gewußt hast. Du bist in Steve Petermans Büro gegangen, während seiner Abwesenheit, und hast die Bücher durchgesehen. Zwei Wochen später wird er neben dir erstochen.«

Es blieb lange still in dem abgedunkelten Zimmer. Ihre Augen wanderten über die Zimmerdecke. Sie seufzte. »Sieht übel aus.«

»Moxie, ich habe einen Freund in New York, einen guten Freund, der sowohl Anwalt als auch amtlich zugelassener Wirtschaftsprüfer ist. Ich habe vollstes Vertrauen zu ihm. Er wird zwar deine schriftliche Einwilligung brauchen, aber ich hielte es für angebracht, wenn er in Steve Petermans Büro deine Bücher überprüft. Auf diese Weise werden wir erfahren, wie groß deine finanziellen Schwierigkeiten tatsächlich sind.«

»Was spielt das schon für eine Rolle? Sie werden mich so oder so wegen Mord anklagen.«

»Es besteht eine Chance – eine winzige Chance –, daß du die Bücher ganz falsch interpretiert hast. Daß Steve dich gut vertreten hat. Daß du nichts zu beanstanden hast. Daß du kein Motiv hattest, ihn zu ermorden.«

»Verlorene Liebesmühe.«

»Wir müssen's wenigstens versuchen. Und wenn die Auskunft negativ ausfällt, ist damit bewiesen, daß du wirklich ein Motiv hattest, ihn zu ermorden –«

»Erspar dir die Worte. Führe mich einfach zur Hinrichtungskammer.«

»– dann wissen wir wenigstens das. Wir dürfen keine Zeit verlieren. Vermutlich wollen sich die Behörden auch diese Bücher ansehen. Wir müssen ihnen zuvorkommen.«

»Was soll ich tun?«

»Unterschreibe diesen Wisch.« Er zog ein Blatt Papier aus der Tasche seiner Shorts und faltete es auseinander. »Damit erteilst du meinem Freund, Marty Satterlee, die Genehmigung, den Stand deiner Finanzen zu überprüfen.« Aus einer anderen Hosentasche zog er einen Stift.

»Na schön.« Sie setzte sich auf und unterschrieb das Papier auf seinen Knien.

»Ich werde ihn umgehend anrufen und einen Boten mit deiner schriftlichen Genehmigung nach New York schicken.«

»Einen Boten nach New York schicken?«

»In Key West wird sich sicher jemand finden, der nichts gegen eine Gratisreise zur großen Stadt und zurück einzuwenden hat.«

»Wau. Klingt, als wärst du im Filmgeschäft.«

»Nein. Dies ist ein ernstzunehmendes Geschäft.«

Sie legte sich aufs Bett zurück, den Handrücken gegen die Stirn gepreßt. »Eine Horde wilder Tiere da unten«, sagte sie.

»Du schienst aber durchaus froh zu sein, sie zu sehen.«

»Nicht mal im Traum wäre mir eingefallen, daß sie alle der Meinung sein könnten, ich hätte Steve ermordet – bis Edith mich mit diesem Seelsorgerblick anglotzte. Wenn sie alle glauben, daß ich eine Mörderin bin, warum sind sie dann so erpicht darauf, mit mir unter einem Dach zu wohnen?«

»Keine Ahnung«, sagte Fletch. »Aus Freundschaft vielleicht.« Moxie schnaubte verächtlich. »Na gut, dann eben, weil sie dich unterstützen wollen.«

»Wenn ich Unterstützung brauche«, sagte Moxie, »dann werde ich mir ein Korsett kaufen.«

»Dazu besteht noch keine Notwendigkeit, altes Haus.« Seine Hand strich über ihre Brüste, ihren Bauch und ihre Hüften. »Aber du könntest schon mal darauf hinarbeiten.« Er hob den Sandwichteller hoch. »Käsecreme und Olive?«

»Nein. Ich möchte nur die Augen zumachen.«

Er stellte den Teller wieder hin. »Orangensaft?«

»Nein.«

»Möchtest du Gesellschaft?«

»Möchte nur schlafen. Nicht mehr denken. Nicht mehr grübeln.«

»Na gut. He, Moxie, diese Roz Nachman – erinnerst du dich an sie?«

»Hm. Der Chief of Detectives.«

»Sie ist eine gescheite, resolute Frau, glaube ich. Ich meine, daß wir ihr irgendwie Vertrauen schenken können.«

»Okay«, sagte Moxie. »Wenn du meinst.«

Bevor Fletch die Tür öffnete, sagte Moxie:»Fletch?«

»Hm?«

»Was soll ich wegen des Begräbnisses tun? Ich müßte eigentlich zu Steves Beerdigung.«

»Keine Ahnung.«

»Der Gedanke daran ist mir unerträglich.«

»Schick' Blumen. Giftsumach. Das wird vor Gericht einen guten Eindruck machen.«

»Ich denke an Marge.«

»Moxie, Liebling, für den Fall, daß du den Sinn meines Veitstanzes, den ich in den letzten vierundzwanzig Stunden aufgeführt habe, nicht begriffen haben solltest: Gerade jetzt mußt du ausschließlich an dich selbst denken.«

Einen Augenblick lang war kein Laut vom Bett zu hören. Dann sagte sie. »Und gerade jetzt würde ich gerne an nichts mehr denken.«

»Oh, und Moxie, ich trete dich zwar nur ungern, wenn du sowieso schon am Boden liegst, aber noch etwas...« Vom Bett war jetzt überhaupt nichts mehr zu hören. »... Du hast gerade ein Papier in einem dunklen Raum unterschrieben. Du hast nicht mal den Versuch unternommen, es zu lesen.« Es blieb weiter still. »Du darfst so etwas nie wieder machen, Marilyn. Schlaf gut.«

14

»Marty? Fletch. Ich bin mit Moxie Mooney in Key West.«

Marty Satterlee sagte nichts. Von seichter Konversation hielt Marty nichts. Er sammelte Informationen. Wartete, bis sie vollständig zu sein schienen. Ordnete sie dann, beurteilte sie, und erteilte dann selbst Informationen.

»In ein paar Stunden«, fuhr Fletch fort, »wird der Schauspieler John Meade mit einem von Moxie unterschriebenen Schriftstück, das dich zur Überprüfung der Finanzunterlagen in Steve Petermans Büro berechtigt, in deinem Büro auftauchen.« Fletch erklärte den Rest: daß Steve Peterman, während er neben Moxie gesessen hatte, erstochen worden war, und Moxie befürchtete, daß ihre finanziellen

Angelegenheiten, um die sich Peterman gekümmert hatte, in einem derart desolaten Zustand sein könnten, daß sie in den Augen des Gesetzes durchaus ein Motiv hatte, ihn zu ermorden. »Nimmst du dich der Sache an, Marty? Wie du unschwer erkennen kannst, geht es sprichwörtlich um Leben oder Tod.« Fletch legte eine Pause ein, fragte sich, ob seine Informationen ausreichten, Marty zu weiteren Recherchen zu animieren. »Ach ja«, ergänzte Fletch. »Die Sache ist etwas eilig. John Meade hat sich liebenswürdigerweise bereit erklärt, mit der Handlungsvollmacht für dich nach New York zu fliegen. Er macht sich soeben auf den Weg. Ich vermute, daß sich die Polizei diese Unterlagen ebenfalls ansehen will. Wahrscheinlich holen sie sich gerade eine gerichtliche Genehmigung.«

Wieder entstand eine Pause. Fletch war überzeugt, daß er alles gesagt hatte, was es im Moment zu sagen gab. »Marty, wie lange dauert es herauszufinden, ob jemand mit Finanzunterlagen nicht korrekt umgegangen ist?«

»Manchmal Stunden. Manchmal Monate.«

»Nie Minuten?«

»Nie.«

Fletch sah durch die Tür ins Billardzimmer. »Wirst du dich der Sache annehmen, Marty? Bitte?«

Marty Satterlee sagte: »Ich werde ein paar Leute anheuern, die mir helfen.«

»Danke, Marty. Bitte rufe sofort an, wenn du etwas gefunden hast.«

Fletch gab Marty die Telefonnummer des Blauen Hauses.

Fletch wollte sich gerade vom Schreibtisch in der kleinen Bibliothek des Blauen Hauses erheben, als das Telefon läutete.

»Buenas«, sagte er in den Hörer. *»Casa Azul.«*

»Fletch!«

»No'sta 'qui.«

»Ich weiß, daß Sie's sind, Sie elender Schurke. Wenn Sie auflegen, drehe ich Ihnen den Hals um.«

»Ted?« sagte Fletch. »Ted Sills? Lieb von Ihnen, daß Sie zu Hause anrufen.«

»Ich möchte –«

»Ich weiß. Da Sie ein guter Gastgeber sind, möchten Sie gerne wissen, ob wir im Haus alles zu unserer Zufriedenheit vorgefunden haben – Handtücher in den Badezimmern, saubere Laken auf den Betten, Kaffee in der Speisekammer –«

»Scheiß der Hund drauf.«

»Die Lopez' sind ganz reizende Leutchen. Wir hätten uns nicht willkommener fühlen können.«

»Ich möchte, daß Sie –«

»Wetten, daß Sie mir erzählen möchten, daß noch einer meiner teuren vierbeinigen Sandsäcke noch ein bedeutendes Pferderennen gewonnen hat?«

»Fletcher!«

»Wieviel habe ich diesmal gewonnen? Zwei Dollar fünfunddreißig?«

»Fletcher, ich möchte, daß Sie dieses Haus verlassen, und zwar auf der Stelle.«

»Ted, das klingt ja, als meinten Sie's ernst.«

»Ich meine es ernst! Ich möchte, daß Sie innerhalb einer Stunde draußen sind!«

»Ach, du liebes Lieschen. Hab' ich was angestellt, Ted? Zuviel heißes Wasser verbraucht? Wußte ja gar nicht, daß Sie ein Problem haben.«

»Sparen Sie sich den Quatsch, Fletcher. Im TBS habe ich gesehen, daß Sie im Blauen Haus eine Zirkusvorstellung geben. In meinem Haus! Frizzlewhit sagte, er hätte in den Morgennachrichten etwas darüber gehört. Ich fiel aus allen Wolken. Mir sagten Sie doch, daß Sie für ein paar Tage von der Bildfläche verschwinden wollten.«

»Bin ich ja. Versuche mich von den Strapazen eines Rennpferdebesitzers zu erholen.«

»Moxie Mooney! Allmächtiger!«

»Schläft gerade in Ihrem Bett. Na, bringt das Ihre müden Lenden nicht doch ein bißchen auf Trab?«

»Frederick Mooney!«

»Sie werden eine neue Tafel an der Haustür anbringen müssen: *Mooneys, père et* –«

»Schaffen Sie sie aus meinem Haus!«

»Aber nicht doch, Ted, ihr Aufenthalt hier erhöht den Wiederverkaufswert Ihres Anwesens um mindestens, na, sagen wir mal, weitere zwöftausend Dollar.«

»Fletcher.« Sills sprach mit der Behutsamkeit eines Pokerspielers, der sein As ausspielt. »Sie haben mein Haus in eine Morduntersuchung hineingezogen.«

»Ach, das.«

»Ja, das.«

»Das wird sich schon alles wieder einrenken.«

»Was? Was haben Sie gesagt?«

»Sie sollten wirklich hier sein, Ted. Schade, daß Sie den Zimmerpreis nicht zahlen können. Edith Howell ist hier. John Meade geht ein und aus. Gerry Littleford. Sy Koller. Geoff McKensie.«

»Sie leiten ein Hotel für Mordverdächtige! Für Justizflüchtige!«

»Ted, nehmen Sie's doch nicht so persönlich. Irgendwo müssen sie doch eine Bleibe haben.«

»Aber nicht in meinem Haus, verdammt nochmal. Ich möchte, daß Sie und dieses ganze prominente Mörderpack das Blaue Haus verlassen, und zwar auf der Stelle. Innerhalb dieser Stunde.«

»Nein.«

»Nein? Was soll das heißen ›nein‹?«

»Sie vergessen etwas, Ted.«

»Das hier werde ich nie vergessen.«

»Sie vergessen, daß ich das Haus nicht geliehen habe. Ich zahle Miete dafür. Wenn Sie so liebenswürdig gewesen wären und mir das Haus geliehen hätten, dann bliebe mir natürlich nichts anderes übrig, als mich Ihren Wünschen zu beugen. Aber als zahlender Mieter habe ich gewisse Rechte –«

»Sie sind kein zahlender Mieter, Sie elender Schurke. Ich habe bis jetzt noch keinen Scheck erhalten.«

»Nein? Dann ist er sicher noch unterwegs.«

»Der Handel ist nicht perfekt. Ich habe bis jetzt noch keinen Scheck erhalten. Und Sie haben keinerlei Beweis dafür, daß Sie den Scheck abgeschickt haben.«

»Ich bin aber im Haus, Ted. Das will schon was heißen.«

»Das heißt, daß Sie ein Gast sind. Und ich werfe Sie raus.«

»Feine Art, einen Gast zu behandeln.«

»Ich habe auch den Scheck für die Futterrechnungen bis jetzt noch nicht erhalten.«

»Das ist auf Heller und Pfennig unterwegs. Halten Sie nach dem Lastwagen Ausschau.«

»Fletcher, lassen Sie mich doch ausreden. Ich habe Ihnen das Blaue Haus überlassen –«

»Zu einer unverschämten Miete.«

»Ich habe es Ihnen überhaupt nicht geben wollen. Sie haben mir mit keiner Silbe verraten, daß Sie vorhatten, das Haus mit Leuten vollzustopfen, die sich einer Morduntersuchung entziehen.«

»Das war eigentlich auch nicht meine Absicht.«

»Es ist mein Haus. Mein Heim. Und ich wünsche nicht, daß sein Bild weltweit auf den Titelseiten von Polizeibulletins und Skandalblättern erscheint.«

»Hatte keine Ahnung, daß Sie so empfindlich sind.«

»Raus. Raus. Schaffen Sie diese Leute da raus. Schaffen Sie jeden aus diesem Haus raus. Unverzüglich.«

Die Verbindung brach ab.

Fletch schaute in die Sprechmuschel. »Tolles Kommunikationsmittel«, murmelte er vor sich hin. »Für solche Leute erdacht, die unbedingt das letzte Wort haben müssen.«

Mrs. Lopez stand in der Tür des Arbeitszimmers. »Wünschen Sie etwas, Mister Fletcher?«

»Nein, danke, Mrs. Lopez.«

»Kaffee? Etwas Kaltes zu trinken?«

Fletch nahm das Drehbuch von *Midsummer Night's Madness* vom Schreibtisch auf. »Vielleicht hole ich mir einen Drink, wenn ich durch die Küche komme.«

Sie lächelte. »Im Augenblick machen alle ein Nickerchen.«

»Bis auf Mister Meade. Er ist auf dem Weg, eine Besorgung zu erledigen.«

»Ich auch«, sagte sie. »Einkaufen. Es ist schön, so viele Leute im Haus zu haben. So viele Leute, die ich bisher nur im Kino gesehen habe.« Die Frau wedelte mit der Hand wie ein kleines Mädchen. »Dieser Mister Mooney! Was für ein Mann. Was für ein Gentleman!«

»Sie haben von dem Mord gehört?«

Sie zuckte die Achseln. »Letzte Nacht hat's noch einen Mord gegeben. Oben an der Straße. Hinter dem Haus.« Ihre Hand zeigte nach Südwesten. »Ein Mann wurde erstochen. So geht's nun mal. Diesen Mord verkünden sie auf der Stadtrundfahrt nicht.«

»Warum wurde er erstochen?«

Wieder zuckte Mrs. Lopez die Achseln. »Er hat was gesagt. Oder auch nichts. Er hat was getan. Oder auch nichts. Er hatte was. Oder auch nichts. Warum werden Menschen ermordet?«

»Oder weil er etwas war.«

»*Tambien.* Möchten Sie, daß ich etwas Besonderes zum Essen einkaufe?«

»Schönes Obst«, sagte Fletch. »Fisch. Etwas Käse?«

»Selbstverständlich. Für wieviele Tage soll ich einkaufen?«

»Für ein paar Tage«, sagte Fletch. »Mindestens für ein paar Tage.«

15

Fletch war gerade auf Seite 81 des Drehbuchs von *Midsummer Night's Dream* angelangt, als eine Frau schrie.

Von seinem Platz im hinteren Garten des Blauen Hauses sah er zum ersten Stock hinauf.

Es war Edith Howell gewesen, die geschrien hatte. Jetzt rief sie. Trotz des Bühnentimbres in ihrer Stimme konnte Fletch nicht verstehen, was sie sagte.

Er blätterte auf Seite 82 um.

Ein schläfriger Nachmittag.

Als Fletch bei Seite 89 angekommen war, wankte Frederick Mooney um die Ecke des Hauses und blieb in einem Beet stehen, das mit Bodendeckern bepflanzt war.

»Da ist jemand in meinem Bett, der behauptet, eine Dame zu sein«, verkündete Frederick Mooney.

»Soll das eine Beschwerde sein?« fragte Fletch.

»Ich hätte lieber eine Frau«, gestand Mooney.

»Die Dame ist Edith Howell«, sagte Fletch.

»Ach, tatsächlich? Dachte mir doch gleich, daß ich sie schon mal in einer ähnlichen Szene erlebt habe . . . mal sehen, war es vielleicht in *The Clock Struck One*?«

»Und fiel die Uhr herunter?«

»Weder eine Dame noch eine Frau: diese Edith Howell.« Mooneys Füße verhedderten sich in den Bodenpflanzen, als er näher kam. »Ein Ärgernis in weiblicher Gestalt.«

»Sie war kaum angekommen, da fragte sie schon nach Ihnen.«

Mooney ließ sich in einen schattigen Schmiedeeisenstuhl sinken. »Ich glaube, wir haben mal ein Stück zusammen gemacht. Fällt mir nicht mehr ein, welches. Aber zumindest erinnere ich mich, daß ich sie über einen langen Zeitraum hinweg Abend für Abend gesehen habe. Wie eine Hotelbadewanne, wissen Sie.«

»Sie haben *Time, Gentleman, Time* zusammen gemacht. Am Broadway.«

»Ach, ja – dieses verfluchte Musical. Was hat mich bloß dazu bewogen, dieses verfluchte Musical zu machen? Ich war verheerend darin, monatelang . . . dem Publikum schien's allerdings zu gefallen. Schlecht beraten, vermute ich. Sind Sie ein Theaterfan?«

»Nicht mehr als andere auch.«

»Bin immer wieder darüber verblüfft, wieviel mehr andere Leute über Theater und Film wissen als ich.«

Fletch lächelte. »Sie sind Theater und Film in Person, Mister Mooney.«

»Ich habe meinen Job getan«, sagte Mooney. »Wie jeder andere auch. Wenn ich mich recht erinnere, Mister Peterkin, dann sagten Sie, Sie hätten mit der Unterhaltungs*industrie* nichts zu tun.«

»Ganz recht.«

Mooney versuchte, den Titel des Drehbuchs in Fletchs Schoß zu lesen. *»A Midsummer Night's Dream«*, sagte er. *Nennst du mich schön?«* zitierte er mit trauriger, schwacher Stimme. *»Ich bin so häßlich wie ein Bär.* Fantastisch, dieses Jahreseinkommen, das Sweet Will immer noch erzielt. Schade, daß er es nicht mehr genießen kann.«

Midsummer Night's Madness«, sagte Fletch. »Der Film, den Moxie gerade dreht.«

»Oh, richtig. Shakespeare in modernen Klamotten, nehme ich an. Aufgemotzt mit den neuesten Erkenntnissen der Psychatrie.«

»Nein.« Fletch schleuderte das Drehbuch auf sein Knie. »Zwischen den beiden Sommernächten scheint keinerlei Verbindung zu bestehen.«

»Nur den Titel geklaut, was? Erstaunlich, daß noch keiner ein Stück mit dem Titel *Piglet* geschrieben hat, wo einem Kerl der Geist des letzten Nachtmahls erscheint. Ach, armes Nachtmahl, du hast mir wohl gemundet ...«

»Hat Moxie denn nicht mit Ihnen über dieses Drehbuch gesprochen?«

»Moxie spricht nicht mit mir.« Mooney rülpste hinter vorgehaltener Hand. »Moxie bittet mich nicht um Rat. Ich bin ihr besoffener Vater. Was richtig und berechtigt ist, meine ich. Es hat viele Jahre gegeben, in denen ich gezwungen war, sie zu ignorieren.«

»Weshalb?«

Mooneys Augen kamen von beiden Seiten seines Kopfes auf Fletch zu und durchbohrten ihn. »Man ist zuerst seinem Talent verpflichtet«, sagte er. »Viele Männer können eine Frau lieben und Kinder zeugen; aber nur wenige können die Welt lieben und Wunder vollbringen.«

Fletch nickte. »Darf ich Sie um Rat bitten?«

Mooney sagte weder ja noch nein, sondern suchte den Boden um seinen Stuhl herum ab. Seine Tasche mit den Flaschen war nicht da. Allerdings hatte er schon vor dem Lunch ein paar gesellige Runden durch die Bars von Key West gedreht.

»Welchen Grund könnte jemand haben, einen schlechten Film zu drehen?« fragte Fletch.

»Das ist ein Gewerbe wie jedes andere«, sagte Mooney. »Menschen machen nun mal Fehler. Nein. Lassen Sie mich das berichtigen. In keinem anderen Gewerbe wird mit einer so bestürzend hohen Fehlerquote gearbeitet. Könnten Sie sich in Ihrem Gewerbe, Mister Peterkin, eine neunzigprozentige Fehlerquote leisten?«

»Wie ist so etwas möglich?«

»Einen guten Film zu machen, bedeutet, genau die richtigen Talente mit genau dem richtigen Stoff zusammenzubringen. Keine leichte Aufgabe.«

»Das habe ich immer noch nicht kapiert. Kein Gewerbe kann sich halten, wenn neunzig Prozent aller seiner Tätigkeiten falsch sind.«

»Und ferner lassen Sie sich von mir, einem verbitterten, ausgebrannten alten Mann, wohlgemerkt, gesagt sein, daß jedes Gewerbe, in dem es um Show und dickes Geld geht, Nichtskönner und Scharlatane in Hülle und Fülle anzieht.«

Fletch versuchte, Mooney mit den Augen zu umschlingen. »Warum sollten Sie denn verbittert sein?«

»Weil ich mit Nichtskönnern und Scharlatanen in Hülle und Fülle zu tun hatte, die meine Tage und meine Nächte ruinierten, meine Arbeit zerstörten, mich schlecht berieten, mich schlecht behandelten, mich ausraubten –«

»Holla, immer mit der Ruhe«, sagte Fletch. »Ich wollte Sie nicht aufregen. Dazu ist es heute viel zu heiß.«

Mooney atmete tief durch die Nase ein, drehte Fletch sein Profil zu und atmete langsam wieder aus. Fletch fragte sich, ob dies zu den Übungen für Schauspieler gehörte.

»Mir ist schleierhaft, wie sich irgendein Gewerbe – oder eine *Intrigustrie*, wie Sie es nennen – bei einer so hohen Fehlerquote überhaupt halten kann.«

Mooneys Lächeln war sardonisch. »Dieses Gewerbe funktioniert auf vielfältige Weise. Die einfache Antwort auf Ihre Frage lautet, daß eben oft genug die richtigen Stoffe mit den richtigen Talenten zusammenkommen. Das Wunder der Kunst vollzieht sich. Selbst Leute wie Sie lassen ihre Hanteln fallen und stürzen, Geld in der Hand, hinaus, ganz versessen darauf, sich anzusehen, was mit Geld zusammengeschustert wurde. Und für die *Intrigustrie* ist Zahltag. Ein einziger Blitzstrahl in der Nacht schützt die Finsternis.«

»Ich lese gerade dieses Drehbuch hier.« Fletch wippte mit dem Knie, auf dem es lag. »Natürlich habe ich keine Ahnung. Ist das erste Mal, daß ich ein Drehbuch lese, und dieses halte ich für ziemlich übel. Die Personen scheinen alle Ähnlichkeit mit Leuten zu haben, die man auf Cocktailpartys trifft – lauter Fassaden und nichts dahinter. Ihre Sprache ist unnatürlich. Ich schreibe selbst ein wenig– an Tagen, an denen es Hurrikans gibt. In diesem Drehbuch wird, so scheint mir, viel Zeit und Platz verschwendet, während der Autor herumtappt und eine Idee zu finden versucht. Das müßte alles rausgeschnitten werden. Meinen Sie nicht auch, daß man erst eine Idee haben sollte, bevor man anfängt zu schreiben?« Mooney sah ihn an wie ein Bulle, der sich auf der Weide langweilt. »Hier wird alter Zündstoff auf eine geradezu beleidigende, widerwärtige Weise aufgearbeitet und meiner Meinung nach der Versuch unternommen, vorsätzlich Haß zu schüren, anstatt sich darum zu bemühen, irgendeine Form von Toleranz zu wecken.« Wieder suchte Mooney den Boden um seinen Stuhl herum nach seinem Flaschendepot ab. »Ich bin natürlich kein Drehbuchrezensent«, sagte Fletch, »aber ich meine, daß jeder, der auch nur einen Cent in diesen Schund investiert, verrückt sein muß.«

»Ah, Peterkin«, sagte Mooney, der offensichtlich auf glühenden Kohlen saß. »Da haben Sie gerade das Zauberwort genannt: *Cent.* Wie in jedem anderen Gewerbe, dreht sich auch in der *Intrigustrie* alles ums Geld. Um viel Geld. Vergessen Sie nicht: Nichts ist einträglicher als das Geschäft mit der Illusion.« Mooney versuchte sich aus seinem Stuhl zu erheben, schaffte es jedoch nicht. »Denken Sie mal darüber nach, falls Sie Lust dazu haben. Zählen Sie Ihre Illusionen, Mister Peterkin.« Endlich gelang es Mooney aufzustehen. »Für ein Schläfchen ist es zu spät«, erklärte er dem Banyan-Baum, der nie ein Schläfchen hielt. »Ich brauche einen Drink, um die Falten meines Tages zu glätten. Kann ich Ihnen auch einen bringen, Peterson?«

Langsam und, wie er hoffte, bühnenreif sah sich Fletch demonstrativ überall um, ehe er fragte: »Wer ist Peterson?«

»Nun, Sie sind doch Peterson, oder? Oh, tut mir leid. Sie sind ja Peterkin. Das haben Sie gerade gesagt, glaube ich. Sie hätten einen frühen Film von mir sehen sollen, *Seven Flags*.«

»Den habe ich gesehen.«

»Tausende von Mitwirkenden«, sagte Mooney. »Und ich kann mich noch an jeden einzelnen von ihnen deutlich erinnern.«

16

Lopez rief von der Hintertür. »Telefon, Mister Fletcher.«

Fletcher zögerte. Das Telefon hatte den ganzen Tag über geläutet. Fletch hatte die Lopez' angewiesen, möglichst nicht dranzugehen. Er legte das Drehbuch von *Midsummer Night's Madness* auf der Zisterne ab und trottete zur Hintertür.

»Tut mir leid.« Lopez' Augen heischten nach Wohlwollen und Verständnis. »Es ist die Polizei. Die Frau besteht darauf, daß Sie ans Telefon kommen. Sie hat mir gedroht.«

Aus dem Hausinnern drang Stimmengemurmel.

»Schon gut.«

Auf dem Weg durch die Hintertür ins Freie huschte Stella Littleford an Fletch vorbei. »Aufgepaßt«, flüsterte sie.

Im Flur fragte Edith Howell: »Wo ist Freddy?«

»Keine Ahnung. Irgendwo hier in der Gegend.«

»Wo ist John Meade?«

»Macht Besorgungen. Er wird zurückkommen.«

In der Eingangshalle, nur mit einem knappen Slip bekleidet, lehnte Garry Littleford mit dem Rücken an der Wand. »Ich weiß nicht.« Er schüttelte betrübt den Kopf. »Ich weiß nicht.«

Durch die offene Eingangstür sah Fletch, daß die wartende, stierende Menschenmenge auf der anderen Straßenseite angewachsen war.

Frederick Mooney kam die Treppe herunter, eine Flasche in der Hand.

Hinter Fletch rief Edith Howell aus: »Freddy! Wahrhaftig! So wahr ich lebe und atme!«

Mooney starrte von halber Treppenhöhe auf sie herab, deutete auf sie. *»Der gute alte Mond nimmt ab . . .«*

»Komm, mach' mir einen Drink, Liebster. Ich bin völlig ausgedörrt.« Sie ergriff seinen Arm, als er die Treppe herunter war. »Ein Gin-Tonic wäre jetzt genau das Richtige.« Sie dirigierte ihn ins Wohnzimmer. »Ich habe hier drin ein paar Vorräte entdeckt. Tut mir leid, daß ich dich so angefahren habe, als du in mein Schlafzimmer stürmtest, aber weißt du, Freddy, es ist schon so viele Jahre her, seit du so etwas gemacht hast . . .«

Als sie an ihm vorüberkamen, sagte Gerry Littleford zum Fußboden: »Ich weiß nicht.«

»Madame«, tönte Mooneys Stimme hoheitsvoll aus dem Wohnzimmer. »Ich bin nicht hineingestürmt. Ich bin eingetreten.«

Im Billardzimmer kreiste Moxie wie ein Tier im Käfig. »Fletch! Ich muß aus diesem Haus raus!«

»Das geht nicht.«

»Ich ertrage es nicht!«

»Sie würden wie eine Meute über dich herfallen. Das wäre zu gefährlich.«

Sie betonte jedes einzelne Wort. »Ich muß aus diesem Haus raus!«

Fletch ging ins Arbeitszimmer und nahm den Telefonhörer auf. »Hallo?«

»Irwin Fletcher?«

Fletch seufzte. »Fletcher am Apparat.«

»Einen Augenblick, bitte.«

Aus dem Stockwerk darüber dröhnte Sy Kollers Stimme. Er sagte irgend etwas über den Golfstrom.

»Mister Fletcher«, ließ sich eine Stimme durch das Telefon vernehmen.

»Ja.«

»Hier spricht Chief Nachman. Wie geht's Ihnen heute?«

»Gut. Danke der Nachfrage. Und selbst?«

»Auch gut. Harte Arbeit stärkt das Wohlbefinden, meinen Sie nicht auch?«

»Freut mich zu hören, daß Sie hart arbeiten.«

»Tatsächlich?«

»Ehrenwort.«

»Aus meiner harten Arbeit haben sich möglicherweise ein paar Schlußfolgerungen ergeben, die Sie nicht freuen werden.«

»Ausgeschlossen.«

»Und sie sind der Grund, warum Sie Miss Mooney vergangene Nacht ans Ende der Welt geflogen haben.«

»Wir sind gar nicht so weit weg.«

»Sie befinden sich an einem Ort, von dem aus es ein Kinderspiel ist, aus dem Land zu verschwinden.«

»Haben Sie das herausgefunden?«

»Ja und nein. Treiben Sie micht nicht zu weit, Irwin.«

»Sie brauchen mich nicht Irwin zu nennen.«

»Mögen Sie den Namen nicht?«

»Die Kinder in der Schule haben mich immer Irrwisch genannt.«

»Na schön, dann nenne ich Sie eben Irrwisch.«

»So habe ich das eigentlich nicht gemeint.«

»Sollten Sie und Miss Mooney beispielsweise beabsichtigen, den

Staat Florida oder schlimmer, weit schlimmer, den Boden der USA zu verlassen –«

»Kein Gedanke daran.«

»– hätten Sie Gelegenheit herauszufinden, wozu ein kleiner braver Chief of Detectives alles fähig ist. Daß Sie mit einem beträchtlichen Teil meiner Verdächtigen in diesem Mordfall nach Key West entfleucht sind, ist für mich nichts weiter als lästig. Aus der Sicht der darin verwickelten Personen sogar verständlich.«

»Eine sehr vernünftige Einstellung.«

»Außerdem glaube ich, daß Sie womöglich das Richtige getan haben.«

»Tatsächlich?«

»Ja. Vielleicht. Ich habe so ein merkwürdiges Gefühl, als hätten Sie genau das Richtige getan. Wenn Sie jetzt die Güte hätten, mir genau zu sagen, wer Ihnen da unten in diesem – wie hieß es doch gleich? – Blauen Haus Gesellschaft leistet?«

»Moxie.«

»Wußten Sie, daß der Amtssitz des koreanischen Präsidenten auch das Blaue Haus heißt?«

»Frederick Mooney.«

»Den möchte ich mir eines Tages zu gerne mal ansehen.«

»Gerry Littleford. Seine Frau Stella. Sy Koller. Edith Howell. Der australische Regisseur Geoffrey McKensie.«

»John Meade?«

»Er ist hier, aber im Moment nicht da. Heute abend wird er zurück sein.«

»War er nicht einfach hinreißend in *Easy River*?«

»Den habe ich nie gesehen, glaube ich.«

»Sonst noch jemand?«

»Ich.«

»Sie würde ich bestimmt nicht vergessen, Irrwisch.«

»Da Sie eine so vernünftige Einstellung haben, Chief, würde es Ihnen etwas ausmachen, mir ein paar Dinge zu verraten?«

»Wenn ich kann. Werde ich das dann bei Global Cable News sehen?«

»Nicht, wenn Sie es nicht wünschen.«

»Ihre Loyalität setzt gewisse Prioritäten, was, Fletcher?«

»Was haben die Bänder und Filme über den Mord bisher ergeben?«

»Nichts.«

»Nichts?«

»Absolut nichts. Wir waren die ganze Nacht auf und haben sie uns immer und immer wieder angesehen. Absolut nichts.«

»Das ist unmöglich.«

»Nach allem, was uns diese ganzen Kameras bisher genutzt haben, hätte der Mord genauso gut in finsterer Nacht in einer Allee stattfinden können. Wir erwarten Experten, die sich die Filme ansehen sollen. Wußten Sie, daß es Experten für so was gibt? Ich nicht.«

»Und vermutlich gibt es auch Experten für die Auswahl solcher Experten.«

»So ist es.«

»Könnten nicht Sy Koller und Geoff McKensie helfen? Im Betrachten von Filmen müßten sie doch Experten sein.«

»Großartig. Sie möchten also, daß zwei unserer Hauptverdächtigen als Fachleute hinzugezogen werden. Peterman hat McKensie rausgeschmissen, falls Sie das noch nicht wußten.«

»Und Koller?«

»Vor drei Jahren haben sich Sy Koller und Steve Peterman vor einem Restaurant in Los Angeles geprügelt. Peterman lag auf dem Bürgersteig und Koller drückte ihm gerade die Kehle zu, als die Polizei eintraf. Peterman hat auf eine Anzeige verzichtet.«

»Alle liebten Peterman. Kein Zweifel. Weswegen haben sie sich geprügelt?«

»Wegen einer Frau, heißt es.«

»Übrigens, Koller sagt, daß sich Peterman und Dan Buckley gekannt hätten. Daß zwischen den beiden ein gespanntes Verhältnis geherrscht hätte.«

»Sieh da, der Reporter ist wieder unterwegs. Buckley hat bei irgendeiner Investmentsache, die Peterman ihm vermittelt hatte, Geld verloren.«

»Viel Geld?«

»Woher soll ich wissen, was für solche Leute viel Geld bedeutet? Ich lebe sechs Meilen vom Strand entfernt in einem gelben Bungalow.«

»Okay. Punkt zwei. Heute morgen sagte Sy Koller, daß der Aufbau für die *Dan Buckley Show* manipuliert worden sein könnte. Das heißt, das Messer hätte so installiert sein können, daß es von irgendwoher meachnisch herunterfiel oder vorwärtsgetrieben wurde. Verstehen Sie, was ich meine?«

»Der Gedanke ist uns auch schon gekommen.«

»Ich meine, so arbeiten Bühnen doch, oder? Der Bühnenaufbau

selbst erzeugt die Illusion. Man kann alles darin einbauen, alles einprogrammieren, was geschehen soll.«

»Wir haben nachgesehen.«

»Die Tatsache, daß auf den Bändern und Filmen bisher nichts entdeckt wurde, erhärtet diese Theorie doch irgendwie, oder? Ich meine, diese Sache müßte im Grunde von jemandem manipuliert worden sein, der wußte, wo sich die Kameras befinden würden.«

»Eine gute Theorie.«

»Und laut Koller hatte im Grunde nur eine einzige Person sowohl die Zeit und das Fachwissen als auch genügend Einblick in den Szenenaufbau, um so etwas manipulieren zu können, und zwar Dan Buckley selbst.«

»Fällt Ihnen etwas auf?«

»Was?«

»Koller scheint es darauf anzulegen, Dan Buckley den Mord in die Schuhe zu schieben.«

»Mag sein. Mag aber auch sein, daß er recht hat.«

»Sowohl vergangene Nacht als auch heute morgen haben wir uns diesen Aufbau Millimeter für Millimeter vorgenommen.«

»Ach, kommen Sie, Chief. Was versteht der Durchschnittscop denn schon von Szenenaufbauten? Der Durchschnittsbürger fällt doch schon auf einen achtjährigen Zauberer mit französischen Manschetten herein.«

»Deswegen lassen wir ja drei Filmarchitekten aus New York einfliegen.«

»Experten.«

»Noch mehr Experten. Dieser Fall wird unser Budget für dieses Jahr total auffressen und das fürs nächste auch. Und daß man Ferngespräche mit Key West führen muß, trägt auch nicht gerade zur Verbesserung des Budgets bei.«

»Sie haben also Filmexperten und Bühnenbildexperten hinzugezogen.«

»So ist es.«

»Sie wissen, was das bedeutet . . .«

»Das bedeutet, daß eine Erhöhung der Grundsteuer in diesem Bezirk unvermeidbar sein wird. Nur weil eine Horde reicher Filmleute uns einen Besuch abgestattet hat und einer von ihnen ermordet wurde.«

»Wenn Sie Theaterexperten zur Lösung dieses Falls brauchen, dann bedeutet das, daß dieses Verbrechen von einem Theaterexperten begangen wurde.«

»Sehr gut, Irrwisch. Vor allem in Anbetracht der Tatsache, daß Sie die einzige darin verwickelte Person sind, die nichts mit dem Theater zu tun hat.«

In der Eingangshalle des Blauen Hauses wurden Stimmen laut.

»Ich habe Peterman nicht getötet«, sagte Fletch. »Sie hätten mich ruhig vorher fragen können.«

»Wir haben eine ganze Flugzeugladung Experten angeheuert, Mister Fletcher«, sagte Chief Roz Nachman. »Und ich beabsichtige, ihnen zuzuhören. Ich beabsichtige auch, mir meinen Kopf für die einfachste Erklärung freizuhalten.«

»Und die wäre?«

»Wenn ich das nur wüßte. Irgendwer hat Steven Peterman ein Messer in den Rücken gebohrt. Zugegeben, die Tatumstände waren sehr ungewöhnlich und kompliziert. Aber dennoch bleibt es ein ganz gewöhnliches Gewaltverbrechen.«

»Kann ich mich irgendwie nützlich machen?«

»Ja. Gehen Sie ans Telefon, wenn ich das nächste Mal anrufe.«

In der Eingangshalle wurde eine weitere Stimme laut. Sie klang nach Sy Koller.

»Mach' ich.«

»War nett, mit Ihnen zu plaudern«, sagte Roz Nachman. »Vielleicht komme ich Sie irgendwann besuchen.«

»Warum nicht?« sagte Fletch. »Sie wären nicht die erste, die das tut.«

»Ich bring' dich um!«

Fletch hastete durch das Billardzimmer und über den Flur zur Eingangshalle.

Sy Koller stand auf halber Treppe und starrte nach unten.

Auf der Treppe direkt unter ihm stand Gerry Littleford und starrte nach oben. Er war nackt. In der rechten Hand hielt er ein Tranchiermesser.

Gerry war sexuell erregt. Jeder Muskel seines hageren Körpers war angespannt. Seine Haut glänzte vor Schweiß. Er bewegte sich wie ein jederzeit sprungbereiter Panther.

Ein fantastischer Anblick.

Koller machte einen Schritt rückwärts die Treppe hinauf.

»Was tut ihr mir alle an?« fragte Gerry leise.

»Gerry, du hast hart gearbeitet«, sagte Koller. »Es waren anstrengende Tage.«

Oben an der Treppe lehnte Geoff McKensie am Geländer und

beobachtete die Szene. In seinen Augen schien sich eine Filmspule zu drehen.

Auf dem Fußboden der Eingangshalle lag Gerrys roter Slip.

»Nein, nein«, sagte Gerry. »Das ist es nicht. Das weiß ich genau. Ich bin schwarz. Ihr alle denkt, daß ich schwarz bin.«

Koller lachte nervös. »Gerry, du bist ja auch schwarz.«

Gerry stieß das Messer nach Kollers fetten, weißen Beinen. Koller sprang eine weitere Stufe hinauf. Auch sein Gesicht war schweißnaß.

Mrs. Lopez stand in der Tür zum Speisezimmer. »Er hat mein Messer genommen«, sagte sie zu Fletch.

»Sag *Mann*, Sy. Los. Sag *Mann*. Sag *Junge*.«

»Ich habe noch nie in meinem Leben *Junge* zu dir gesagt. Würde ich nie tun.«

Wieder schnellte Gerrys Messer vor. Koller machte einen Schritt zur Seite.

»Du beleidigst mich«, sagte Koller.

»Ich bin ein siebenundzwanzigjähriger Filmschauspieler!« schrie Gerry.

»Und ein guter obendrein«, sagte Koller sanft.

»Ich bin ein *Mann*!«

»Das ist nicht zu übersehen, Gerry. Wenn du bloß das Messer wegtätest. Gib es Fletcher ...«

»Gerry«, sagte Fletch ruhig. »Sie haben sich keinen günstigen Tag ausgesucht, um jemandem mit einem Messer zu bedrohen. Macht sich nicht gut. Sie wissen, was ich meine?«

Gerry drehte sich um die eigene Achse und funkelte von oben auf Fletch herunter.

»Sagen Sie nicht *Junge* zu mir.«

»Wer sagt denn *Junge* zu Ihnen?«

Mrs. Lopez sagte: »Das ist mein gutes Messer.«

Sy Koller lachte. »Laß gut sein, Gerry. Du kannst doch nicht erwarten, daß man dir die Hauptrolle in *Robin Hood of Sherwood Forest* anbietet.«

»Alle hacken ständig auf mir herum«, sagte Gerry.

»Nur im Film, Gerry«, sagte Sy Koller. »Du bist ein gut bezahlter Filmschauspieler. Zu Hause fährst du einen Porsche. Niemand hackt auf dir herum.«

»Zur Hölle damit!« Er hieb nach Sy Kollers Beinen.

Koller sprang zurück, noch eine Stufe höher. Sein grünes T-Shirt flatterte.

Fletch hörte Moxie den oberen Flur entlangkommen. Sie oder etwas, das ihr ähnlich sah, erschien auf dem Treppenabsatz. Zwischen weißen Shorts und weißen Segeltuchschuhen waren ihre Beine zu sehen. Der in ein hellblaues Sporthemd gehüllte Torso gehörte ihr. Um ihren Kopf war ein rotes Tuch geschlungen. Das Gesicht war mit Rouge und Puder mattiert, ihr Mund mit grellrotem Lippenstift clownartig vergrößert. Eine riesige Sonnenbrille mit weißem Plastikrahmen verdeckte ihre Augen.

Koller sagte: »Gerry, ich weiche keinen einzigen Schritt mehr von der Stelle.« Es sollte wie eine Drohung klingen.

»Ach, du meine Güte.« Moxie begann die Treppe hinunterzusteigen.

»Sei vorsichtig«, sagte Fletch.

Sie ging an Koller vorbei und blieb auf einer Stufe mit Gerry stehen. Das Messer ignorierte sie. Sie packte seinen erigierten Penis und schüttelte ihn, als schüttelte sie jemandem die Hand. »Du mußt auf andere Gedanken kommen, *Junge*.«

»Du hast *Junge* zu ihm gesagt«, sagte Koller. »Sie hat *Junge* zu ihm gesagt.«

»Soll ich vielleicht *Mädchen* zu ihm sagen?« fragte Moxie. »Mit diesem Schwanz in meiner Hand?«

Mrs. Lopez stieg die Stufen hinauf, langte um Gerry herum und nahm ihm das Messer aus der Hand. »Mein gutes Messer«, sagte und machte sich auf den Weg zurück zur Küche.

»Würden Sie Mrs. Littleford holen?« bat Fletch Mrs. Lopez.

»Alle sind gegen mich«, vertraute Gerry Moxie an. »Sieh doch nur, was sie mir antun.«

Moxie legte ihre Hände auf seine nassen, glänzenden Schultern. »Daran ist nur der Koks schuld, Schätzchen. Kein Mensch tut dir etwas. Alles ist in Ordnung. Du bist in Ordnung. Es ist ein schöner Tag.«

»Nein, der Koks ist nicht schuld, sondern das, was sie mir antun.«

»Dieses kleine weiße Puder ist dran schuld, daß du dir ständig in die Nase stopfst, Herzchen«, sagte Moxie. »Drogen stellen merkwürdige Dinge mit deinem Kopf an. Wußtest du das?«

Gerry musterte Sy Kollers Beine. Sie hatten keinen Kratzer abbekommen.

Stella kam in die Halle. Sie hielt ein Badetuch in den Händen.

»Gerry braucht frische Luft«, sagte Fletch zu ihr. »Wie wär's, wenn Sie ihn von hier aus in irgendeine Richtung führen, bis Sie ans

Wasser kommen, und ihn dann hineinwerfen? Eine Abkühlung täte ihm gut.« Sie hatte schwere Augenlider. »Und Ihnen auch.«

»Ich bin diejenige, die frische Luft braucht«, sagte Moxie zu Fletch. »Bring mich hier raus.«

»In diesem Aufzug? Die Fliegen werden sich auf dich stürzen.«

»Kein Mensch wird mich beachten«, sagte Moxie.

»Du beliebst zu scherzen.«

Auf der Treppe war Stella dabei, Gerrys Körper von oben bis unten mit dem Handtuch abzureiben.

Fletch betrachtete die beiden. »Eine Abkühlung ist vielleicht doch keine gute Idee.«

»Wen interessiert das schon?« Moxie nahm Fletch bei der Hand.

»Schwimmen Sie nicht zu weit hinaus«, sagte Fletch zu Stella und Gerry.

Er zog Moxie einen Moment beiseite und blickte ins Wohnzimmer.

Edith Howell und Frederick Mooney saßen nebeneinander auf einem viktorianischen Verlobungssofa. Sie hielt einen Gin-Tonic in der Hand. Sein Drink war in einem kleinen Brandyglas.

»Wiederaufnahmen«, dozierte Mooney, »sind antiprogressiv. Davon hat es in letzter Zeit viel zu viele gegeben. Wir müssen unseren Platz räumen und die jungen Leute neue Wege gehen lassen.«

»Aber, Freddy«, sagte Edith. »*Time, Gentleman, Time* war ein großes Musical. Ist es immer noch.«

»Komm.« Fletch zerrte an Moxies Hand. »Wir wollen uns den Sonnenuntergang ansehen. Hinten raus. Durch den Lopezschen Garten.«

17

»Soso«, sagte Fletch. Sie schlenderten die Whitehead Street entlang. Moxies aufgeputzter Kopf gab Fletch das Gefühl, ein Geschenkpaket auf einer Stange spazierenzuführen. »Gerry Littleford neigt also dazu, mit Messern auf Leute loszugehen.«

»Das hatte nichts zu bedeuten«, sagte Moxie. »Vergiß es.«

»Wohl nur einer von euern üblichen kleinen Familienzwisten? Ich hielt's eigentlich für eine ziemlich ernste Sache.«

»Glaube nie einem Schauspieler«, sagte Moxie. »Nicht *was* gesagt wird, ist maßgebend, sondern *wie* es gesagt wird.«

»Das, was du gerade gesagt hast, eingeschlossen.«

»Ich lüge, sagte der Lügner«, sagte Moxie. »Ich wäre froh, wenn er nicht ständig dieses Zeug nehmen würde.«

»Du meinst, du wärst froh, wenn er es nur ab und zu nähme?«

»Natürlich. Wenn er eine böse Szene zu spielen hat. Dieses Zeug kann ihn richtig furchterregend machen.«

»Das habe ich gesehen. Aber als Schauspielerei kann man das doch nicht bezeichnen, oder? Ich meine, das ist doch nur die Reaktion auf eine Droge.«

»Schauspielerei ist eine Droge, Fletcher. Jede Kunst ist das. Eine Verzerrung der Perspektive. Eine Steigerung der Konzentration. Wenn Gerry allerdings nur eine ganz gewöhnliche schwere Szene zu drehen hat, dann arbeitet das Zeug gegen ihn. Sein Timing gerät durcheinander. Er spielt übertrieben.«

»Nimmst du dieses Zeug, Moxie? Zum Beispiel für eine ›böse Szene‹?«

»Natürlich nicht. Ich bin ein besserer Schauspieler als Gerry.« Sie blickte über die Straße auf die große Tafel an der Backsteinwand. »Ich wünschte, ich könnte da rein gehen«, sagte sie. »Ich würde mir so gern Hemingways Schlafzimmer ansehen. Auch den Raum, in dem er geschrieben hat. Was wir da beim Billardspielen gemacht haben, war richtig hübsch. Mit deinem Gedächtnis könntest du Schauspieler werden.«

»Moxie, glaubst du, daß für Künstler andere Gesetze gelten?«

»Natürlich. Allein schon, um Künstler sein zu können, muß es besondere Gesetze geben.«

»Dein Vater hat heute nachmittag so eine Bemerkung gemacht. Irgendwas darüber, daß man zuallererst seinem Talent verpflichtet sei. Wir sprachen über seine Beziehung zu dir und deiner Mutter, glaube ich. Er sagte: ›Viele Männer können eine Frau lieben und ein Kind haben, aber nur wenige können die Welt lieben und Wunder vollbringen.‹«

»Guter O. L. Nie um eine Phrase verlegen.« Sie ging eine Weile schweigend weiter. »Vermutlich hat er recht.«

»Wie ist es möglich, daß für verschiedene Leute verschiedene Gesetze gelten?«

»Du hast es vorhin selbst gesagt, Fletch. Ich habe es gerade gesagt. Vorhin im Haus hast du gesagt, ich könnte nicht ausgehen – es wäre zu gefährlich. Ich sagte gerade, daß ich gerne Hemingways Haus besichtigen möchte. Ich wünschte, ich könnte sowohl als Künstlerin als auch als Geschäftsfrau hunderprozentige Arbeit leisten. Ich wünschte, ich hätte keinen Steve Peterman gebraucht, der einen

Großteil der alltäglichen Bereiche meines Lebens für mich verwaltete.« Sie drehte ihn zu sich herum. »Sieh mich an.«

»Ich kann nicht.« Er verdeckte mit der freien Hand seine Augen, um sich vor dem Anblick des kilogrammweise aufgetragenen Rouges, Puders, Lippenstifts und dieser lächerlich großen Sonnenbrille in ihrem Gesicht zu schützen. »Es ist einfach zu grauenerregend.«

»Ich stehe auf einer Straße in Key West«, sagte sie. »Eine wunderbare Stadt, in der man lebt und leben läßt. Aber wenn man es genau betrachtet, dann bin ich gezwungen hier zu stehen und mich nach anderen Gesetzen zu richten.«

»Es ist ein Mord geschehen.«

Er ging weiter.

»Gewiß.« Sie folgte ihm. »Aber wenn Jane Jones in einen Mord verwickelt wäre, könnte sie auf der Straße spazieren, ohne sich als Miss Piggy verkleiden zu müssen. Ich kann das nicht.« Als sie eine Seitenstraße überquerten, wärmte ihm die Sonne das Gesicht. »Genaugenommen ist es eine Frage der Kraft«, sagte Moxie. »Woher nimmt man die schöpferische Kraft? Und wenn man sie hat, wie setzt man sie dann am besten ein? Und wenn sie nachläßt, wie aktiviert man sie dann wieder? Eine außergewöhnliche Aufgabe. Es ist auch eine Verantwortung, verstehst du, absolut gesehen. Eine außergewöhnliche Verantwortung. Eine, wie Freddy sagt, übergeordnete Verantwortung, denke ich. Und man kann einfach nicht für alles verantwortlich sein. Nur wenige Chefs stellen den Müll selbst vor die Tür. Dazu ist der Tag einfach zu kurz. Kein Mensch kann so viel Kraft aufbringen.«

Hand in Hand spazierten sie durch die langen Schatten der Palmen, die die Whitehead Street säumten.

Nach einer Weile ließ sie seine Hand los.

»Ich weiß, was deine Frage bedeutet«, sagte sie niedergeschlagen. »Deine Frage bedeutet: Haben schöpferische Menschen das Recht, einen Mord zu begehen, nur weil andere Gesetze für sie gelten?«

»Weine nicht. Dein Make-up schwimmt sonst davon.«

»Ich habe Steve Peterman nicht ermordet«, sagte Moxie. »Es ist wichtig, daß du mir glaubst, Fletch.«

»Ich weiß«, sagte Fletch.

»Wau!« sagte Moxie. »Was ist denn hier los?«

»Sonnenuntergang.«

Hunderte von Menschen bevölkerten den Kai. In Abständen

plaziert, damit sie sich nicht gegenseitig übertönten, spielten eine Rockband, eine Countryband und ein Streichorchester. Ein Jongleur jonglierte mit Orangen und Akrobaten wirbelten sich gegenseitig in der Luft herum. Ein als Charlie Chaplin kostümierter Mann stolzierte in typischer Manier durch die Menge. Ein ernsthafter junger Mann predigte das Wort Gottes, ein noch ernsthafterer junger Mann in braunem Hemd mit Hakenkreuzbinde predigte die Rassendiskriminierung, und ein noch ernsthafterer junger Mann machte sich über die beiden lustig, indem er den Leuten predigte, an Büchsenerbsen zu glauben. Um jeden von ihnen scharten sich Zuhörer, Zuschauer, Hochrufer und Hohnrufer.

Jenseits des Wassers versank die große rote Sonne langsam im Golf von Mexiko.

Die Menschen, die sich über den Kai schoben, von Gruppe zu Gruppe schlenderten, einander ansahen, einander zuhörten, einander fotografierten, waren ein Querschnitt durch die gesamte Bevölkerung. Einhundert Meilen Florida Keys hängen wie ein Euter am Festland der USA, und zum südlichsten Punkt tröpfeln der Rahm und die Milch und der Abschaum des gesamten Kontinents. Da gibt es die Künstler, die Schriftsteller, die Musiker, junge und alte, die Erfolgreichen, die Aufstrebenden und die ewigen Versager. Da gibt es die zahllosen Singles aller Altersklassen, die manchmal in Gruppen auftraten, die Sucher, die manchmal fündig wurden. Da gibt es die amerikanischen Familien, mit und ohne Kinder, die Akademiker und Arbeiter, die Pensionäre und Flitterwöchner. Da gibt es die Drogenopfer und die Drogenschmuggler, die dreckigen, die ausgeflippten und goldbehängten, verdorbenen und verderbenden Ausbeuter der Menschheit.

»Wau«, sagte Moxie. »Was für eine Modenschau.«

Lumpen und Maßanzüge, Kostüme und Glasperlenketten, billige Fähnchen und prächtige Juwelen – alles war vertreten.

»Du hast gut reden«, sagte Fletch, in ihre riesige Sonnenbrille grinsend.

»So viele Leute wegen eines Sonnenuntergangs.«

»Jeden Abend das gleiche Schauspiel. Selbst an bewölkten Abenden.«

»Was für ein Spektakel. Man sollte Eintrittskarten verkaufen. Wirklich. Überleg' nur mal, was du alles anstellen mußt, um so viele Leute in ein Theater zu bekommen.«

Nachdem sie einmal durch die Menschenmenge gewandert waren, der Musik zugehört und den Aufführungen zugeschaut hatten, ließen sich Fletch und Moxie auf einem freien Plätzchen am Rand des Kais nieder. Ihre Beine baumelten über dem Wasser.

»Was für eine absonderliche Realität«, sagte Moxie.

»Das erinnert mich daran«, sagte Fletch, »daß ich dich etwas ganz Simples fragen wollte: Wer ist der Produzent von *Midsummer Night's Madness*?«

»Steve Peterman.«

»Hast du nicht gesagt, daß er der Produktionsleiter oder so was Ähnliches wäre?«

»Ist er auch. Irgendwie. Es gibt noch einen Produzenten, Talcott Cross. Ich bin ihm nie begegnet. Sein Job dürfte wohl beendet sein, für den Moment jedenfalls. Er kümmerte sich um die Organisation. Besetzung. Die meisten Arbeiten am Drehort. Du weißt schon, Leute anheuern und so.«

»Wo ist er?«

»In Los Angeles, nehme ich an. Ich glaube, er wohnt in Hollywood Hills. Steve wollte bei diesem Film der Vor-Ort-Produzent sein. Das heißt, während den gesamten Dreharbeiten dabei zu sein und all das.«

»Wer von den beiden hat dann Geoff McKensie und wer Sy Koller angeheuert?«

»Cross heuerte McKensie an. Peterman feuerte ihn.«

»Und Peterman heuerte Koller an.«

»Genau.«

»Dann hat Peterman also mehr Einfluß als Cross? Ich meine, dann ist also einer der beiden Koproduzenten gleicher als der andere?«

»Sicher. Cross ist mehr ein Angestellter, der den Produktionskram erledigen sollte, um den sich Steve nicht kümmern wollte oder aus zeitlichen Gründen nicht kümmern konnte.«

»Ist Cross am Gewinn beteiligt?«

»Das nehme ich an. Aber wahrscheinlich nicht in dem Ausmaß wie Steve . . . es gewesen wäre.«

Weiter unten am Kairand saß ein Mädchen in abgeschnittenen Jeans und starrte zu Moxie herüber.

»Warum hatte Steve Peterman als Produzent mehr Einfluß als sein Koproduzent, dieser Dingsbums Cross?«

»Talcott Cross. In diesem Gewerbe läßt sich alles auf einen Nenner bringen: die Bank. Die Geldquelle.«

»Okay. Das will ich ja gerade wissen. Ich dachte immer, daß ein Produzent jemand wäre, der das Geld für einen Film beschafft.«

»Ein Produzent macht eine ganze Menge mehr als das.«

Das Mädchen in den abgeschnittenen Blue jeans stupste den Jungen an, der neben ihr saß, und sagte ihm etwas.

»Aber es war doch Steve Peterman, der das Geld für diesen Film beschafft hat?«

»Ja. Von Jumping Cow Productions, Inc.«

»Was ist das?«

»Eine unabhängige Filmgesellschaft. Eine Gesellschaft, die gegründet wurde, um in Filme zu investieren. Solche Firmen gibt's wie Sand am Meer.«

»Ich bitte um Vergebung, daß ich noch nie von dieser Firma gehört habe. Hat sie viele Filme gemacht?«

»Das glaube ich kaum. Ich nehme an, daß sie noch einige andere Filmprojekte laufen hat. Höchstwahrscheinlich. Ich habe keine Ahnung, Fletch. Vielleicht handelt es sich um eine Gruppe von Zahnärzten, die ihr Geld zusammengeworfen haben, um in Kinofilme zu investieren. Jumping Cow Productions könnte auch eine Tochterfirma von International Telephone und Telegraph sein, was weiß ich.«

Die große rote Sonne war schon zur Hälfte in den Golf von Mexiko eingetaucht. Eine schwarze Schaluppe mit altmodischer Takelage segelte in den Hafen hinein auf sie zu.

»Ist es dir egal, wer euren Film produziert?« Die jungen Leute, die in ihrer Nähe ebenfalls am Kairand saßen, zeigten immer mehr Interesse für Moxie. »Ich meine, wenn die Geldquelle doch so ungeheuer wichtig ist ...«

Moxie seufzte. »Steve Peterman hat den Film produziert.«

Am Horizont loderte die obere Hälfte der Sonne noch einmal auf, ehe sie verlöschte.

Im Hafen, vor dem Kai, feuerte die Schaluppe *Providence* ihr Geschütz ab und holte artig ihr Sternenbanner ein.

Und die Leute auf dem Kai jubelten.

Der Abend in Key West war eröffnet.

Fletch schwang seine Füße auf den Kai und stand auf. »Laß uns nach Hause gehen.«

»Aber, Fletch, nach dem Sonnenuntergang wird's doch erst richtig schön. Wenn sich die Wolken färben.«

»Es ist keine einzige Wolke am Himmel.«

Sie betrachtete den Himmel. »Du hast recht.«

Die jungen Leute waren ebenfalls aufgestanden.

»Los, komm«, sagte Fletch. »Wir können ja langsam gehen und zurückschauen.« Moxie erhob sich. »Außerdem wird es nicht das letzte Mal sein, daß du die Sonne im Meer versinken siehst«, sagte er.

Das Mädchen in den abgeschnittenen Jeans baute sich vor Moxie auf. »Ich weiß, was Sie versuchen«, sagte das Mädchen.

Alle ihre Freunde hatten sich um sie geschart.

Moxie sagte nichts. Sie trat näher an Fletch heran und griff nach seinem Arm.

»Sie versuchen, wie Moxie Mooney auszusehen«, lachte das Mädchen.

Moxie sagte: »Eigentlich nicht.«

Die jungen Leute um das junge Mädchen lachten. Einer lachte: »O doch.«

Das Mädchen sagte: »Moxie schmiert sich nicht dieses ganze Zeug ins Gesicht.«

»Ach nein?« fragte Moxie.

»Sie ist natürlich«, sagte das Mädchen. »Sie trägt überhaupt kein Make-up.«

»Habt ihr sie denn schon mal gesehen?«

»Nee. Aber sie hält sich hier irgendwo in Key West auf.«

»Sie ist drüben auf Stock Island«, sagte der Junge. »Hat die Flatter gemacht.«

»Ja«, sagte ein anderer Junge. »Sie hat jemanden ermordet.«

Moxies Arm drückte sich gegen Fletch.

»Glaubt ihr wirklich, daß Moxie Mooney jemanden getötet hat?« fragte sie.

»Warum nicht?« antwortete ein Junge achselzuckend.

»Was wollen Sie – sich als Moxies Double bewerben?« fragte ein anderes Mädchen.

»Ich möchte sie sehen«, sagte das Mädchen in den abgeschnittenen Hosen. »Ich werd' sie besuchen.«

»Fein«, sagte Fletch. Er zog an Moxies Arm. »Viel Glück.«

Das Mädchen in den abgeschnittenen Hosen rief hinter Moxie her: »Sie sehn ihr 'n bißchen ähnlich.«

»Danke«, rief Moxie zurück. Kleinlaut fügte sie hinzu: »Schon möglich.«

Sie schlenderten durch die Whitehead Street zurück. Der Himmel hatte sich ein wenig verfärbt.

»Wie auch immer«, sagte Fletch in munterem Ton, »es hat mir Spaß gemacht, heute nachmittag mit deinem Vater zu reden.«

»Du magst ihn, nicht?«

»Ich bewundere ihn«, sagte Fletch. »Sehr sogar.«

»Schon möglich, daß er ein brillanter Mann ist«, räumte Moxie ein.

»Er ist ulkig.«

»Nach all diesen Jahrzehnten als Schauspieler«, sagte Moxie, »spricht er, als wäre jede Zeile für ihn geschrieben worden. Er sagt *Guten Morgen*, und man muß einfach glauben, daß es ein guter Morgen ist – als hätte noch nie jemand vorher *Guten Morgen* gesagt.«

»Wie kommt es, daß er sich plötzlich so um dich bemüht?«

»Tut er ja gar nicht. Er ist einfach bei mir vor Anker gegangen. Kann keine Arbeit finden, nehme ich an. Niemand sonst will ihn haben.«

»Hat er dich angerufen, hat er dir geschrieben, hat er vorgehabt, bei dir zu wohnen?«

»Natürlich nicht. Er hat sich in meiner Wohnung in New York häuslich eingerichtet. Ich wußte es nicht einmal. Als ich vor ein paar Wochen hinfuhr – du weißt schon, um mit Steve Peterman zu reden – fand ich ihn in meiner Wohnung vor. Überall lagen seine Klamotten und seine Flaschen herum. Er war fast bewußtlos. Sah sich Cartoons im Fernsehen an. Ich mußte ihn ins Bett bringen.«

»Himmel«, sagte Fletch. »Frederick Mooney sieht sich Cartoons im Fernsehen an. Die ganzen schlechten Satiren über ihn selbst.«

»Ich war jedenfalls ganz schön durcheinander. Brüllte ins Telefon, versuchte Steve aufzutreiben.«

»Hattest du ihm denn einen Schlüssel für die Wohnung gegeben?«

»Nein. Er war noch nie zuvor dort gewesen.«

»Wie ist er dann hineingekommen?«

»Der Pförtner hat ihm einen Schlüssel gegeben. Immerhin ist er Frederick Mooney.«

»Das habe ich doch schon mal gehört.«

»Ich meine, jeder weiß doch, daß er mein Vater ist. Der Pförtner hatte keine Anweisung von mir, ihn nicht hineinzulassen. Was hätten sie denn auch anderes tun sollen – mit einem legendären Genie, das brabbelnd in ihrer Halle steht?«

»Andere Gesetze«, sagte Fletch. »Es mag dir seltsam vorkommen, Moxie, stellt mich vielleicht mit diesen Kindern am Kai auf eine Stufe, aber ich bin stolz und froh, daß ich deinen Vater kenne. Ich finde ihn unheimlich interessant. Ich meine, für mich ist es unheimlich interessant, ihn leibhaftig vor mir zu sehen und mit ihm zu reden und ihn zu kennen. Auch wenn er mich ständig mit einer Leiche verwechselt.«

»Du bist keine Leiche, Fletcher.« Moxie streichelte seinen Arm. »Noch nicht jedenfalls. Wenn du mich allerdings noch mehr Papiere im Dunkeln unterschreiben läßt . . .«

»Überleg' doch mal, was er schon alles getan hat.«

»Ich mußte ihn mit hierherbringen. Was hätte ich denn sonst mit ihm machen sollen? Ich konnte ihn doch nicht allein in New York herumsitzen lassen.«

»Also hast du ihn eingepackt und ins Flugzeug verfrachtet.«

»Er hat die ganze erste Klasse unterhalten. Natürlich hatte er einiges getrunken. Neben ihm, auf der anderen Seite des Gangs, saß ein kleines Mädchen, ungefähr zwölf Jahre alt, der begann er die Geschichte von *Pygmalion* zu erzählen. Alle hörten ihm zu, als er Eliza Doolittle nachmachte. Er spielte alle Rollen auf einmal. Henry Higgins, den Vater. Dann fing er an, alle Lieder aus *My Fair Lady* zu singen. Die Leute drängten sich in den Gängen. *Bringt mich zum Altar, bringt mich zum Altar, bringt mich pünktlich zum Altar* . . .« leierte Moxie mit heiserer Stimme herunter. »Aus der Touristenklasse strömten die Leute zusammen.«

»Fantastisch«, sagte Fletch.

»Es ist Wahnsinn!« rief sie aus.

»Natürlich ist es Wahnsinn. Aber das kleine Mädchen wird sich sein Leben lang daran erinnern. Alle, die an Bord waren. Frederick Mooney spielte Shaw in zehntausend Metern Höhe.«

»Wahnsinn!« sagte sie. »Wahnsinn! Wahnsinn! Wahnsinn!«

»Ich finde es sympathisch.«

»Gegen alle Sicherheitsvorschriften«, sagte Moxie. »Daß diese vielen Leute in den Gängen standen. Totaler Wahnsinn.«

»Die Verpflichtung eines Talents«, sagte Fletch. »Andere Gesetze.«

»Er ist ein Säufer«, sagte Moxie unumwunden. »Er ist ein verrückter, brabbelnder Säufer.«

»Aber du liebst ihn.«

»Ach, verdammt«, sagte sie. »Ich liebe ihn ungefähr genauso, wie ich Los Angeles liebe. Er ist einfach ein großer Stein in meiner Landschaft.«

18

Zum Dinner im Blauen Haus gab es Muschelragout, Rotbarsch und Key-Limonen-Torte. Mrs. Lopez war die beste Köchin von Key West.

Vor dem Dinner hatte Lopez Fletch mitgeteilt, daß Global Cable News mehrmals angerufen und gebeten hätte, zurückzurufen. Fletch dankte ihm und rief nicht zurück.

Während des Dinners sagte Frederick Mooney zu Moxie: *»Und doch bist du mein Fleisch, mein Blut, mein Kind, nein, eine Krankheit eh'r in meinem Fleisch, die mein ich nennen muß.«*

»O nein«, sagte Moxie. »Schon wieder Lear.«

Edith Howell sagte: »Freddy ist eben ein *lear*iger alter Mann.«

»Und Sie, Madame«, sagte Frederick Mooney, »sind eine alte Quasselstrippe.«

Und Sy Koller sagte während des Dinners: »Ich wußte, daß zwischen Dan Buckley und Steve Peterman etwas los war. Buckley war nicht glücklich mit Peterman ...« Und dann entwickelte er noch einmal seine Mordtheorie, bereicherte sie allerdings um die Vermutung, Peterman habe Buckley möglicherweise in etwas Illegales hineingezogen ...

Moxie schwieg.

Stella Littleford, die noch eine Spur kleiner und ausgemergelter wirkte als üblich, sagte: »Marge Peterman.« Während sie redete, warf sie fortwährend traurige Blicke zu ihrem Mann, der sich nach dem Schwimmen immer noch etwas nervös benahm und sich mit verkrampftem Lächeln und einem Minimum an Höflichkeit an der Unterhaltung beteiligte. »Frauen können mal den Punkt erreichen«, sagte Stella, »wo Scheidung keine Lösung mehr ist. Wie lange sind die Petermans verheiratet gewesen – zehn Jahre? Und dies war das erste Mal, daß ich Marge Peterman zusammen mit ihrem Mann gesehen habe. Ich wußte nicht einmal, daß es eine Marge Peterman gibt. Und die ganze Zeit über ist Peterman in der Weltgeschichte herumgegondelt, hat sich mit Leuten im Bett herumgetrieben, hat getan, was er wollte ...«

»Das ist mir unbekannt«, sagte Fletch. »Hat sich Peterman wirklich mit Leuten im Bett herumgetrieben, Moxie?«

»Steve war nur an einer einzigen Sache interessiert«, sagte Moxie, während sie fein säuberlich ihren Fisch zerlegte. »An Geld. Und am Reden, Reden, Reden, Reden, Reden. Über Geld.«

»Irgendwann ist es eine Ehefrau leid, daß man sie ständig beiseiteschiebt«, beharrte Stella Littleford. »Daß jeder ihr sagt, sie sei unwichtig. Daß man ihr vorschreibt: tu dies, tu jenes und halte ansonsten den Mund und bleib hübsch im Hintergrund. So was könnte jeden zum Mord treiben.«

»Stella hat Peterman getötet«, kicherte Gerry Littleford. »Aus Solidarität mit seiner Frau.«

Stella errötete. »Okay«, sagte sie. »Warum war Marge Peterman da? Sie hatte sich vorher noch nie blicken lassen. Es gab keine Pläne für ein Wochenende oder ähnliches. Unser Zeitplan ließ Peterman nicht mehr Freizeit als uns. Von einer Drehpause waren wir noch Wochen entfernt.«

»Wollen Sie damit sagen, Stella«, fragte Fletch, »daß Marge Peterman mit der Absicht am Drehort auftauchte, ihren Ehemann zu töten?«

»Genau.«

»Weiß irgend jemand, ob sie erwartet wurde?« Fletch blickte sich in der Runde um seinen Tisch um.

»Ich glaube nicht, daß sie erwartet wurde«, sagte Sy Koller. »Regisseure – zumindest einige von uns – haben es lieber, wenn während der Dreharbeiten keine Ehefrauen dabei sind.« Er sah rasch zu Geoffrey McKensie und ebenso rasch wieder weg. »Nicht dazugehörige Personen.« Er sah Frederick Mooney an, der betrunken blinzelnd über seinem Teller hing, und ließ dann seinen Blick auf Stella Littleford ruhen. »Kann einen leicht zur Verzweiflung treiben. Es ist schon schwer genug, wissen Sie, mit den Empfindlichkeiten, den Gefühlen von Filmleuten fertig zu werden. Wenn solche Leute dann auch noch Ehefrauen dabei haben und Ehemänner, die ihnen den Rücken stärken, alles nachplappern, was sie sagen: Liebhaber, Kindermädchen und wunderliche Verwandte . . .« Wieder huschte Sy Kollers Blick zu Frederick Mooney. »Und alle sagen ihnen, daß sie im Recht sind, daß sie im Unrecht sind, daß sie dies, daß sie jenes sind, daß sie *müde aussehen heute morgen* –« Koller sprach jetzt mit keifender Fistelstimme weiter – *»und kriegst du da etwa einen Pickel unter der Nase? Und sag diesem Sy Koller, daß aus dieser Szene nie was wird, wenn er dir keinen stärkeren Abgang verschafft . . .* Macht's dem Regisseur verdammt schwer.« Sy Koller lachte vor sich hin. »War nicht meine Absicht, eine einfache Frage als Einstieg in mein Lieblingsthema zu benutzen. Nein«, sagte er zu Fletch. »Ich glaube nicht, daß Marge Peterman erwartet wurde. Peterman und ich waren in dieser Beziehung einer Meinung, denke ich. Ich habe meine eigene Frau mit einer Reise nach Belgien bestochen. Wenn Steve gewußt hätte, daß seine Frau die Absicht hatte zu kommen, wäre er meiner Meinung nach in der Lage gewesen, sie davon abzuhalten.«

»Und sie wäre brav zu Hause in ihrem Kämmerlein geblieben«, sagte Stella verächtlich.

»Und hätte ihren Chinchilla gestreichelt«, warf Edith Howell ein.

»Nun, diesmal ist Marge Peterman aber nicht zu Hause geblieben«, beharrte Stella Littleford. »Sie tauchte am Drehort auf und erstach den Schweinehund.«

Gerry kicherte.

»Nun, wo war sie denn während der Aufzeichnung der *Dan Buckley Show*?« fragte Stella.

»Mit mir zusammen«, antwortete Fletch.

»Und wer, zum Teufel, sind Sie?«

»Niemand.«

»Er ist unser Gastgeber«, sagte Edith Howell. »Würde wohl jemand freundlicherweise den Wein herüberreichen?«

»Und später«, sagte Stella, »wo war sie da? Wir stöberten sie hinter diesen Wohnwagen auf.«

»Mit mir zusammen«, sagte Fletch.

»Sah mir ganz danach aus, als hätte sie sich versteckt«, sagte Stella.

»Der Fall ist gelöst.« Gerry Littleford legte Messer und Gabel nieder. »Stella hat Steve Peterman getötet und damit eine weitere Lanze für die Gleichberechtigung der Frauen gebrochen.«

Mooneys Augen blieben geschlossen, sein Kopf nickte beständig vor sich hin, was ihn jedoch nicht daran hinderte, weiterzuessen. Mooney gönnte sich ein kleines Schläfchen während des Dinners.

»Geldgeber«, sagte McKensie.

»O ja«, mockierte sich Moxie. »Erzählen Sie uns von den Geldgebern.«

McKensie sah sie mit hochgezogenen Augenbrauen an. Offensichtlich erwartete McKensie, wie alle schweigsamen Menschen, daß man ihm auch zuhörte, wenn er schon einmal den Mund aufmachte. Er wartete, bis ihm die angemessene Aufmerksamkeit zuteil geworden war, und fing dann in einem Ton zu sprechen an, der weit freundlicher war als das, was er den Anwesenden mitzuteilen hatte. »Ich habe alles genau durchdacht. Wer hatte den meisten Grund, Steve Peterman zu töten? Er war ja derjenige, der diesen Film vermurkst hat. Die Gesellschaft hatte einen erstklassigen Regisseur angeheuert – mich. Ich habe den Auftrag nur unter der Bedingung angenommen, daß ich mit dem Drehbuch freie Hand habe. Ich habe dieses Drehbuch monatelang überarbeitet. Meine Frau und ich sind halb um diesen wildgewordenen Erdball geflogen. Ich habe eine Woche in Kalifornien zugebracht und mit Talcott Cross das neue Drehbuch durchgeackert. Er war mit allem einverstanden, was ich tun wollte. Klar, er ist ja schließlich auch ein Profi. Ich kam hierher in diese amerikanische Rekrutensonntagsschule –«

»Ich nehme an, er meint Florida«, flüsterte Fletch Moxie zu.

»– und da ist dieser Armleuchter von Peterman hier, führt sich wie eine Wildsau auf und macht aus dem ganzen Menü Schweinefutter.«

Sy Kollers Gesichtsfarbe wurde einen Ton dunkler. »Sie meinen, er hat Sie gefeuert.«

»Ganz recht«, sagte McKensie. »Und heuerte einen zweitrangigen, abgehalfterten Regisseur an –« McKensie schleuderte seinen Daumen gegen seinen Kollegen und Tischgenossen. »– der sich dranmacht, das ursprüngliche lausige Drehbuch zu verfilmen, als wäre es auch nur halbwegs etwas wert. Als wäre es überhaupt etwas wert.«

»Entschuldigen Sie, daß ich geboren bin«, sagte Sy Koller. Er war feuerrot im Gesicht.

»Na, na, Geoff«, sagte Edith Howell. »Nun seien Sie aber mal fair. Sie wurden das Opfer einer schrecklichen, schrecklichen Tragödie. Ihre Frau wurde getötet. Sie konnten nicht erwarten, weiterzumachen –«

»Ich kenne die Gepflogenheiten des Yankeelandes nicht«, sagte McKensie. »Und mit ein bißchen Glück werde ich sie auch nie kennenlernen, das weiß ich jetzt. Aber dort, wo ich herkomme – von Down Under – wird eine angemessene Drehpause eingelegt, wenn so etwas passiert. Da darf sich jemand wie ich eine Weile verkriechen und sich wieder aufrappeln.«

»Ach, kommen Sie, McKensie«, sagte Gerry Littleford. »Sie waren nach dem Tod Ihrer Frau doch gar nicht in der Verfassung, Regie zu führen. Sie sind es immer noch nicht. Wie denn auch?«

McKensies Augen attackierten Littleford. »Ich will Ihnen mal was sagen, Jüngelchen, die Verfilmung meines Drehbuchs, unter meiner Regie, wäre Ihre beste Chance gewesen.« Er machte eine weitere verächtliche Geste in Kollers Richtung. »So wie Sie's nach denen ihrer Art jetzt machen, können Sie nie 'nen Blumentopf gewinnen.«

Fletch sah Moxie an. Seine Augen wiederholten: *Zwei Regisseure im Haus zu haben oder zwei Damen, die das gleiche teure Modellkleid tragen, ist ein und dasselbe.*

Und was passiert hier?« fragte McKensie rhetorisch. »Am Tag

nach dem Tod meiner Frau wurde nicht gedreht – versteht sich. Und an eben diesem verfluchten Tag wird dieser gescheiterte Regisseur –« wieder schnellte sein Daumen in Kollers Richtung – »von Steve Peterman eingeflogen. Und zum Regisseur von *Midsummer Night's Madness* ernannt. Mein Drehbuch landet im Mülleimer, und einen Tag später fangt ihr alle an, den ursprünglichen Haufen Mist zu drehen. Er hat nicht einmal bis nach dem Begräbnis damit gewartet.«

»Ich weiß, Geoff«, sagte Moxie. »Ich habe mit Steve darüber gesprochen. Ich fand's gemein. Ich versuchte, ihn dazu zu bringen, die Dreharbeiten für ein paar Tage zu unterbrechen –«

»Es war vor allem respektlos«, sagte McKensie. »Meine Frau war eine Lady, die ein wenig Respekt verdient hätte.«

»Aber ganz gewiß«, beeilte sich Edith Howell zu sagen. »Ich wünschte, wir alle hätten sie gekannt.«

»Steve sagte jedoch«, fuhr Moxie fort, »ach, Sie wissen schon, was er sagte. Wieviel tausend Dollar ein Drehtag kostet. Wieviel tausend Dollar es kostet, wenn die gesamte Crew untätig herumsitzt.«

»Untätig«, höhnte McKensie. »Respekt vor der Toten, würde ich das nennen. Ein wenig Respekt vor den Hinterbliebenen.«

»Steve las mir die Zahlen vor«, sagte Moxie. »Sagte, daß die Geldgeber allen Grund hätten, Zeter und Mordio zu schreien, wenn wir für ein paar Tage dichtmachten.«

»Genau«, sagte McKensie. »Geldgeber. Vielleicht haben ja eure Geldgeber mehr Verstand, als Peterman ihnen zugetraut hat. Möglich, daß man in alten Hollywoodzeiten nach dem Muster stricken konnte: *Geldgeber wollen nicht, daß der Film gut ist – sie wollen, daß er Donnerstag fertig ist.* Aber für so was sind Filme heutzutage etwas zu teuer. Nach meiner Erfahrung mit Geldgebern wollen sie lieber etwas haben, das Gewinn verspricht, als etwas, das so übel stinkt, daß man es im Meer versenken muß.«

Kollers Gesicht durchlebte alle Farben des Spektrums. »Vielleicht verraten Sie mir mal, McKensie«, sagte er, »warum Sie zunächst bereit waren, in *Midsummer Night's Madness* Regie zu führen, wenn Sie das Manuskript doch grundsätzlich für derart lausig hielten?«

»Sie glauben doch nicht etwa, daß ich Ihnen eine ehrliche Antwort darauf gebe?« sagte McKensie.

Verzweifelt hob Koller die Hände und ließ sie wieder fallen. »Im Moment weiß ich überhaupt nicht mehr, was ich glauben soll.«

»Für mich war es *die* Chance, in Amerika Regie zu führen«, sagte McKensie. »Ich dachte, ich könnte aus einer Hundepfote einen seidenen Pantoffel machen. Das hätte ich auch gekonnt.« Er lehnte sich in seinem Stuhl zurück. Lopez räumte den Tisch ab. »Wenn ich mein Geld in *Midsummer Night's Madness* gesteckt und gewußt hätte, was sich da am Drehort abspielte, hätte ich Steve Peterman auf der Stelle umgebracht. Der Schweinehund verdiente es.«

»Aber es war niemand am Drehort, Geoff«, sagte Gerry Littleford, »außer diejenigen von uns, die aktiv an dem Film beteiligt waren. Der Drehort war abgesichert.«

»Ach, Scheißdreck«, sagte McKensie. »Zu jenem Zeitpunkt waren etliche angebliche Mitglieder der Presse am Drehort. Sie können mir nicht weismachen, daß nicht einer von ihnen ein Profikiller gewesen sein könnte.«

»Schon wieder ich«, sagte Fletch.

»Sie?« sagte McKensie. »Sie sind ein Mitglied der Presse? Ich habe in diesem Haus vergeblich nach einer Schreibmaschine gesucht. Habe den ganzen Nachmittag damit verbracht. In Ihrem Zimmer sind weder Papier, noch Bleistift, noch eine Kamera zu finden...«

»Gut beobachtet«, sagte Fletch.

»Was, zum Teufel, hatten Sie dann am Drehort zu suchen?« fragte McKensie.

»Ich gebe zu«, sagte Fletch, »daß es nicht besonders schwer war, aufs Drehgelände zu kommen. Wer's wirklich darauf angelegt hatte, konnte ohne weiteres hinein, nehme ich an. Aber... sie mußten sich irgendwie ausweisen können.«

Koller konnte sich nicht mehr beherrschen. »McKensie«, brach es aus ihm heraus, »Sie stecken voller Down-Under-Mist. Bis jetzt haben Sie drei kleine – sehr kleine – Filme gemacht, irgendwo im Busch, eine Million Meilen von Nirgendwo entfernt, ohne eine Faust im Nacken, mit unbegrenzter Zeit. ›Prädikat-wertvoll‹-Filme. Du meine Güte, sie sind außerhalb Australiens ja nicht einmal richtig bekannt geworden. Ihre weltweite Fanschar würde in einen Kleinbus passen. Und alle auf der Rückbank würden nur so tun, als verstünden sie, worum es Ihnen geht. Und plötzlich sind Sie Gott der Allmächtige. Der *Grand Auteur*. Hören Sie, Sie Grünschnabel – ich habe mehr Filme gemacht, als Sie jemals gesehen haben. Wissen Sie, wieviele Filme ich gemacht habe? Achtunddreißig! Na schön, die letzten fünf sind nicht so gut gelaufen. Aber wieviele haben Sie denn gemacht? Ganze drei, Sie Klugscheißer! Teufel noch mal, meine Frau weiß mehr über Regieführen, als Sie jemals wissen werden, und das allein durch das, was sie von mir gehört hat. Und ich habe bessere Filme gemacht, als Sie jemals machen werden. Verdammt noch eins, wenn ich Nachtszenen wie in *Midsummer Night's Madness* drehe, dann sind die wenigstens so hell, daß das Publikum sehen kann, was sich da tut. Wenn Sie diesen Film machen würden, wäre das letzte Drittel so dunkel, daß das Publikum nicht mal den Kinoausgang finden würde.« Koller holte tief Luft. »Nur weil einige von uns höflich zu Ihnen sind, brauchen Sie sich noch lange nicht einzubilden, ein derart toller Hecht zu sein.«

McKensie schien diese Standpauke nicht sonderlich unter die Haut zu gehen. Er löffelte seine Limonentorte.

»Nun«, sagte Edith Howell in das bedrückende Schweigen, »wo ist eigentlich John Meade abgeblieben? Fletch, Sie sagten doch, daß er nur eine Besorgung erledige.«

»Stimmt. Ist mal eben auf einen Sprung nach New York.«

»Nach New York?« rief Edith. »Auf einen Sprung? Wenn ich mich nicht irre, sind wir zweitausend Meilen von New York entfernt.«

»Wirklich nur auf einen Sprung«, sagte Fletch. »Erledigt etwas für Moxie. Heute abend kommt er zurück. John sagte, daß er für Moxie alles täte.«

»Mister McKensie«, donnerte Mooney in einer Art los, die er zweifellos als korrektes Benehmen verstanden wissen wollte. »Mister Peterkin erzählt mir, daß Sie gerade im Begriff sind, mit den Hauptaufnahmen für einen Film über William Shakespeares *Midsummer Night's Dream* zu beginnen.«

Am Tisch sah jeder jeden an.

»O. E.«, sagte Moxie beschwichtigend.

»Falls dem so ist«, fuhr Mooney fort, wobei er sich jetzt offensichtlich an Sy Koller wandte, »wäre ich außerordentlich erfreut darüber, wenn man mich für eine Rolle, und wäre sie auch noch so klein, in Betracht zöge ...«

Gerry Littleford kicherte.

»Natürlich nicht den Oberon«, räumte Mooney ein, »dafür bin ich heute wohl etwas zu schwerfällig. Aber Sie könnten mich für Theseus vorsehen, wissen Sie. Den habe ich bereits gespielt, und den Philostrat hielt ich schon immer für eine hinreißende Rolle.«

»Also wirklich, O. E., jetzt hör aber auf.«

»Nun ja, meine Tochter, im Moment scheint mich sonst niemand haben zu wollen. Allerdings haben meine Manager den Preis für meine Talente in den letzten paar Jahren ja auch ziemlich in die Höhe getrieben. Ich würde mir das, was andere Leute mir zahlen müssen, nicht zahlen. Aber ich bin sicher, daß sich diese ganze

Gagen-Honorar-Sache regeln lassen wird, einer kleinen Rolle zuliebe. Mister McKensie –« Frederick Mooney lächelte Sy Koller zu. »– Sie haben das Glück, mich zwischen zwei Engagements erwischt zu haben, sozusagen.«

»Verdammtnochmal!« explodierte Moxie. »Warum ziehst du nicht den Ruhestand für dich in Betracht?« Sie stieß ihren Stuhl vom Tisch zurück. »Pensionierung? Altenteil? Gnadenbrot?«

»Moxie?« sagte Fletch.

Sie stand auf, wobei sie beinahe ihren Stuhl umwarf. »Warum denkst du nicht daran, Mutter im Heim Gesellschaft zu leisten? Du hast sie doch soweit gebracht. Du hast dich selbst soweit gebracht. Warum haust du nicht endlich ab?«

Moxie verließ das Speisezimmer.

»Ihre Abgänge werden im Laufe des Tages immer besser«, kommentierte Stella. »Ich bin schon mächtig gespannt darauf, wie dramatisch sie ins Bett steigt.«

»Diesmal hat sie nicht einmal eine Tür zugeknallt«, sagte Gerry.

»Das war gekonnt.« Sy Koller sah auf ihren leeren Platz. »Sie hat den totalen Effekt einer zugeknallten Tür erzeugt, ohne eine Tür zuzuknallen. Den totalen Effekt eines umgeworfenen Stuhls, ohne einen Stuhl umzuwerfen.«

»Worüber redet ihr Typen eigentlich?« fragte Fletch. »Es gibt doch überhaupt keine Tür.«

»Es gibt immer eine Tür«, sagte Sy Koller, »in Ihrer Fantasie.«

»Ich habe meine Tochter in Verlegenheit gebracht«, ließ sich Mooney reuevoll vernehmen. »Sie kann den Gedanken nicht ertragen, daß ich Nebenrollen spiele. Sie vergißt dabei all die Kleinigkeiten, die ich tun muß . . . um in diesem Gewerbe am Ball zu bleiben. Vielleicht weiß sie auch gar nichts davon.«

»Irgendwer Kaffee?« fragte Fletch. Lopez war mit einer Kaffeekanne erschienen.

»Global Cable News haben schon wieder angerufen«, sagte Lopez, während er Fletch Kaffee einschenkte. »Ein Mister Finnelli. Ich sagte, ich hätte Ihnen die Nachricht überbracht.«

»Danke.« Fletch lächelte die am Tisch Verbliebenen an. »Im Augenblick habe ich, glaube ich, nichts zu berichten.«

19

Nach dem Dinner traf Fletch im Billardzimmer Geoffrey McKensie an, der dort allein spielte.

Fletch wählte ein Queue, und McKensie legte die Kugeln zurecht.

Fast eine ganze Runde lang spielten sie schweigend.

Endlich sagte McKensie: »Tut mir leid. Fürchte, ich hab' mich beim Dinner ziemlich daneben benommen. Ich hab' gegackert wie eine junge Lady, die nicht zur Gartenparty eingeladen war.«

»Kein Grund zur Aufregung«, sagte Fletch. »Ihnen lagen ein paar Dinge auf der Seele, die mal ausgesprochen werden mußten, und Sie haben sie ausgesprochen.«

»Was werdet ihr Yankees bloß über uns Aussies denken?« Es war McKensie anzuhören, daß er sich immer noch über sich selbst ärgerte.

»Wir Yankees werden über euch Aussies so freundlich denken wie eh und je.« Fletchs Spielball vermied es sorgfältig, mit den anderen Bällen auf dem Tisch in Berührung zu kommen.

McKensie brachte zwei Bälle ins Loch und führte seinen dritten Stoß aus.

»Ein guter Sporler obendrein«, sagte Fletch. »Mist.« Sein Spielball prallte an mehreren anderen ab, was McKensie ein prachtvolles Arrangement verschaffte. »Verraten Sie mir trotzdem, ob Sie das vorhin alles gesagt haben, weil Sie wirklich der Meinung sind, daß jemand von Jumping Cow Productions es auf Peterman abgesehen gehabt haben könnte, oder war's Ihnen nur darum zu tun, Koller eins auszuwischen?«

McKensie führte einen sorgfältigen Stoß aus und brachte zwei auf einmal ins Loch.

Fletch stellte sein Queue zurück.

»Ich weiß nicht«, sagte McKensie. »Es stimmt schon, daß Koller ein guter Regisseur war – früher, bevor er seine Integrität in den Wind schrieb. Heute macht es ihm nichts mehr aus, ein schlechtes Drehbuch zu verfilmen, solange er nur dafür bezahlt wird. Das Schlimme daran ist, daß er's besser kann. Es stimmt auch, daß Peterman grandiose Scheiße gebaut hat. Er hat sich den kalten Stahl zwischen seinen Rippen redlich verdient.«

Nachdem Fletch aufgegeben hatte, spielte McKensie allein weiter und räumte den Tisch ab.

Fletch fragte: »Glauben Sie, Peterman könnte diesen Film absichtlich sabotiert haben?«

»Dafür kann ich keinen Grund entdecken. Niemand verliert gerne

Geld.« Auch McKensie stellte jetzt sein Queue zurück. »Aber ich werd' Ihnen was sagen: Peterman hätte auch dann nicht mehr tun können, um diesen Film zu torpedieren, wenn er's vorsätzlich getan hätte.«

»Einen Drink?« fragte Fletch. »Es ist etwas schlechtes amerikanisches Bier da.«

»Hab' ein paar Drehbücher von zu Hause mitgebracht«, sagte McKensie. »Damit werde ich mich wohl ein wenig beschäftigen. Koller wird wohl kaum dazu aufgelegt sein, heute abend noch länger mit mir zu fachsimpeln.«

20

Draußen in der Dunkelheit saßen Edith Howell und Sy Koller auf bequemen Stühlen auf der Zisterne und schlürften große Scotchs.

»Wissen Sie«, sagte Edith Howell zu Fletch, als er sich zu ihnen setzte, »daß sich Freddy schon wieder aus dem Staub gemacht hat?«

»Key West hat eben viel zu bieten.«

»Er ist wie ein Kater. Wenn man denkt, er ist drin, ist er draußen, und umgekehrt.«

»Er sucht ein wenig Geselligkeit«, sagte Fletch. »Machen Sie sich Sorgen um ihn?«

»Um Freddy? Guter Gott, nein. Er hat Millionen.«

Fletch schluckte herunter, was er unter *non sequitur* verstand. »Dollar?«

»-zig Millionen. Ich weiß das zuverlässig.«

Fletch schüttelte den Kopf. »Eigentlich dachte ich, er wäre pleite. Moxie denkt das auch, soviel ich weiß.«

»-zig Millionen«, wiederholte Edith Howell. »Ich weiß, wovon ich rede. Ich habe Freunde, deren Freunde Freunde von Freddy sind, wenn Sie verstehen, was ich meine. Er hat Millionen in der ganzen Welt, liegen einfach so herum.«

»Ein Jammer, daß deine gierigen Fingerchen sie nicht zu fassen kriegen, Edith«, sagte Sy Koller.

»Ich versuche es, Liebling, ich versuche es. Habt ihr gehört, wie er da drin um eine Nebenrolle in einem Film gebettelt hat, den's gar nicht gibt? Armer Schatz. Er braucht dringend jemanden, der sich um ihn kümmert.«

»Er ist so närrisch wie ein Mosquito in der Garderobe einer Revuetanztruppe. Total exzentrisch.«

»Es ist interessant, ihn zu kennen«, sagte Fletch.

»Nur, weil Sie ihn nicht kennen«, sagte Edith Howell. »Freddy zu kennen, ist genauso, als hätte man eine seltene Krankheit: Das Interesse läßt alsbald nach, und was übrigbleibt, sind Schmerzen.«

Sy Koller lachte. »Offensichtlich bist du bereit, die Schmerzen in Kauf zu nehmen, Edith. All dieser schönen Millionen zuliebe.«

»Für ein kleines Weilchen, Liebling. Schließlich ist kaum anzunehmen, daß Freddys Leber aus Molybdän besteht.«

21

»Nun, ihr Süßen.« Edith Howell griff nach ihrem Drink und stand auf. »Wer nicht quasselt, kann sich gleich ins Grab legen, sage ich immer. Oder ins Bett.« Sie und Sy Koller und Fletch hatten für zwei Minuten schweigend draußen in der Nacht gesessen. »Also lege ich mich ins Bett.«

Nachdem sie die Tür zum Haus hinter sich geschlossen hatte, prostete Sy Koller Fletch mit seinem Drink zu und sagte: »Mein Drink ist mir genauso lieb, wissen Sie.«

»War ein schwerer Tag für Sie«, sagte Fletch. »Erst die Messerattacke eines Ihrer Schaupieler. Dann die Wortattacke eines Ihrer Kollegen.«

»Jaja, die Risiken eines Regisseurs.« Sy Koller lachte vergnügt in sich hinein. »Als Regisseur ist man wie der Vater einer Horde rabiater Kinder, die ständig zwischen Illusion und Wirklichkeit hin und her pendeln. Wir werden für diese gefährliche Aufgabe bezahlt, aber nicht ausreichend.«

»Ich dachte, Sie sollten erfahren«, sagte Fletch bedächtig, »daß die Polizei weiß, daß Sie und Peterman sich vor drei Jahren vor einem Restaurant in Los Angeles geprügelt haben.«

»Ach, tatsächlich? Woher wissen Sie das?«

»Sprach heute Nachmittag mit Chief of Detectives Roz Nachman. Sie rief mich an. Beschuldigte mich, alle ihre Hauptverdächtigen entführt zu haben.«

»Ich zähle zu den Hauptverdächtigen?« Koller fuhr mit der Handfläche über seinen Stoppelbart. »Das sollte eigentlich nicht sein.«

»Nein?«

»Warum sollte ich mich selbst um einen Job bringen? Jetzt, wo Peterman tot ist, steht die Zukunft von *Midsummer Night's Madness* in den Sternen.«

»Sie meinen, Sie werden den Film nicht mal beenden?«

»Nun«, schnaubte Koller verächtlich, »Peterman war der einzige, der von dem Material überzeugt zu sein schien.«

»Und Sie waren nicht davon überzeugt?«

»Nicht unbedingt. Peterman gab mir das Drehbuch und sagte, daß er es wortwörtlich so gedreht haben wolle.«

»McKensies Drehbuch haben Sie nicht einmal zu Gesicht bekommen?«

»Nein. Peterman sagte, es wäre ein Haufen Mist.«

»Halten Sie das für möglich?«

»Eigentlich nicht. Aber da mir klar war, daß McKensie jeden erdenklichen Grund hatte, Peterman zu verklagen, konnte ich ja schlecht verlangen, sein Drehbuch zu benutzen. Das hätte nur Verwirrung gestiftet. Sie kennen sich in dieser Branche wohl nicht aus, was?«

»Nein.«

»Stellen Sie sich mal vor, Sie hätten einen Beruf, in dem Sie sich alle sechs Monate eine gänzlich neue Arbeit suchen müssen.«

»Arbeitssuche ist die härteste Arbeit, die's gibt.«

»Das ist das Leben eines Regisseurs. Und das Leben eines Schauspielers. Und das eines Filmarchitekten. Das erzeugt in dieser Branche eine gewisse Hexenkesselatmosphäre. Und eine große Menge heißer Luft.«

»Aber wird man denn nach einer Weile nicht reich und berühmt? So daß man sich die Rosinen herauspicken kann?«

»Selten. Sie verdienen einen Haufen Geld und geben anderthalb Haufen aus. Weil Sie eben auch in diesem Hexenkessel mit herumrühren. Sie verballern das Geld, um das Image zu wahren. Und je mehr Geld Sie verdienen, um so kräftiger rühren Sie in diesem Hexenkessel mit herum, um so großzügiger verballern Sie's und um so höher wird der Schuldenberg. Was wiederum zur Folge hat, daß Sie noch ein bißchen kräftiger in diesem Hexenkessel mit herumrühren.«

In den Bäumen schnatterten Nachtvögel.

»Wie auch immer, die Polizei sagt, Sie hätten sich wegen einer Frau geprügelt.«

»Ach, tatsächlich? Ich nehme an, das haben wir damals als Grund angegeben.«

»Peterman hätte auf dem Bürgersteig gelegen, und Sie hätten ihm gerade die Kehle zugedrückt, als man Sie wegzog.«

»Tja«, seufzte Koller. »War ein tolles Gefühl.«

Fletch sagte: »Das muß ja eine fantastische Frau gewesen sein.«

»Ich wünschte, ich hätte jemals eine Frau kennengelernt, die es wert gewesen wäre, daß man ihretwegen jemandem an die Kehle geht.« Koller zündete eine Zigarette an. »Mich dünkt, Herr Wirt, Sie wünschen zu erfahren, warum ich Steve Peterman an die Kehle gegangen bin.«

»Schlichte Neugier«, sagte Fletch. »Hat er Sie mit einer seiner Telefonrechnungen durchbohrt?«

Koller nahm einen Schluck. »Ich erzähle es Ihnen mit dem größten Vergnügen. Denn, daß ich Steve Peterman vor drei Jahren an die Kehle gegangen bin, ist der beste mir verfügbare Beweis dafür, daß ich ihn gestern nicht erstochen habe.«

Fletch wartete. Die Spitze von Kollers Zigarette glühte hell.

»Ich erwischte ihn bei einem Betrug«, sagte Koller. »Ich ärgerte mich darüber. Es war mir zuwider. Peterman war zwar nicht der erste, der diesen Schwindel inszenierte, und auch nicht der letzte. Aber, Fletcher, dieses Gewerbe kann derart schmutzig sein... manchmal packt's einen. Was er tat, war, Geld für einen Film zu beschaffen, den es gar nicht gab und niemals geben würde. Er hatte etwas in die Hand bekommen, das wie ein Drehbuch aussah, eine Geschichte über einen südamerikanischen *patron* und seine Tochter und einen Priester und einen Revolutionär – ein totaler Schwachsinn. Jeder, der auch nur eine leise Ahnung von diesem Geschäft hat, hätte gewußt, daß es kein Drehbuch war. Es waren nur rund hundert Seiten, auf denen sich Leute guten Tag und auf Wiedersehen sagten und einander Vorträge hielten. Er war damit im ganzen Land bei Leuten hausieren gegangen, die's nicht besser verstanden – Sie wissen schon, Ärzte und Schuster, Witwen und Waisen, alle, die davon träumen, mit einem großen Film schnellen Rebbach zu machen, während ihr Leben mit dem Duft der großen weiten Welt in Berührung kommt. Man würde sie zur Premiere in New York einladen. Selbstverständlich auch zur Acedemy-Award-Verleihung. Er erzählte den gutgläubigen Trotteln, daß er nur Startkapital brauchte, das zurückgezahlt würde, sobald und falls er den Film kapitalisiert hätte.«

»Das aber nicht zurückgezahlt würde, falls er es nicht schaffte, den Film zu kapitalisieren.«

»Natürlich nicht. Er erzählte ihnen, der Film würde in El Salvador gedreht werden. Hatte sogar schon eine El Salvadorianische S. A. gegründet und gar nicht die Absicht, sich um eine Kapitalisierung zu bemühen. Haben Sie nie von diesem Schwindel gehört?«

»Nein.«

»Ich rechne, daß er ungefähr eine halbe Million Dollar zusammengebracht hatte, die bis auf den letzten Cent in diesem El Salvadorianischen Loch verschwunden waren.« Koller drückte seine Zigarette aus. »Ich haßte das ganze aus zwei Gründen. Erstens, es schadet der Branche. Der nächste Bursche, der sich aufmacht und versucht, Startkapital für einen Film aufzutreiben, ist möglicherweise ehrlich. Aber je mehr von diesen kleinen Gaunern herumlaufen, um so schwerer wird's für den ehrlichen Burschen.« Koller trank. »Der zweite Grund war natürlich, daß er sich meines Namens bediente. Er hatte diesen Leuten erzählt, daß er vielleicht Sy Koller als Regisseur gewinnen könnte. Daß wir miteinander gesprochen hätten. Daß wir in Verhandlung stünden.«

»Stimmte das denn nicht?«

»Ich war diesem Schweinehund noch nie begegnet. Ich erfuhr zum erstenmal davon, als mir Sonny Fields erzählte, er hätte von der Sache läuten hören.« Koller zündete eine neue Zigarette an, sein Feuerzeug flackerte in dem dunklen Garten. »Und als ich dann eines Abends, nachdem ich mehr getrunken hatte, als mir bekam, mit Peterman in einer Bar in Los Angeles zusammentraf, zerrte ich ihn am Mantelkragen hinaus auf den Bürgersteig und machte mich daran, ihm den Schädel einzuschlagen. Er fiel auf den Bürgersteig. Ich hockte mich auf ihn und fing an, ihm die Kehle zuzudrücken. Ein richtig gutes Gefühl. Sein Hals war schwammig. Keinerlei Muskeln. Erstaunlich, daß ich ihn nicht abmurkste, bevor sich irgendwelche Gaffer einmischten.«

»Warum hat Peterman nicht auf einer Anklage bestanden?«

»Warum habe ich ihn wohl nicht wegen Betrugs verhaften lassen?«

»Keine Ahnung.«

»Wir haben uns gütlich geeinigt. Peterman sagte, er hätte diesen Schwindel nur inszeniert, um irgendwo am Wegesrand Geld für einen echten Film aufzugabeln. Meine Karriere sah nicht allzu rosig aus. Der bereits erwähnte Hexenkessel brauchte dringend neuen Zunder. Also . . .«

»Also . . .«

». . . erklärte ich mich damit einverstanden, daß ich, sollte er jemals einen echten Film drehen, Regie führen würde. Als Grund für die Prügelei schoben wir eine Frau vor.«

»Sie haben ihn erpreßt.«

»Wir haben uns gegenseitig erpreßt. Auf diese Weise funktioniert vieles in dieser Branche, alter Freund.«

»Und was passierte mit der halben Million Dollar?«

»Die wanderte in Petermans Tasche. Und dann in seine Schuhe und die Pelze seiner Frau.«

»Und so kam *Midsummer Night's Madness* zustande, mit Moxie Mooney, die Peterman inzwischen in der Hand hatte, und Gerry Littleford in den Hauptrollen –«

»Und Talcott Cross engagierte Geoffrey McKensie für die Regie. Ich rief Steve Peterman an.«

»Hatten Sie das Drehbuch gelesen?«

»Nein. Aber mir war ziemlich klar, daß es nicht viel taugte.«

»Was konnte Ihnen denn daran liegen, bei einem programmierten Flop Regie zu führen?«

»Nun... in den drei dazwischenliegenden Jahren war meine Karriere auf dem absoluten Tiefpunkt gelandet. Verstehen Sie?«

»Aber wie hätte Ihnen die Regie bei einem solchen Mist denn wieder auf die Sprünge helfen können?«

»Es hätte bewiesen, daß man mich noch beschäftigte. Es hätte mir außerdem zu etwas Geld verholfen, das ich dringend benötigte. Wissen Sie, was Geld bedeutet?«

»Ich arbeite mich gerade in die Materie ein.«

»Ende der Geschichte«, sagte Koller. »Solange Peterman produzierte, solange führte Koller Regie. Ist Peterman tot, ist Koller auch tot. *Ergo* kann nur eine einzige Person Steven Peterman auf gar keinen Fall getötet haben, und das ist meine Wenigkeit. Mag sein, daß es keine rühmliche Geschichte ist«, schloß Koller, »aber sie liefert ein astreines Alibi.«

»Fletch?« Moxies Stimme kam vom oberen Balkon des Blauen Hauses. »Bist du da unten?«

»Si.« Er trat unter den Balkon.

Sie sagte: »Wenn du mich jetzt mit irgend so einem Romeoschmalz beehrst, spucke ich dir auf den Kopf.«

»Wenn dich deine Fans jetzt bloß hören könnten.«

»Bitte, versuche Freddy zu finden, ja? Ich habe ihn etwas rüde behandelt.«

»Kann man wohl sagen.«

»Falls ich Kritik wünsche«, sagte sie gereizt, »werde ich darum bitten.«

»Du bittest bereits darum.«

22

Nachdem es am anderen Ende der Leitung lange still gewesen war, meldete sich endlich eine träge Männerstimme. »Tut mir leid. Chief Nachman sagt, daß sie jetzt nicht ans Telefon kommen kann.«

»Bitte«, sagte Fletch so würdevoll, wie er vermochte. »Sagen Sie ihr, daß ihr Irrwisch am Apparat sei.«

»Ihr Irrwisch? Meinen Sie diese Irrlichter über Sümpfen?«

»Richtig.« Fletch, der allein im Arbeitszimmer an der Rückseite des Blauen Hauses war, lächelte. »Irrwisch.«

Wieder blieb es lange still, bevor sich Chief of Detectives Roz Nachman meldete. »Ja, Fletcher?«

»Danke, daß Sie sich doch noch melden, Chief. Sie arbeiten aber lange.«

»Hat sich einer Ihrer Hausgäste von seinen Gewissensbissen hinreißen lassen und ein Mordgeständnis abgelegt?«

»Dieses Verbrechen ist nicht so gewöhnlich.«

»Ich weiß.«

»Ich hätte aber einen Tip für Ihre Ermittlungen. Genaugenommen nur eine Anregung.«

»Na, dann regen Sie mal an.«

»Steve Peterman muß irgendein Fahrzeug gehabt haben. Einen Mietwagen oder so was. Alle sind ständig auf dieser Route 41 zwischen den beiden Stränden hin und her gegondelt.«

»Wahrscheinlich.«

»Ich rege an, daß Sie Petermans Wagen überprüfen, um festzustellen, ob er in einen Unfall verwickelt war. Einen mit Fahrerflucht.«

Nachman überlegte nicht lange. »Sie sprechen von McKensies Frau?«

»Nur so eine Idee. Dürfte nicht schwer zu überprüfen sein.«

»Ich verstehe.«

»Könnte sich aber lohnen«, sagte Fletch.

»Na schön.«

»Haben die Filme immer noch nichts erbracht?«

»Nichts.«

»Und die Experten haben an der Dekoration nichts Merkwürdiges entdecken können?«

»Nichts.«

»Das allein ist schon eine wirklich aufschlußreiche Tatsache.«

»Gute Nacht, Irwin. Ich habe zu tun.«

23

Das Innere, der Barbereich von Dirty Harry's, war praktisch leer, doch im Patio standen und saßen eine Menge Leute herum, die alle in eine Ecke blickten.

Fletch holte sich an der Bar ein Bier und ging in den Patio hinaus.

Eine buntgemischte Gesellschaft hatte sich dort versammelt. Da gab es die Touristen in feinsten hellen Kleidern, die man eigentlich nur in einer Großstadt kaufen, aber dort eigentlich nie tragen konnte. Ihre Gesichter und Arme und Beine waren rot und steif vor Sonnenbrand. Da gab es die wahren Bewohner von Key West, die Conchs, die es vorzogen, so bleich zu bleiben wie Skandinavier im tiefen skandinavischen Winter. Sie hielten die Sonne für einen Feind und eilten vom Haus zum Wagen und vom Wagen zum Haus, um ihr zu entfliehen. Da gab es das Kunstvölkchen aller Altersklassen, mit Gesichtern und Körpern, die aussahen, als hätten sie schon eine Menge erlebt, während ihre glänzenden, flinken Augen offenbarten, daß sie noch eine Menge mehr erleben wollten. Da gab es die Kokain-Cowboys in ihren kernigen Leder- und Denimkostümen; die Mädchen mit ihren prallen Röcken und Blusen und ihrem stumpfen Haar. Und da waren die Betrunkenen mit ihrer gespenstisch bläulichen Haut, die sie der steten Mischung von zuviel Alkohol mit zuviel Sonne zu verdanken hatten.

Und in der Ecke saß und sprach der, dem die allgemeine Aufmerksamkeit galt: Frederick Mooney. Mit seinem grauen Haar, seinen Bartstoppeln, seinem breiten Gesicht und seinen großen Augen hätte er leicht die Reinkarnation jener Person sein können, deren Wiedergeburt sich die Menschen in Key West am meisten wünschten – Ernest Hemingway. Mooney war Papa – warum nicht? – und alle hier um ihn Versammelten waren seine Kinder.

An seinem Bier nippend, lehnte sich Fletch gegen den Türpfosten und hörte zu.

». . . überhaupt nicht ruhmreich, überhaupt nicht glanzvoll«, sagte Mooney gerade. »Jeder, der das denkt, hat keine Ahnung. Jeder, der meint, um Schauspieler zu sein, genüge es, erstaunt die Augen aufzureißen . . .« Mooney riß erstaunt die Augen auf, die Menge kicherte bewundernd. ». . . dann einen Aha-Effekt vorzuführen . . .« Mooney führte einen Aha-Effekt vor, die Menge lachte. ». . . das Kinn beben zu lassen . . .« Mooneys Kinn bebte scheinbar unkontrollierbar, die Menge lachte lauter. ». . . Tränen zu vergießen . . .« Aus Mooney's Augen quollen Tränen und kullerten über seine Wangen, die Menge applaudierte. ». . . hat keine Ahnung, was Schauspielkunst bedeutet.« Der Virtuose trocknete sein Instrument und schleuderte es in sein Publikum.« Ein Schauspieler muß sein Handwerk erlernen. Und sein Können zeigt sich nicht nur darin, daß er gelernt hat, jeden Muskel seines Gesichts zu beherrschen. Daß er gelernt hat, seine Schultern ausdrucksvoll zu straffen. Daß er gelernt hat, daß die Haltung seiner Füße – auch wenn sie nicht zu sehen sind, nicht von der Kamera erfaßt werden –, stets wichtiger ist als alles, was er mit seinem Gesicht macht, weil die Haltung der Füße die Art, die Balance zu wahren, die Art, sich in Positur zu setzen, mehr über das Wesen, den Habitus eines Menschen aussagt, als alles andere.«

Mit dem Habitus eines Großvaters, der gerade ein opulentes Mahl beendet hat, lehnte sich Mooney in seinem Stuhl zurück, langte dann nach der Kognakflasche auf dem Tisch, setzte sie an die Lippen und nahm einen kräftigen Schluck. »Macht durstig diese Arbeit.« Er spürte einen Rülpser nahen, ließ ihn langsam aus der Tiefe emporsteigen und entließ ihn volltönend in die Freiheit. Er blinzelte und strahlte sein Publikum erleichtert an, und das Publikum applaudierte.

»Das Handwerk, das Können«, sagte Mooney. »Barrymore hat einmal gesagt, er hätte lieber gerade Beine als das Wissen, wie man spielt. Selbstverständlich hatte Barrymore gerade Beine.« Er hielt inne, damit sein Publikum lachen konnte, was es auch tat. »Ein Schauspieler muß lernen, sich in seinem Kostüm zu bewegen. Ihr wißt, daß sich ein Mensch in einer Toga anders bewegt als in Blue jeans . . . als in mittelalterlichen Kniehosen . . . als im Smoking. Aber wißt ihr auch, daß ein Schauspieler nicht dieses ekelhafte Kraut raucht . . .« Verächtlich wedelte er mit der Hand zu einer Frau, die eine Zigarette rauchte, ». . . muß er lernen, mit einer Zigarette umzugehen, als wäre er süchtig. Mit einer Zigarette geht man anders um als mit einer Zigarre. Nur wenige Schauspieler sind von Natur aus gewalttätig. Keine Schauspielschule, die mir bekannt ist, hat Schießstände. Dennoch muß ein Schauspieler lernen, mit einer Schußwaffe umzugehen, . . . und zwar so natürlich, daß sie wie eine natürliche Verlängerung seiner Hand wirkt – nicht wie etwas, das ungewohnt und fremd für ihn ist, sondern so eng mit seinem Ich, seiner Mentalität verknüpft ist, daß das Publikum weiß, daß er von der Waffe Gebrauch machen kann und wird. In meinen Lehrjahren, in denen man mich sowohl durch die Varietés von England als auch durch die Vergnügungsparks von Amerika schleifte, lernte ich nicht nur das Versmaß Shakespeares, sondern auch mit einem Schwert umzugehen und mit ihm zu kämpfen, als hinge mein Leben davon ab. Ich lernte auf einem Pferd zu reiten wie ein Gardeoffizier und wie ein amerikanischer Indianer. John Wayne sagte einmal, daß er nicht viel von der Hohen Schule der Schauspielkunst verstünde, aber er wußte ganz genau, wie man ein Pferd an der Markierung zum Stehen brachte.« Wieder kicherte das Auditorium. Während Mooney sein Auditorium betrachtete, es mit seinem starren Blick umklammerte, bemerkte er auch Fletch. Doch nur ein winziger Funke des Wiedererkennens glimmte in seinen Augen auf. Er setzte seine Vorlesung fort. »Es mag euch – die ihr einen Schauspieler spielen seht und meint, ihn beurteilen zu dürfen, aber die ihr nicht einmal im mindesten die Fähigkeiten kennt oder zu schätzen wißt, die er zu eurer Unterhaltung entwickelt – vielleicht unwahrscheinlich vorkommen, aber ein Schauspieler muß lernen, mit einem Pferd und mit einem Motorrad umzugehen, muß lernen, ein Seil, ein Lasso zu gebrauchen, aus einem Weinkrug zu trinken und eine Flasche Champagner zu öffnen, eine Violine zu halten und einen rechten Aufwärtshaken an der Kinnlade zu landen – und das alles perfekt.«

Mooney hörte auf zu reden. Er ließ seine Augen über die Platte des kleinen Tisches vor ihm wandern wie ein Farmer, der nach den ersten Anzeichen eines Getreidehalms Ausschau hielt. Er schien nichts zu entdecken, und sein Blick war bekümmert.

Schließlich, als sie begriffen hatten, daß die Vorlesung vorüber war, begannen die Leute, ihm Fragen zu stellen.

Mister Mooney, wie hat es Ihnen gefallen, an der Seite von Elizabeth Taylor zu spielen?

Was war die tollste Rolle, die Sie jemals gespielt haben?

Ist es wahr, daß Sie gerade Heroin nehmen, um den Jazzpianisten in Keybord *zu spielen?*

Mooney verschränkte seine Arme auf dem Tisch und senkte den Kopf. »Nichts ist wahr«, murmelte er. »Nichts ist wahr. Alles ist Lüge.«

Fletch arbeitete sich durch die Menge nach vorn. Er kletterte über ein paar Leute, die auf dem Fußboden saßen.

Welchen Film werden Sie als nächstes drehen?

»Nichts ist wahr.«

Glauben Sie, daß Sie in Ihrer jetzigen Verfassung ein Pferd reiten könnten?

Fletch nahm Mooneys Flugtasche auf. Mooney hob langsam den Kopf und blickte Fletch lange ins Auge.

»Ah, Mister Peterson.«

»Bin hier, um Ihre Tasche zu tragen«, sagte Fletch.

»Nett von Ihnen.« Mit einer weitausholenden Geste deutete er auf die Flasche auf dem Tisch und auf die Tasche. »Diese Flasche gehört in diese Tasche«, sagte er.

Fletch steckte den Korken in die Flasche und die Flasche in die Flugtasche.

Haben Sie wirklich Malaria bekommen während der Dreharbeiten zu Jungle Queen?

»Ja«, sagte Mooney, während er sich erhob, »und ich habe sie immer noch.«

Den Schüttelfrost haben Sie gerade, Mooney. Und die Schweißausbrüche auch.

Mooney stolperte ein paarmal, während er sich seinen Weg durch die Menge bahnte, fiel jedoch nie richtig hin. Fletch hielt ihn nicht fest. In diesem Augenblick war Mooney von jener eleganten, kompetenten, mit allen schauspielerischen Fertigkeiten vertrauten Person, die er gerade beschrieben hatte, weit entfernt.

Diejenigen Leute, die ihm am höflichsten aus dem Weg gingen und ihn passieren ließen, waren wahrscheinlich auch jene, die am liebsten nach ihm gegriffen, ihn angefaßt, seine Kleider berührt hätten, als er vorüberging.

»Ich möchte dem Hund gute Nacht sagen«, sagte Mooney zu Fletch.

»Hund?«

»Dem schwarzen Hund.«

Als sie in der weniger überfüllten Bar waren, wiederholte Mooney: »Ich würde diesem Hund wirklich gerne gute Nacht sagen.«

»Ich sehe keinen Hund, Mister Mooney.«

»Großer, schwarzer Hund«, sagte Mooney. »Hört auf Rex.«

Fletch sah sich um. »Ich sehe wirklich keinen Hund, Mister Mooney.«

»Er ist auf der anderen Seite der Bar«, sagte Mooney.

»Warum nehmen wir nicht diesen Weg? Geht schneller.«

»In Ordnung.« Er lächelte Fletch hinreißend an. »Ich habe diese Vorlesung schon zehntausendmal gehalten«, sagte er.

»Kenne sie ebensogut wie die Delirien von *Richard III.* Ist natürlich alles Blödsinn.«

An der Tür zu der schmalen Gasse sah Mooney in die Bar zurück. »Ein sauberes, gutbeleuchtetes Lokal«, sagte er.

24

Das Telefon läutete, und bevor Fletch überhaupt richtig zu Bewußtsein kam, was er tat, war er bereits aus dem Bett gesprungen und quer durchs Zimmer gelaufen und am Apparat.

»Hallo?«

»Fletch?« Es war Martin Satterlee, bereit, Informationen zu erteilen.

»Guten Morgen, Martin.« Fletch setzte sich auf den Stuhl neben dem Telefontisch. »Wieviel Uhr ist es in New York?«

Durch die Fenster zum Balkon dämmerte der Morgen.

»Viertel nach fünf.«

»Dann muß es hier genauso spät sein.« Moxie war nicht in seinem Bett. Sie hatte beschlossen, die Nacht in einer Hängematte auf dem Balkon zu verbringen. »Etwas gefunden?«

»Nicht soviel, wie wir hätten finden können, wenn wir nicht unterbrochen worden wären. Vor einer Stunde fielen die Staatsdiener in Petermans Büro ein, wo wir gerade arbeiteten, und beschlagnahmten alle Finanzunterlagen von Miss Mooney. Wir wurden höflich, aber bestimmt, zum Verlassen der Räume aufgefordert.«

»Die waren aber schnell. Hast du ihnen Moxies Vollmacht gezeigt?«

»Natürlich. Meinst du vielleicht, ich wollte für einen nächtlichen Einbrecher gehalten werden? Sie hatten die schlagkräftigeren Papiere.«

»Du meinst, ihr Stück Papier schlug dein Stück Papier?«

»Ihr Stück Papier war von einem Richter unterschrieben. Mein Stück Papier war von einer Filmschauspielerin unterschrieben.«

»Und nun willst du mir also mitteilen, daß alles in Ordnung sei und Moxie nur schlecht geträumt hätte ...«

»Sagt dir der Filmtitel *Yellow Orchid* etwas?«

»Nein.«

»In Ramon's Bed?«

»Nein.«

Twenty Minutes to Twelve?«

»Nein, glaube nicht.«

»Midsummer Night's Madness?«

»Natürlich. Das ist der Film, den Moxie gerade dreht.«

»Drehen Sie ihn wirklich?«

»Ich bin nicht sicher. Sie haben zumindest gedreht.«

»Sculpture Garden?«

»Nein.«

»Das sind alles Filme, die angeblich gedreht wurden – ich sollte besser sagen: finanziert wurden – von Jumping Cow Productions.«

»Na und?«

»Der alleinige Eigentümer von Jumping Cow Productions ist Miss Marilyn Mooney.«

»Ach, du heiliger Strohsack.«

»Hauptgeschäftsführer und Finanzdirektor ist, bzw. war, Steven Peterman.«

»Nochmal langsam zum Mitschreiben, Marty. Moxie ist Eigentümerin der Jumping Cow Productions?«

»Zu einhundert Prozent.«

»Ich weiß, daß sie davon keine Ahnung hat. Wenn sie von Jumping Cow redet, spricht sie ständig von ›ihnen‹ und ›sie‹. Ehrlich gesagt, ich glaube, daß sie auf eine Nachricht von irgendeinem Jumping-Cow-Menschen wartet, ob die Dreharbeiten für *Midsummer Night's Madness* weitergehen.«

»Dann wartet sie auf eine Nachricht von sich selbst.«

»Wau.«

»Du magst ja behaupten, Fletch, daß sie keine Ahnung davon hatte, aber ihre Unterschrift findet sich überall da, wo sie hingehört. Auf den Gründungspapieren von Delaware, den Darlehensverträgen –«

»Erzähle mir von den Darlehensverträgen, Marty.«

»Ich wünschte, ich könnte dir alles erzählen. Kann ich aber leider nicht. Bullen *interruptus*. Wir haben zwar herausfinden können, daß Riesensummen im Umlauf sind, aber warum, das haben wir nicht herausfinden können. Millionen von Dollars. Einige der Gelder scheinen aufgenommen worden zu sein, um diese Filme zu produzieren – aber wir können keinerlei Beweis dafür finden, daß irgendeiner dieser Filme in irgendeiner wie auch immer gearteten Form existiert, abgesehen von *Midsummer Night's Madness*, der, nebenbei gesagt, ein bemerkenswert niedriges Budget zu haben scheint. Es gibt Darlehen von Schweizer Banken, von kolumbianischen Banken, von bolivianischen Banken. Einige dieser Darlehen scheinen dazu verwendet worden zu sein, Darlehen an Banken in Honduras, Mexiko, den Bahamas zurückzuzahlen. Äußerst verwirrend. Bei manchen Darlehen konnten wir weder Rückzahlungsbelege finden, noch herausfinden, ob überhaupt etwas zurückgezahlt worden ist. Bei anderen Darlehen, die zurückgezahlt wurden, konnten wir keinerlei Belege dafür auftreiben, ob die Darlehen überhaupt ausgezahlt wurden.«

Fletch hatte die Knie hochgezogen und seine Füße auf den Stuhl gestellt. So war ihm wärmer. »Und all das lief unter der Flagge von Jumping Cow Productions?«

»Nein. Ein riesengroßer Teil dieser Aktivitäten läuft unter ihrem eigenen Namen, privat.«

»Das ist schlimm.«

»Du sagst es.«

»Marty, wie würdest du ihre finanzielle Lage generell beurteilen, positiv odernegativ?«

»Hast du nicht zugehört? Tonnen von Geld, die auf dem Papier unter ihrem Namen und unter dem von Jumping Cow Productions, Inc., existieren, scheinen nirgendwo vorhanden zu sein.«

»Gestohlen.«

»Verschwunden.«

»Dann ist ihre finanzielle Lage negativ.«

»Das würde ich sagen. Falls du nach einem Mordmotiv gesucht hast, dann hast du jetzt eins gefunden. Ein schwerwiegendes.«

»Eigentlich habe ich nicht danach gesucht.«

»Mir ist schleierhaft, wie sie jemals aus diesem Schlamassel herauskommen will. So jung sie auch noch sein mag. Es fehlen Millionen. Freilich, wenn wir uns weitere drei Wochen mit den Büchern beschäftigen könnten, bestünde vielleicht die Chance, daß wir einen Teil davon auftreiben.«

»Kann sie denn nicht Konkurs anmelden?«

»Ich spreche nicht nur von Geld, Fletch. Unter ihrem Namen haben eine Menge seltsamer finanzieller Aktivitäten stattgefunden. Um ausdrücklich von Betrug zu sprechen, konnte ich mich, wie gesagt, nicht lange genug mit ihren Finanzakten beschäftigen –«

»Au weia.«

»Und mit ihren Steuererklärungen wurde fahrlässig umgegangen. Ich meine, schlampig. Fahrlässig und schlampig. So gut wie keine Steuererklärungen, aber jede Menge Fristverlängerungen. In ihren Akten befanden sich zwar I.-R.-S.-Formulare, aber keine ordnungsgemäßen Aufstellungen über Einnahmen, Ausgaben, Gewinne, Verluste.«

»Gefängnis.«

»Nun ja, fürs nächste Jahr sollte sie lieber keine allzu große Silvesterparty planen.«

»Aber sie hat diesen ganzen üblen Kram ja gar nicht gemacht. Sie hat ja nicht einmal davon gewußt.«

»Es lief unter ihrem Namen, und sie hat alles mögliche unterschrieben.«

»Marty, was ist mit ihrem Privatvermögen?«

»Nun, sie ist an einer Wohnung in New York beteiligt – bis unters Dach mit Hypotheken belastet. Außerdem gehört ihr ein sehr aufwendiger Besitz in Malibu, Kalifornien, ebenfalls bis unters Dach mit Hypotheken belastet. Ihr Besitz von Stammaktien ist nach einem sehr klaren Muster gestrickt. Sie kauft für fünfzig und sechzig Dollar pro Aktie und verkauft für zwölf und sechzehn pro Aktie.«

»Immer?«

»Wenige Ausnahmen.«

»Steuererleichterungen? Glaubst du, daß Peterman versucht hat, Steuererleichterungen zu schaffen?«

»Er hat sie geschaffen, zweifellos. In gewaltiger Höhe. Keine Vorzugsaktien, keine Wertpapiere. Und die Gesellschaften, in die sie investierte, waren ausländische Gesellschaften, von denen noch kein Mensch gehört hat. Wie zum Beispiel eine Kette von Bäckereien in Guatemala.«

»Die müssen aber große Brötchen backen.«

»Eine mexikanische Spedition. Ein Restaurant in Caracas, Venezuela.«

»Caramba!«

»Eine endlose Leidensgeschichte, Fletch. Das einzige, was ihr hierzulande auch noch zu gehören scheint, ist die Hälfte einer Pferdefarm in Ocala, Florida.«

»Oh.«

»Sagt dir das etwas? Five Aces Farm.«

»Oh.« Fletch zählte seine Fußzehen. »Der angebliche Besitzer dieser Pferdefarm, Ted Sills, war ein Freund von Peterman. Glaube ich. Das heißt, ich lernte Sills mal auf einer Party in Moxies Wohnung in New York kennen. Peterman machte uns miteinander bekannt.«

»Nun, deine Freundin Moxie hat für die Verschiffung einer Unmenge von Rennpferden von hier nach Venezuela bezahlt.«

»Oh. Aber, Martin, Moxie konnte sich nicht einmal an Ted Sills

Namen erinnern, als ich ihn gestern erwähnte. Wir wohnen sogar in Ted Sills Haus. Augenblicklich.«

»Wie klein die Welt doch ist.«

»Selbst ich habe in einige Rennpferde dieses Schweinehundes investiert.«

»Vielleicht sollte ich mir deine Unterlagen auch mal ansehen.«

»Keine schlechte Idee. Heiliger Bimbam, Marty, worauf läuft das alles hinaus?«

»Keine Ahnung. War nicht in der Lage, mich lang genug mit ihren Unterlagen zu beschäftigen. Auf den ersten Blick sieht es so aus, als hätte deine Moxie ein ausgezeichnetes, das beste Motiv gehabt, Steven Peterman zu töten. Und zwar nicht nur einmal, sondern gleich mehrmals.«

»Und genau das wird auch die Polizei sagen, stimmt's?«

»Das nehme ich an. Natürlich wäre es möglich, daß sie einen Faktor finden, der alles zum Guten wendet. Aber ich bezweifle es. Die Erfahrung hat mich gelehrt, Fletch, daß ehrliche Leute ihre Ehrlichkeit nicht in unehrlich erscheinenden Akten zu Grabe tragen.«

»Martin, besteht nicht trotzdem die Möglichkeit, daß sich all diese Geldverschiebereien, Geldleihereien, Geldverliererereien vorteilhaft für Moxie auswirken könnten?«

»Keine Ahnung.«

»Ich meine, geht denn nicht ganz eindeutig aus diesen Unterlagen hervor, daß sie hier das Opfer ist?«

Marty dachte einen Moment nach. »Man kann davon ausgehen, Fletch, daß eine Person, wenn sie sich auf Gaunereien einläßt, dies mit dem Hintergedanken tut, sich damit persönliche Vorteile zu verschaffen.«

»Aber, Marty, das ist doch alles eine Riesensauerei!«

»Leute, die sich auf Gaunereien einlassen, veranstalten gewöhnlich eine Sauerei. Gewöhnlich verlieren sie. Verloren zu haben, Fletch, ist kein Tugendbeweis.«

»Oh.«

»In Anbetracht der Tatsache, daß du mich um Rat gebeten hast, muß ich dich außerdem auf die sehr konkrete Möglichkeit hinweisen, Fletch, daß dich deine Freundin Moxie Mooney von A bis Z belogen haben könnte.«

»Dann müßte sie aber eine sehr gute Lügnerin sein.«

»Ist das nicht gerade das, was ein Schauspieler ist – ein sehr guter Lügner?«

»Nun mach' aber mal 'nen Punkt, Marty.«

»Fasse es als eine sehr konkrete Möglichkeit ins Auge, Fletch. Ich sitze über deine Freundin nicht zu Gericht. Irgendwer wird das früher oder später tun, nehme ich an. Fasse die Möglichkeit ins Auge, daß sie an diesem finanziellen Kuddelmuddel beteiligt war und Steve Peterman erst tötete, als sie entdeckte, daß sie ebenfalls betrogen wurde. Mein erstes Urteil wäre – wenn ich ein Urteil zu fällen hätte –, daß deine Freundin Moxie Mooney entweder ungemein schuldig oder ungemein dumm ist.«

»Sie ist nur in Schwierigkeiten.«

»Und das wußte sie, richtig?«

»Warum sagst du das?«

»Warum hättest du mich denn sonst gebeten, mir Petermans Bücher anzusehen?«

»Moxie, die Mörderin, das ist ein Gedanke, der mir nur mit großer Mühe in den Kopf will.«

Martin Satterlee sagte: »Ich bin ziemlich sicher, daß die meisten Menschen, die einen Mord begehen, irgendwo einen Freund haben.«

25

»Du siehst nicht aus, als hättest du gut geschlafen«, sagte Moxie. Sie blickte aus einer Hängematte im ersten Stock des Blauen Hauses zu ihm hoch.

»Bis zu einem gewissen Grad schon.« Fletch hatte sich um Viertel vor sechs wieder ins Bett gelegt, aber nicht mehr geschlafen, sondern in das stille Haus hineingelauscht. Um halb neun war er wieder aufgestanden, aber nur, weil er die Lopez' ins Haus kommen hörte. Auch die knirschenden Getriebe und quietschenden Bremsen der Lastwagen und Busse hatte er gehört.

Moxie streckte sich in der Hängematte und gähnte.

»Dachte, wir sollten heute segeln gehen«, sagte Fletch. »Wir können uns an einem der Strände einen Katamaran mieten.«

»Das wäre schön.«

Irgendwo im Haus zersplitterte eine Fensterscheibe. Auf der Straße vor dem Haus schrie jemand.

»Bleib' hier«, sagte Fletch.

Er ging um die Ecke des Balkons zur Vorderseite des Hauses, wo er bereits Gerry und Stella Littleford vorfand, die auf die Straße sahen. Als Fletch näherkam, blickten sie ihm entgegen. In ihren Gesichtern spiegelten sich Schock, Verwirrung, Zorn, Schmerz, Verblüffung wider. Sie sagten kein Wort.

Auf der Straße vor dem Blauen Haus standen zwei alte, klapprige gelbe Schulbusse sowie drei Lastwagen, die groß genug waren, um Vieh darin zu transportieren, ein paar Wohnwagen und einige alte Autos. An den Längsseiten der gelben Schulbusse war in großen schwarzen Buchstaben RETTET AMERIKA zu lesen.

Auf der Straße tummelten sich die Leute aus diesen Fahrzeugen. Und darunter waren einige, die weiße Ku-Klux-Klan-Gewänder trugen. Andere wiederum trugen braune Hemden und braune Reithosen und schwarze Reitstiefel und schwarze Halstücher und schwarze Armbinden mit roten Hakenkreuzen darauf. Und einige dieser Leute waren Frauen in billigen Hauskleidern. Und einige waren Kinder.

»Sehen Sie sich die Kinder an«, sagte Stella.

Einige Männer reichten Spruchtafeln von den Lastwagen herunter. Die Tafeln wanderten von Hand zu Hand. Auf den Tafeln stand HALTET AMERIKA WEISS; HOLLYWOOD VERKAUFT US-SEELEN, KEINE RASSENMISCHUNG. Eine Tafel, sorgfältig mit der Hand beschriftet, verkündete KEINE RASENSCHENDIGUNG! Und diese Tafeln wurden von den Männern in den weißen Ku-Klux-Klan-Gewändern gehalten und von den Frauen und von den Kindern.

»Ich vermute, die meinen mich«, sagte Gerry Littleford.

»Nein«, sagte Stella Littleford. »Die meinen mich.«

Zur Linken versuchten die dreißig Neonazis, sich einen militärischen Anstrich zu geben. Ein Mann mit einem roten Band um seine Mütze brüllte ihnen etwas zu, als sie sich in Reih und Glied aufstellten. Alle hatten Bierbäuche, die sie einzogen, während sie ihr Kinn auf die Brust drückten und ihr Doppelkinn vorzeigten.

Moxie war neben Fletch getreten und legte ihre Hand auf dem Geländer über seine.

»Diese Menschen müssen die ganze Nacht gefahren sein«, sagte Fletch.

»Das sind keine Menschen«, sagte Moxie.

Auf der Straße sagte jemand, *Da ist Moxie Mooney, und das Weibsbild! Hure!,* riefen sowohl männliche als auch weibliche Stimmen, und eine Stimme sagte, *Ist das nicht Freund Gerry Littleford da oben?,* und ein Stein prallte von der Hauswand hinter ihnen ab und fiel in der Nähe ihrer Füße zu Boden.

Aus einem der Lastwagen begann *My country 'tis of thee* zu dröhnen.

Fletch sagte zu Moxie: »Und du meinst, daß sich die Menschen für solche Sachen nicht mehr interessierten? Du meinst, der historische Augenblick, in dem alle Menschen klug und weise werden, habe bereits stattgefunden, und fortan regierten Liebe und Verständnis die Welt? Nun, noch hat dieser historische Augenblick nicht stattgefunden, Baby. Vielleicht im Fernsehen, aber nicht im wirklichen Leben.«

Moxie sagte: »Die Kranken, die Dummen und die Ängstlichen.«

Zwei Reihen uniformierter Knechte hinter sich, begann der Mann, der sich durch ein rotes Band um die Mütze auszeichnete, mit einer Rede gegen die Musik anzubrüllen: *»Wir alle wissen, worum es hier geht! Wir alle wissen, was vor sich geht! Wir alle wissen, was aus der Welt wird! Wer beherrscht Hollywood, das die Filme macht? Die Juden! Wer beherrscht die Zeitungen, die die Filme verkaufen? Die Juden! Wem gehören die Kinos, die die Filme zeigen? Den Juden! Wem gehören die Fernsehsender, die die Filme in unsere Häuser stopfen und die Seelen unserer Kinder verderben? Den Juden! Und wer bezahlt die Juden? Die Kommunisten! Das jüdische Volk vermischt sich nicht. Oh, nein – die heiraten nicht außerhalb ihrer Rasse! Und wenn sie doch außerhalb ihrer Rasse heiraten, dann sind sie für ihre Familien gestorben! Die Russen heiraten nicht außerhalb ihrer Rasse! Oh, nein – die werfen die Juden aus ihrem Land ...*

Moxie kicherte. »Jetzt gerät's etwas durcheinander.«

Entlang der Duval Street, aus den Häusern, Pensionen und Cafés und aus den Seitenstraßen tauchten normale Bürger auf. Abseits von den anderen standen sie mit aufgerissenen Augen und offenen Mündern da und redeten ungläubig miteinander. Es waren viele, die herbeiliefen. Eine Frau kreischte: *Seid nett zueinander!* Die Fischer tauchten in der Menge auf, die echten Fischer und die Sportfischer und sogar die andere Art von Fischern, die stets mit einer vollen Schiffsladung Shrimps nach Key West zurückkehrten, die sie mit ihrer anderen, wertvolleren Schiffsladung gekauft hatten. Fletch erkannte zwei oder drei Personen, die am Abend zuvor bei Dirty Harry's gewesen waren und Frederick Mooney zugehört hatten.

Ein kubanisch-amerikanischer Junge, ein Conch, ungefähr acht oder zehn Jahre alt, setzte sich mit gekreuzten Beinen hinter einen der weißgewandeten Männern auf den Erdboden. Fletch beobachtete, wie der Junge ein Feuerzeug aus der Tasche seiner Shorts zog. Nach fünf oder sechs Versuchen, flammte das Feuerzeug endlich auf, und der Junge zündete den Saum des weißen Gewandes an.

... Land der Freiheit...

Der Mann hüpfte herum, schlug mit dem Arm auf sein brennendes Gewand ein und versetzte dem Jungen einen kräftigen Fußtritt, der ihn in den Rinnstein rollen ließ. Wieder trat er den Jungen, diesmal an den Kopf. Das Gewand stand mittlerweile in hellen Flammen. Eine Frau versuchte, ihm das Gewand vom Leib zu reißen. Er trat weiter auf den Jungen ein.

Die Menge stürzte sich auf die Menschen, die die ganze Nacht gefahren waren. In allen Richtungen flogen Steine durch die Luft. Stöcke tauchten aus dem Nichts auf. Hier und dort war rotes Blut auf nackter Haut und den weißen Gewändern zu sehen. Frauen schrien, auf Kubanisch und Englisch. Der Mann mit dem roten Band um die Mütze befahl seinen uniformierten Knechten, eine Presche durch all diese schreienden, schlagenden, tretenden, brüllenden Menschen zu schlagen, und die uniformierten Knechte stürzten sich ins Getümmel. Sie wurden tüchtig verprügelt.

Endlich war vom Zentrum Key Wests das Heulen von Sirenen zu hören.

Fletch faßte Moxie am Ellbogen. »Laß uns gehen.«

»Wohin?«

»Segeln«, sagte Fletch. »Ein schöner Tag zum Segeln.«

Edith Howell, in ihren Morgenrock gehüllt, trug gerade eine Tasse Kaffee die Haupttreppe des Blauen Hauses hinauf. »Ich habe nie verstanden«, sagte sie zu Moxie und Fletch, »wie einer Jude und Kommunist gleichzeitig sein kann. Ein Baum und ein Stein sind doch zwei völlig verschiedene Dinge. Entweder man ist das eine oder das andere...«

»Kranke Menschen«, antwortete Moxie.

Lopez wartete in der Eingangshalle. Er trug ein sauberes weißes Jackett. »Mister Fletcher«, sagte er, »Mister Sills ist am Telefon. Er sagt, wenn ich Sie nicht an den Apparat bringe, wirft er mich hinaus.«

Sy Koller kam mit seiner Tasse Kaffee aus dem Speisezimmer. Er sagte zu Moxie: »Sind wir in eine internationale Verschwörung geraten?«

»Wirf ihnen das Drehbuch vor die Füße, Sy«, antwortete Moxie. »Damit sie sehen, wie schlecht es ist.«

Koller sagte: »Wenn er ja nicht tot wäre, käme mir der Verdacht, daß Peterman bei diesem Irrsinn seine Hand im Spiel hat – du weißt schon, wegen der Publicity.«

Fletch sagte zu Lopez: »Haben Sie Sills erzählt, was sich da draußen abspielt?«

»Nein«, sagte Lopez.

Fletch ging über den Flur und durch das Billardzimmer ins Arbeitszimmer.

Er nahm den Telefonhörer vom Schreibtisch auf.

»Guten Morgen, Ted«, sagte Fletch in den Hörer. »Schöner Tag. Wir wollen gerade Segeln gehen.«

»Warum höre ich Sirenen?«

»Sirenen?«

»Ich habe Sirenen durchs Telefon gehört, während ich wartete. Hat da jemand *My country 'tis thee* gesungen ...?«

»Ich nicht. Jedenfalls nicht heute morgen.«

»Ich habe Leute schreien hören. Ich höre immer noch Leute schreien.«

»Muß eine schlechte Verbindung sein.«

»Was geht da vor, Fletch?«

»Bin gerade beim Frühstück. Vielleicht haben Sie gehört, wie Edith Howell Tonleitern übt.«

Wieder zersplitterte irgendwo im Haus eine Fensterscheibe.

»Was war das?« fragte Ted Sills durchs Telefon.

»Was soll das gewesen sein?«

»Schrilles Geräusch. Klang, als wäre Glas zerbrochen.«

»Muß an Ihrem Ende der Leitung gewesen sein, Ted.«

»Klingt, als ob da randaliert würde.«

»Muß an Ihrer Telefonschnur liegen, Ted. Ziehen Sie mal kräftig dran, vielleicht hören die Geräusche dann auf.«

»Fletcher, ich hatte Sie und Ihre kleinen Spielkameraden aufgefordert, dieses Haus zu verlassen.«

»Richtig, Ted.«

»Sie sind immer noch da.«

»Verleben ein paar ruhige und friedliche Tage.«

»Ich hörte in den Frühnachrichten, daß Sie immer noch da wären. Im Blauen Haus.«

»Dabei fällt mir ein, Ted: Wann werden die Mülltonnen geleert? Damit Lopez nicht vergißt, sie hinauszustellen.«

»Ich wünsche, daß Sie dieses gottverdammte Haus verlassen!« brüllte Ted Sills.

»Aber, aber, Ted. Kein Wunder, daß Ihr Telefon gestört ist.«

»Also schön, Fletcher, ich komme runter. Mit einer Schrotflinte. Und wenn Sie nicht aus dem Haus raus sind, wenn ich eintreffe –«

»Sie werden kaum auffallen. Ach, übrigens, Ted, Sie haben mir ja nie erzählt, daß Moxie Mooney zur Hälfte Eigentümerin der Five Aces Farm ist.«

An Ted Sills Ende der Leitung wurde es still. An Fletchs Ende waren drei Laute zu vernehmen, die sich wie Schüsse aus einer kleinkalibrigen Waffe anhörten.

»Erst heute morgen habe ich zufällig davon erfahren«, sagte Fletch. »Ich wußte gar nicht, daß ihr beide euch kennt.«

Ted Sills sagte: »Miss Mooney ist finanziell an dieser Farm beteiligt. Was geht Sie das an?«

»Nichts. Ich finde es nur etwas merkwürdig, daß Sie zwei so reizende Geschäftspartner, nämlich Moxie und mich, hier in Ihrem Refugium wohnen haben und uns nun hinauswerfen wollen.«

»Fletcher ...« Ted Sills seufzte. »Ihnen ist ja gar nicht bewußt, was Sie da tun. Sie haben dieses Haus in einen Zirkus verwandelt.«

»Nicht ich, Ted.«

Moxie erschien in der Tür zum Arbeitszimmer. Ihre Augen waren riesig. »Stella Littleford ist verletzt worden«, sagte sie.

»Entschuldigung, Ted«, sagte Fletch ins Telefon. »Muß los.«

»Was habe ich da gerade gehört?« brüllte Sills. »Wer ist verletzt worden?«

»Die Dreiminuteneier«, sagte Fletch. »Ihre Gefühle sind verletzt. Weil ich sie noch nicht verspeist habe.«

Er legte auf und folgte Moxie zur Vorderseite des Hauses.

Stella Littleford saß wie eine weggeschleuderte Puppe auf dem Fußboden der Eingangshalle. Ihre Hände waren gegen die Stirn gepreßt. Durch ihre Finger sickerte Blut.

Sy Koller kniete neben ihr. »Muß unbedingt genäht werden«, sagte er zu Fletch.

Die Haustür stand offen.

Über die Straße zog ein schwacher Tränengasnebel. Die Polizei hatte auf der Straße vor dem Blauen Haus u-förmige Sägebockbarrikaden errichtet. Zwei Sägeböcke waren umgestoßen worden. Auf der Straße lagen ein paar abgestreifte weiße Gewänder herum. Einer der uniformierten Knechte saß in der nahezu gleichen Haltung wie Stella Littleford auf der Straße, noch eine weggeschleuderte Puppe, und hielt sich ebenfalls den Kopf.

Rechts die Duval Street hinunter, außer Reichweite des Tränengases, ging der Faust-zu-Faust-Kampf und das Mund-zu-Mund-Brüllen weiter.

Direkt gegenüber, auf der anderen Straßenseite, durchlöcherte ein sehniger Fischer mit seinem Fischmesser die Reifen der Schulbusse und Lastwagen.

Gerry Littleford rannte in den Vorgarten, gefolgt von zwei jungen Männern mit einer Trage. Seine Augen waren vom Gas gerötet und tränten.

»Elender Scheißdreck«, sagte er zu Fletch. Er deutete auf eine zerbrochene Rumflasche auf der vorderen Veranda. »Irgendwer hat damit nach Stella geschmissen. Hat ihr den Kopf aufgeschlitzt.«

Ohne Zweifel war noch Rum in der Flasche gewesen, als sie zerbrach. Die Glasscherben lagen in einer Pfütze.

Ein Krankenwagen fuhr rückwärts die Straße hinunter, über einen der umgefallenen Sägeböcke hinweg und hielt vor dem Eingang des Blauen Hauses.

In der Eingangshalle reichte Mrs. Lopez Moxie feuchte Tücher, die diese an Sy Koller weiterreichte, der sie dann auf Stella Littlefords Stirn legte. Die jungen Männer, die mit der Trage gekommen waren, machten all dem ein Ende. Sie legten einen dicken Packen Mull über die Wunde und klebten ihn leicht mit Heftpflaster fest.

Sie halfen Stella auf die Trage.

»Möchten Sie, daß ich Sie ins Krankenhaus begleite?« fragte Fletch Gerry.

»Nein.«

»Möchten Sie, daß Sy mitfährt?«

»Nein«, sagte Gerry.

»Okay«, sagte Fletch. »Dann bis später.«

Gerry folgte den Trägern durch die Haustür.

Fletch stand auf der vorderen Veranda und sah zu, wie sie Stella in den Fond des Krankenwagens schoben.

Als sich Moxie zu ihm gesellte, sagte er: »Gib auf deine Füßa acht. Glasscherben.«

Das Tränengas hatte sich verflüchtigt. Eine wogende, raufende Menschenmenge wälzte sich von rechts erneut die Duval Street hinunter und warf noch eine Barrikade um. Fletch vermutete, daß die Demonstranten versuchten, zu ihren Bussen und Lastwagen zurückzugelangen. Ihre Tafeln lagen zerbrochen und niedergetrampelt rund um die Lastwagen, ebenso der Plattenspieler und die Verstärker. Die Lastwagen, die Busse und einige der Personenwagen hatten platte Reifen. Doch mittlerweile war zuviel persönliche

Wut abzureagieren, waren zu viele persönliche Rechnungen zu begleichen, und so ging die Schieberei und Schlägerei weiter.

Über ihren Köpfen, auf dem oberen Vorderbalkon des Blauen Hauses erhob sich donnernd der Welt bestausgebildete, sonorste Stimme: *»Vor siebenundachtzig Jahren ...«*

»O Gott«, sagte Moxie.

Und die Leute auf der Straße sahen wahrhaftig nach oben. Das ist ja Frederick Mooney! Und sie hörten wahrhaftig auf zu kämpfen.

»... schufen unsere Vorfahren auf diesem Kontinent ...«

»Der liebe gute Freddy«, sagte Fletch. »Laß uns segeln gehen«

»... eine neue Nation ...«

Fletch und Moxie marschierten durch das Haus zur Rückseite. Selbst im hinteren Garten konnten sie Mooneys *Gettysburg Address** noch hören. Alle anderen Geräusche waren verstummt.

»Stell dir doch nur mal vor«, sagte Moxie, »daß diese Lautstärke aus einem Kopf herauskommt, der so weh tun muß wie seiner!«

26

Nachdem sie eine Weile gesegelt waren, sagte Moxie: »In Anbetracht der noch gar nicht so lange zurückliegenden Tatsache, daß du mich zu einem angeblichen Dinner in ein Flugzeug verfrachtet hast und mit mir weit genug vom Tatort entfernt gelandet bist, um mich zu einer Justizflüchtigen zu machen, sollte ich dich jetzt, da du mich in ein Segelboot gesetzt hast, wohl fragen, ob du die Absicht hegst, mit mir außer Landes zu fliehen?«

»Verflixt«, sagte Fletch an der Ruderpinne. »Du hast mich durchschaut. Du bist meinem ausgeklügelten Plan auf die Schliche gekommen.«

In Moxies Augen glitzerte das vom Meer reflektierte Sonnenlicht. »Man hat mir schon immer erzählt, daß Kuba ein wunderbares Land ist.«

Bis zu diesem Moment hatten sie wenig miteinander geredet.

Sie waren zu einem kubanisch-amerikanischen Restaurant gegangen und hatten ein schweigsames Frühstück eingenommen. Einige der Leute dort hatten Moxie erkannt und ihr freundlich zugelächelt, im übrigen jedoch soviel Takt besessen, sie nicht zu belästigen.

* berühmte Ansprache Abraham Lincolns anläßlich der Einweihung eines Nationalfriedhofes in Gettysburg, dem Ort einer entscheidenden Schlacht im amerikanischen Bürgerkrieg (1863) [Anm. d. Übers.]

Während des Frühstücks hatte Moxie laut darüber nachgedacht, ob Stella Littleford wohl für immer eine Narbe an ihrer Stirn zurückbehalten würde, und Fletch hatte gesagt, daß er der Meinung sei, Stella habe obendrein eine Gehirnerschütterung erlitten, da in der Flasche, die sie getroffen hätte, noch eine beachtliche Menge Rum gewesen wäre. Die *señora* des Restaurants hatte ihnen ein Picknick-Lunchpaket zurechtgemacht, und Fletch hatte dazu noch einen Sechserpack kalter Getränke gekauft.

Sie machten einen großen Umweg am Wasser entlang, bis sie an einen Strand kamen, wo Fletch einen Katamaran mietete. Er verstaute das Essen und die Getränke im Boot. Ein paar Jungs am Strand halfen ihnen, den Katamaran ins Wasser zu bringen. Fletch hievte Moxie an Bord und kletterte dann selbst ins Boot.

Der Stapellauf hatte soviel Wasser ins Boot gespült, daß das Lunchpaket aufweichte. Moxie zeigte Fletch die durchnäßte Schachtel, nachdem er das Boot an den Wind gebracht hatte, und sie lachten. Sie rettete die Sandwiches und das Obst und rollte dann den Karton zu einem Ball zusammen, den sie auf den Boden des Bootes fallen ließ.

Moxie hatte ihren Bikini an und legte das Oberteil ab, hielt sich jedoch mehr oder weniger im Schatten des Segels auf. »Unterhalte dich mit mir«, sagte sie.

»Worüber?«

»Über etwas Erfreuliches, bitte.«

»Edith Howell sagte, wenn man nicht redet, ist man tot oder so was Ähnliches.«

»Sollte Edith Howell jemals aufhören zu reden, werden alle anderen sterben, vor Schreck.«

»Sie liebäugelt mit den Millionen deines Vaters.«

Moxie schnaubte verächtlich. »Millionen leerer Kognakflaschen. Ich gönne sie ihr.« Sie rollte sich auf die Seite und ließ ihre Finger durchs Wasser gleiten. »Erzähl' mir etwas Erfreuliches. Zum Beispiel, weshalb du so reich bist.«

»Du willst wissen, ob ich reich bin?«

»Nun ja, du arbeitest nicht. Dir gehört dieses hübsche Fleckchen Erde in Italien.«

»Das ist aber eine ziemlich indiskrete Frage von einem Mädchen, das ich gerade erst kennengelernt habe.«

»Ich weiß. Antworte mir trotzdem.«

»Das ist eine lange Geschichte.«

»Ich habe den ganzen Tag Zeit.«

»Eigentlich kann man die Geschichte unmöglich erzählen. Jedenfalls nicht in allen Einzelheiten.«

»Hast du etwas angestellt, Fletch? Bist du ein Hochstapler?«

»Wer, ich? Nein, ich glaube nicht.«

»Was ist passiert?«

»Nicht viel. Eines Nachts fand ich mich allein in einem Zimmer wieder, zusammen mit einem Haufen Bargeld. Das Bargeld war da, weil man mich angeheuert hatte, eine miese Sache zu tun. Ich hab' die miese Sache nicht getan, aber die miese Sache ist trotzdem passiert. Zur gleichen Zeit.«

»Junge, warum verwöhnst du mich nicht mit ein paar Einzelheiten?«

»Ich sagte dir doch, daß es eine lange Geschichte ist.«

»Du hast also das Geld genommen...«

»Ich mußte. Es dort zurückzulassen, hätte die Leute total durcheinandergebracht. Es hätte Fragen aufgeworfen.«

»Diebstahl als ein Akt der Nächstenliebe?«

»Der Meinung war ich damals.«

»Was hast du mit dem Geld gemacht?«

»Ich hatte keine Ahnung, was ich damit machen sollte. Ich habe noch nie sehr gut mit Geld umgehen können.«

»Mach' mir nichts weis. Ich erinnere mich an eine Zeit...«

»An welche?«

»Vergiß es. Ich bin immer noch böse.«

»Freunde sollten niemals durch Geld getrennt werden.«

»Das ist es ja«, sagte Moxie. »Es war gar keins da. Unglücklicherweise hattest du mich in eins der piekfeinsten Lokale von Los Angeles eingeladen.«

»Ach, diese Zeit meinst du.«

»Ja, diese Zeit.«

»Aha.«

»Ich hätte nichts dagegen, irgendwann einmal meine Uhr wiederzubekommen. Die, die das Restaurant in Zahlung genommen hat.«

»Eine Piaget, wenn ich mich recht erinnere.«

»Mit kleinen Diamanten.«

Fletch fragte: »Wieviel Uhr ist es?«

Sie rollte sich auf den Bauch. »Wen interessiert das schon?«

»Eben.«

Moxie atmete langsam ein und mit einem tiefen Seufzer wieder aus. »O Fletch. O Fletch – du wirst dich nie ändern.«

Er lächelte sie an, wobei er ihr alle seine Vorderzähne zeigte. »Ich werde nur immer besser.«

»Schlechter. Was hast du mit all dem Geld gemacht, das du gestohlen hast?«

»Ich habe es nicht gestohlen.«

»Es fiel dir einfach in den Schoß.«

»So ähnlich. Lange Geschichte. Das Geld war auf dem Weg nach Südamerika, weißt du, also habe ich es begleitet. Ich mache nicht gern halbe Sachen. Schadet meiner Psyche, vor allem.«

»Und warum hast du dann die Biographie von Edgar Arthur Tharp noch nicht zu Ende geschrieben?«

»Ich arbeite daran. Ich war in Südamerika. Ich wußte nicht, was ich mit dem Geld anstellen sollte. Vielleicht war ich etwas deprimiert darüber, daß ich es hatte. Vielleicht wollte ich es auch loswerden. Jedenfalls kaufte ich Gold damit.«

»Oh, nein.«

»Doch.«

»Und der Goldpreis schnellte in die Höhe?«

»Irgendwer machte so eine Bemerkung zu mir. In einer Bar. Danach war ich noch deprimierter. Ich trennte mich von dem Gold. In Windeseile. Ich haßte die Ölgesellschaften, fand, daß sie die Welt ganz gewaltig unter Druck setzten und daher endlich einen gehörigen Denkzettel verdient hätten –«

»Und folglich stecktest du dein Geld in Ölgesellschaften?«

»Ja, genau.«

»Und ihr Wert schnellte in die Höhe?«

»So erzählte man mir. Und danach war ich noch deprimierter.«

»Kann ich mir vorstellen.«

»So schnell ich konnte, trennte ich mich von diesem Teufelszeug. Ich habe mich entsetzlich geschämt.«

»Und wo ist das Geld jetzt?«

»Nun, ich kam zu dem Schluß, daß meine Investmentpolitik nicht sonderlich klug war. Ziemlich verantwortungslos, wenn du verstehst, was ich meine. Ich hatte Dinge gekauft, die ich nicht leiden konnte.«

»Und daraufhin hast du beschlossen, Dinge zu kaufen, die du leiden konntest?«

»Ich beschloß, das Geld einem guten Zweck zuzuführen, anstatt Schaden damit anzurichten. Als ich erfuhr, daß General Motors so arg in der Klemme steckte, daß niemand mehr seine Aktien kaufte...«

»... hast du dich bei General Motors eingekauft.«

»... hab' ich mich bei General Motors eingekauft. Und als es in der Kabelelektronikbranche nicht gerade rosig aussah, habe ich auch da etwas Geld investiert.«

»Allmächtiger, Fletch! Mein Gott! Du bist ja total beschränkt!«

»Nun, ich habe ja nie behauptet, daß ich mit Geld umgehen könnte.«

»Du hättest einen Kurs belegen sollen. *Wie man investiert.*«

»Ja«, sagte Fletch. »Das hätte ich wohl.«

»Du bist mit Geld schon immer zu sorglos umgegangen!«

»Ja«, sagte Fletch. »Das bin ich wohl.«

Als sie den Golfstrom erreichten, sprang sie über Bord, und er holte die Segel ein und zog sich – bis auf die Vorleinen des Bootes, die er sich um den Knöchel schlang – ebenfalls nackt aus und sprang hinterher, und sie spielten und liebten sich im Wasser, allerdings zog das leichte, treibende Boot ihn ständig von ihr weg, und er bekam ständig zuviel Wasser in die Nase, und sie mußten beide so schrecklich lachen, daß sie völlig außer Atem gerieten und beinahe ertrunken wären und es nur mit Mühe schafften, aus dem Wasser ins Boot zurückzuklettern.

»Da wir gerade über Geld sprachen«, sagte er.

»Ist das immer noch ein erfreuliches Gesprächsthema?«

»Jumping Cow Productions, Incorporated«, sagte er.

Sie waren zu einem einsamen Strand zurückgesegelt und hatten den Katamaran auf den feinen Sand gezogen. Sie brachten das Essen und die Getränke an Land und picknickten. Die Getränke waren reichlich warm, aber sie tranken sie trotzdem, um den Flüssigkeitspegel in ihren Körpern wieder aufzufüllen. Und die Sandwiches waren ausgetrocknet. Und darum aßen sie hauptsächlich Obst.

Nach dem Essen streckten sie sich im Sand aus. Da der Nachmittag schon weit genug fortgeschritten war und genügend Wolken über den Himmel zogen, bestand keine Gefahr, daß die Sonne ihre gebräunte Haut verbrannte. Fletch wartete eine ganze Weile. Schließlich rollte sie sich auf die Seite und legte ihre Hand auf seine Hüfte, und er rollte sich ebenfalls auf die Seite und legte den Kopf auf seine Hand. In ihrem Gesicht konnte er lesen, daß sie ihm ihre volle Aufmerksamkeit schenkte, aber nicht danach verlangte, zu diesem Zeitpunkt über Geld zu sprechen.

»Sag' mir, Moxie: Worüber springt die Kuh?«

»Über den Mond«, sagte sie unbefangen. Doch dann veränderte sich ihr Gesicht. Sie sah ihn an, als hätte er sie geschlagen, rollte sich auf den Rücken und bedeckte ihre Augen mit der Hand. »Mooney«, stöhnte sie.

»Richtig. Moxie Mooney.« Sie blieb flach auf dem Rücken neben ihm liegen, die Hand als Sonnenschutz weiterhin über den Augen. »Du bist alleinige Eigentümerin von Jumping Cow Productions, Incorporated. Martin Satterlee hat mich heute morgen angerufen.«

»Fein.« Sie rollte sich auf den Bauch. »Dann werde ich diesen gottverdammten Film abwürgen, bevor einer überhaupt Luft holen kann.«

»Mitsummer Night's Dream?«

»Fini für *Midsummer Night's Dream*. Für Edith Howell, Sy Koller, Geoff McKensie, Gerry Littleford, Talcott Cross, für die ganze verdammte Bande. Adieu, dämliches Drehbuch. Adieu, Route 41.«

»Ich nehme an, du hattest keine Ahnung, daß du die alleinige Eigentümerin von Jumping Cow Productions bist?«

»Ich hatte keine Ahnung. Ehrenwort.«

»Moxie, als du vor ein paar Wochen in Petermans Büro gegangen bist, was hast du da eigentlich erfahren? Was hast du eigentlich herausgefunden, was dich dermaßen aus der Fassung brachte, daß du mich gebeten hast, dich hier aufzusuchen?«

»Ich konnte keine einzige richtige Steuererklärung finden. Ich habe die Angestellten immer wieder nach den Steuerakten gefragt. Und jedesmal schleppten sie noch einen Ordner mit diesem ganzen verrückten Zeug an, Darlehensverträge mit Banken in Honduras und in der Schweiz und in Mexiko. Ich wußte nicht, was das alles zu bedeuten hatte, aber mich packte mehr und mehr die Wut.« Ihre Stimme wurde leiser. »Oder mehr und mehr die Angst.«

Fletch legte sich in den Sand zurück und verschränkte die Hände hinter dem Kopf. »Marty konnte sich deine Finanzunterlagen nicht sehr sorgfältig ansehen. Heute morgen um vier Uhr kam die Polizei ins Büro und nahm alles mit.«

»O Gott! Die Polizei hat meine Finanzunterlagen?«

»Du wußtest doch, daß sie –«

»Ich wußte überhaupt nichts, Fletch!« fuhr sie ihn an und schlug mit der Faust auf den Sand. »Verdammt!«

Sie stand auf und lief schräg über den Strand zum Wasser hinunter und dann weiter am Wasser entlang.

Als sie nach einiger Zeit immer noch nicht zurückgekommen war, brachte er die Abfälle ins Boot und drehte es in der sanften Brandung um, damit es jederzeit abfahrbereit war.

Dann setzte er sich auf einen der Rümpfe und wartete, während Moxie den Strand zurückwanderte.

Gemeinsam brachten sie das Boot ins Wasser.

»Moxie?« Sie segelten wieder, die Sonne stand achtern. Das Kinn in die Hand und den Ellbogen aufs Knie gestützt, saß sie da wie der personifizierte Trübsinn. »Kennst du den Kerl, dem das Blaue Haus gehört?«

»Nein. Woher sollte ich?«

»Er heißt Ted Sills. Gestern hast du gesagt, daß du ihn nicht kennst.«

»Das sage ich heute auch noch.«

»Allem Anschein nach bist du zusammen mit Ted Sills an einer Pferderanch in Florida beteiligt.«

Sie sah ihn stirnrunzelnd an. Ihre Haut war salzig, und auf einer Wange klebte etwas Sand. »Wir sind irgendwo Geschäftspartner?«

»Bei der Five Aces Farm. In Ocala, Florida.«

Sie zuckte die Achseln. »Ist mir neu.«

»Ich nehme an, er war ein Freund von Steve Peterman.«

»Hör zu, Fletch.« Sie klang, als wäre sie müde und verärgert und es leid, verärgert zu sein. »Warum erzählst du mir nicht mit ganz schlichten Worten, was los ist?«

»Wenn das bloß ginge. Wie ich dir ja bereits sagte, war Marty noch nicht sehr weit mit deinen Unterlagen gekommen, als die Polizei auftauchte. Er scheint deine beiden Hauptbefürchtungen zu teilen: daß du in Steuerschwierigkeiten steckst; daß du Banken in aller Welt riesige und unerklärliche Geldsummen schuldest.«

Moxie suchte den ganzen Horizont ab. »In welcher Richtung, sagtest du, liegt Kuba?«

Er streckte den Finger aus. »In dieser.«

»Möchtest du mich begleiten, oder soll ich allein losschwimmen?«

»Unter deinem Namen sind eine Unmenge finanzieller Aktivitäten abgelaufen, für die es keine Erklärung gibt.«

»Keine Erklärungen... und nun erwartest du, daß ich alles erkläre?«

»Marty konnte sich keinen Reim drauf machen. Es war ihm unverständlich.«

»Ist dein Freund Marty der Meinung, daß da krumme Sachen gelaufen sind?«

»Er versuchte, sich einer Meinung zu enthalten.«

»Aber es ist ihm schwergefallen, richtig?«

»Richtig.« Fletch befestigte die Großschot. »Er schien das Gefühl zu haben, daß derart viele Aktivitäten nicht hätten ablaufen können, ohne daß du davon wußtest.«

Die untergehende Sonne färbte Moxies Gesicht purpurrot, während sie Fletch einfach nur anstarrte.

Fletch sagte ruhig: »Mit anderen Worten, Moxie, die Chancen, daß ein ganz gewöhnlicher Richter glauben wird, daß du lügst, stehen ziemlich gut.«

»Daß ich lüge«, sagte sie.

»Von A bis Z.«

Sie betrachtete das Sandwichpapier und die leeren Sodadosen auf dem Deck des Cockpits. »So wie du heute morgen gelogen hast? Was dein Geld betrifft?«

Fletch lachte in sich hinein. »Genau.«

»Hör auf damit, Fletch. Scherz bleibt Scherz. Und das hier ist kein Scherz.«

Lange Zeit starrte sie den Abfall auf dem Boden des Bootes an.

Dann legte sie ihre Hand auf sein Knie. »Hey, Fletch. Danke für den schönen Tag.«

»Erfreut, Sie kennenzulernen«, sagte er.

Er segelte auf den richtigen Strand zu. Morgens beim Auslaufen hatte er sich die Martellotürme als Orientierungsmerkmal eingeprägt.

»Mit anderen Worten«, sagte Moxie, »wenn die Bullen meine Finanzunterlagen durchgehen, werden sie herausfinden, daß ich massenweise Gründe hatte, Steve Peterman zu töten.«

»So sieht's aus.«

Das Kielschwert war oben. In Strandnähe hielt Fletch im Wasser nach den Köpfen später Schwimmer Ausschau.

»Fletch.« Moxie zitterte. »Bitte, finde jemand anderen, dem sie den Mord anhängen können.«

»Ich bemühe mich, Baby«, sagte Fletch. »Ich bemühe mich.«

Es war dunkel, und da Moxie mit gesenktem Kopf und in ein weites Strandkleid gewickelt durch die Nebenstraßen lief, schenkte man ihr keinerlei Beachtung.

Fletch sagte: »Da ist noch eine Kleinigkeit...«

»Mann, heute gibst du's mir aber wirklich. Ich dachte, wir wären gerade dabei gewesen, über erfreuliche Dinge zu reden.«

»Ich habe dich ja gerade aus dem Haus gelotst, damit wir reden konnten.«

»Du hast mich zum Segeln mitgenommen, damit du mich durch die Mangel drehen konntest.«

»Dein Vater hat mir von deinem Wechsel in eine englische Schule erzählt.«

»Du hast gewußt, daß ich in England zur Schule gegangen bin. Fast zwei Jahre lang.«

»Ich wußte aber nie, warum.«

»Freddy hatte in jenem Jahr seine väterlichen Anwandlungen. Wollte mich in seiner Nähe haben.«

»In jenem Jahr war er gar nicht in England.«

»Er hätte aber dort sein sollen. Sein Terminplan wurde geändert.«

»Moxie ...« Fletch nahm ihre Hand. »Hey«, sagte er. »Dein Vater hat da etwas von deinem Schauspielpauker in der Schule erzählt, der ermordet wurde.«

Die Hand, die er hielt, erschlaffte. »Ich war doch erst vierzehn.«

»Du meine Güte! Was soll das denn heißen?«

Sie entzog ihm ihre Hand. »Das soll heißen, daß Freddy der Meinung war, einer Vierzehnjährigen sollte dieser ganze Druck, den man auf mich ausübte, erspart werden.«

»›Druck‹! Was denn für ein ›Druck‹?«

Sie wechselte auf den unbefestigten Bürgersteig. Die Seitenstraße, durch die sie jetzt liefen, war dunkel und menschenleer.

Sie ging einen Meter von ihm entfernt. »Denkst du, daß ich Mister Hodes umgebracht habe?«

»›Denken‹! Ich denke gar nichts. Ich wußte nicht einmal den Namen dieses Kerls.«

»Er war ein kleiner Dreckskerl«, murmelte Moxie.

»Ich denke, daß du verdammt eilig aus der Stadt gebracht wurdest. Aus dem Land. Und daß du mitgegangen bist.«

»Ich war vierzehn, Himmel noch mal.« Sie waren stehengeblieben. »Ich hatte nichts dagegen, in England zur Schule zu gehen. Es klang toll.«

»Ich frage dich, ob du jemanden umgebracht hast, und alles, was du antwortest, ist, daß du vierzehn warst!«

»Ist es das, was du denkst? Daß ich einen bescheuerten Schauspielpauker umgebracht habe?«

»Ich weiß nicht, was ich denken soll. Ich hasse, was ich denke. Warum antwortest du mir nicht?«

Ihre Augen funkelten ihn über den Bürgersteig hinweg an. »Denk' doch, was du willst, Fletcher.«

Sie begann zu laufen. Sie lief mit seitwärts herunterhängenden Armen, die Hände zu Fäusten zugeballt.

Sie lief den ganzen Weg zum Haus vor ihm her.

Sie näherten sich dem Haus von der Rückseite.

Moxie, ein gutes Stück vor ihm, den Kopf gesenkt, stürmte durch das rückwärtige Tor in den Garten.

Als Fletch das Tor erreichte, kam Lopez mit einer Mülltonne heraus.

»Ah«, sagte Fletch, »morgen werden die Mülltonnen geleert.«

Lopez grinste ihn an. »Eine Menge Glasscherben, Mister Fletcher. Sie haben eine Menge Steine geworfen.«

»Ich weiß. Irgendwelche ernsthaften Beschädigungen?«

»Nein. Ist alles aufgeräumt. Morgen fange ich an, die zerbrochenen Fensterscheiben zu ersetzen.«

Oben auf der Mülltonne, die Lopez gerade abgesetzt hatte, lagen drei leere Apfelsaftflaschen.

»Tut mir leid wegen heute morgen«, sagte Fletch. »Dieser ganze Krach. Schaden. Schlamassel. Fürchte, ich bin kein sehr guter Mieter.«

Lopez' Grinsen wurde sogar noch breiter. »Es ist lustig«, sagte er. »Dieses Haus steht so oft leer. Die Aufregung tut gut. Machen Sie sich keine Gedanken.«

27

»Wieviele Stiche?« fragte Fletch.

Stella sah in dem Krankenhausbett keine Spur blasser aus als üblich. Der Wundverband auf ihrer Stirn war nicht so mächtig, wie Fletch erwartet hatte.

»Sechs.« Sie lächelte nicht.

Gerry Littleford saß auf einem Besucherstuhl und stützte die Füße am Bett ab. Über seinen Shorts trug er ein Krankenhaushemd. Er hatte das Blaue Haus morgens ohne Hemd verlassen. Offensichtlich war er seitdem nicht mehr dorthin zurückgekehrt. Zudem steckten seine Füße in Papierslippern.

»Sie behalten sie über Nacht hier«, sagte Gerry. »Gehirnerschütterung.«

»Ich hatte Ihnen ein paar Blumen mitgebracht«, sagte Fletch. »Die Schwester hat sie wahrscheinlich gegessen.« Er durchquerte das Zimmer und lehnte sich mit dem Rücken gegen die Fensterbank. »Was ist heute morgen eigentlich passiert? Ich hab's nicht gesehen ... ich war am Telefon.«

»Sie haben Rabatz gemacht«, sagte Gerry Littleford lakonisch.

»Ich bin in den Vorgarten gegangen und habe diesen elenden Dreckskerlen mit der Faust gedroht und sie elende Dreckskerle genannt«, sagte Stella. »Diese elenden Dreckskerle.«

»Tut's Sprechen weh?«

»Jetzt ja.« Sie versuchte nicht zu lachen. »Heute morgen nicht.«

»Sie wurde bombardiert«, sagte Gerry. »Jemand hat eine Rumflasche nach ihr geschmissen.«

»Dieser Jemand muß Sie aber richtig gern gehabt haben«, sagte Fletch. »In der Flasche war noch Rum drin.«

»Wie nett.« Wieder versuchte Stella, nicht zu lachen.

»Ich habe Sie vorher noch nie lachen sehen«, sagte Fletch zu ihr.

»Sie tut immer dann alles, was sie eigentlich nicht tun sollte«, sagte Gerry, »wenn man es nicht von ihr erwartet. Wie zum Beispiel mich zu heiraten.«

Langsam wanderten Stellas Augen zu Gerrys Gesicht. Fletch konnte den Ausdruck in ihnen nicht deuten.

»Eine Frage«, sagte Fletch. »Hat einer von Ihnen schon vorher mal von diesen Gruppen gehört? Drohbriefe, anonyme Anrufe oder ähnliches?«

Keiner der beiden antwortete ihm.

»Ich frage mich ja nur«, sagte Fletch, »wie viel diesen Gruppen daran gelegen sein könnte, daß dieser Film gestoppt wird.«

Er erhielt immer noch keine Antwort.

»He«, sagte Fletch. »Es ist ein Mord geschehen. Vielleicht sogar zwei. Stella liegt mit einer Gehirnerschütterung im Bett. Ihre Stirn wurde genäht. Heute morgen haben wir Demonstranten erlebt, die die Absetzung des Films forderten. Da ergibt sich die Frage ja wohl von selbst.«

Gerry fragte: »Und ist der Film abgesetzt worden?«

Jetzt war es Fletch, der nicht antwortete. »Haben Sie vorher schon mal von irgendeiner dieser Gruppen gehört?«

Gerry stellte seine Füße flach auf den Fußboden und setzte sich aufrecht auf seinen Stuhl, als wäre er im Begriff, als Zeuge vor Gericht auszusagen. »Um ehrlich zu sein – ja.«

»Briefe?«

»Inklusive Pamphleten, nach dem Motto *Haltet-die-weiße-Rasse-sauber*. Sie wissen schon. Damit ihr Banausen noch ein paar Jahrhunderte länger ohne die Kultur der Schwarzen leben könnt.«

»Da waren auch Telefonanrufe, Gerry«, sagte Stella.

»Telefonanrufe«, sagte Gerry.

»Drohungen?«

»Man würde mir meinen schwarzen Arsch anzünden, wenn ich diesen Film drehte. Man würde mir eine Kugel in den Kopf jagen.« Gerrys Augen durchforschten Fletchs Gesicht. »Es ist nicht leicht für einen Schwarzen zu unterscheiden, wann ein Weißer droht und wann er sich nur normal unterhält.«

»Haben Sie irgendwem von diesen Drohungen erzählt?«

»Wem zum Beispiel?«

»Irgendwem, der Einfluß hatte. Steve Peterman. Talcott Sowieso. Sy Koller. Den Bullen.«

»Halten Sie mich für bekloppt? Für mich bedeutet dieser Film, Arbeit zu haben. Ich bin nicht scharf drauf, arbeitslos zu werden.«

»Haben Sie irgendeinen dieser Briefe, Pamphlete aufgehoben?«

»Natürlich nicht. Hab' sie weggeschmissen. Mußte sie wegschmeißen.«

»Erinnern Sie sich an irgendeinen der Namen, Gruppen, die diese Briefe geschickt haben?«

»Hatten alle diese langen Decknamen. Sie wissen schon: Mein-Land-aber-nicht-dein-Land-Kommitee e. V.; Gesellschaft zur Erhaltung der Baumwollpflückerrasse.«

»Es hat dich auch eine schwarze Gruppe angerufen, Gerry.«

»Richtig.« Gerry lächelte. »Ein paar der Brüder wollten, daß wir die Kultur der Schwarzen noch ein paar Jahrhunderte länger für uns behalten.«

»Mal im Ernst, Gerry«, fragte Fletch, »glauben Sie, daß die Produktion von *Midsummer Night's Madness* ernstlich von einer dieser Gruppen bedroht war? Bis hin zum Mord beispielsweise.«

»Ich weiß es nicht. Das sind Verrückte. Woher will man wissen, wann Verrückte es ernst meinen?« Ruhiger fügte er hinzu: »Ja. Ich glaube, daß in der Gruppe, die heute morgen das Haus angriff, Mörder waren. Leute, die zu einem Mord fähig sind. Etliche von ihnen. Diese Rumflasche hätte Stella töten können. Ich bezweifle nur, daß sie fähig sind, so was Raffiniertes wie den Mord an Steve Peterman einzufädeln. Wer auch immer Steve erwischt hat, ein Trottel war das nicht.«

»Ich vermute, Sie haben recht.«

Die Schwester brachte eine Vase mit Rosen herein. Sonst waren keine Blumen im Zimmer.

»Ah!« Fletch stieß sich von der Fensterbank ab. »Sie haben sie ja doch nicht gegessen.«

»Ich hatte schon daheim zu Abend gegessen«, sagte die Schwester. »Osterglocken.«

Fletch stand an der Tür. »Kommen Sie zum Haus zurück, Gerry?«

»Klar«, sagte er. »Später.«

Fletch wanderte eine Weile in der kühlen Nacht durch Key West. Er fand sich im Zentrum des alten Geschäftsviertels wieder, darum ging er die Allee hinunter zu Dirty Harry's. Frederick Mooney war nicht da. Es waren überhaupt nur wenige da. Es spielte auch keine Band.

Er setzte sich an die Bar und bestellte ein Bier. Eine Uhr, die er gesehen hatte, zeigte zehn Minuten nach elf an, aber in Key West konnte man von Uhren nicht erwarten, daß sie die richtige Zeit anzeigten. In Key West dienten Uhren nur dazu, die Illusion glaubhaft zu machen.

Ein Hund, ein schwarzer Hund, ein großer schwarzer Hund lief dicht hinter einem Mann durch die Bar, der im ersten Stock aus einer Tür heraus- und eine Wendeltreppe hinuntergekommen war.

»Wie heißt dieser Hund?« fragte Fletch die junge Frau hinter der Bar.

»Das ist Rex. Ist er nicht ein schöner Hund?«

»Schöner Hund.« Fletch nippte an seinem Bier. Er wollte das Bier eigentlich gar nicht. Nach dem frühmorgendlichen Anruf von Satterlee, den Demonstrationen, dem Tag auf und im Wasser bei Wind und Sonne, war er froh, einen Augenblick still dasitzen zu können. Er dachte über Global Cable News nach und darüber, wie schnell man ihn mit dem diensthabenden Sendeleiter verbunden hatte, nur weil er ein Aktionär war. Es sollte die Story sein, die zählte, nicht derjenige, der sie durchtelefonierte. Ob die Story stimmt, kann man nachprüfen. Ein normaler Aktionär ist kein Deut ehrlicher oder gewissenhafter als ein normaler Bürger. Fletch beschloß, falls er jemals wieder eine tolle Story haben sollte, sie Global Cable News unter einem falschen Namen durchzugeben. Das konnte ein interessantes Experiment werden – für einen Aktionär. Er sehnte sich nach seinem Bett. Er ließ das restliche Bier auf der Bar stehen. »Schöner Hund«, sagte er.

29

Irgend etwas weckte ihn auf. Es war früher Morgen. Fletch blieb eine Minute im Bett liegen und lauschte in die bedeutungsvolle Stille. Sie war zu bedeutungsvoll.

Er stieg aus dem Bett und ging auf den Balkon hinaus. Auf dem Rasen neben dem Haus standen zwei Polizisten. Sie schauten über die Schulter zu ihm hoch.

In der Dämmerung konnte er das zuckende Blaulicht der Polizeiwagen vor dem Haus sehen.

»Scheiße«, sagte Fletch.

Er lief an der Balkonwand entlang zur Rückseite des Hauses und um die Ecke herum. Gerry Littleford schlief zusammengerollt in einer Hängematte.

Fletch rüttelte ihn an der Schulter. »Gerry. Wachen Sie auf. Es könnte eine Verhaftung geben.«

Gerry blinzelte ihn mit einem Auge an. »Was? Eine was?«

War die Polizei da, um jemanden wegen Mordes zu verhaften? Nein, dafür waren es zu viele. Drei Cops hielten sich mittlerweile im hinteren Garten auf. Waren sie da, weil man ihnen den Tip gegeben hatte, daß noch eine Demonstration stattfinden würde? Nein, sie waren im Garten. Irgendein Richter hatte sie ermächtigt, sich auf und in dem Anwesen aufzuhalten.

»Für mich sieht es ganz nach einer Verhaftung aus«, sagte Fletch.

»Eine Verhaftung?«

»Halten Sie den Mund. Stehen Sie auf. Sehen Sie zu, daß Sie allen Shit loswerden, den Sie haben.« Fletch zog die Hängematte an einer Seite hoch, und Gerry fiel auf der anderen Seite heraus und landete wie ein Panther auf gespreizten Fingern und Fußzehen. »Ins Klo damit, Gerry. *Pronto.*«

Im Schlafzimmer zog sich Fletch Shorts und Hemd über.

»Was ist los?« sagte Moxie in ihr Kissen.

»Du solltest dich vielleicht anziehen. Die Bullen sind hier.«

Sie setzte sich ruckartig auf und war augenblicklich hellwach. Doch ihr Blick war der eines in die Enge getriebenen und ängstlichen, wenn auch zum Kampf entschlossenen Menschen.

»Ich weiß«, sagte Fletch. »Du hast Steve Peterman nicht getötet. Und so weiter, und so weiter.«

Und drei Polizisten standen auf der vorderen Veranda. Als Fletch ihnen die Haustür öffnete, schienen sie überrascht zu sein. Sie hatten weder geläutet noch geklopft.

»Guten Morgen«, sagte Fletch. »Willkommen im Haus der Stars. Spenden können von der Steuer abgesetzt werden.«

Die Polizisten schienen zu zögern. Fünf Polizeiwagen standen auf der Straße, drei davon mit eingeschaltetem Blaulicht. Trotz der Demonstration am Tag zuvor waren die Straßen sauber.

Fletch streckte ihnen eine Hand entgegen, die Handfläche nach oben gekehrt. Ein Polizist legte ein zusammengefaltetes Papier hinein. Trotzdem sagte er: »Dürfen wir hereinkommen?«

Fletch hielt ihnen ihr eigenes Papier vor die Nase. »Schätze, hier steht drauf, daß Sie dürfen.«

In der Diele sagte einer der Polizisten: »Ich bin Sergeant Hennings.«

Fletch schüttelte ihm die Hand. »Fletcher. Mieter dieses Hauses.«

»Wir müssen dieses Anwesen durchsuchen.«

»Gern«, sagte Fletch. »Kaffee?«

Der Sergeant sah die anderen Polizisten, die durch die Vorder- und Hinter- und Verandatüren ins Haus drängten, reihum an und sagte: »Gern.«

In der Küche stellte Fletch einen Wasserkessel auf den Herd und holte zwei Becher heraus. »Danke für Ihre Hilfe gestern.«

»Ehrlich gesagt, wir waren keine große Hilfe. Sind zu spät da gewesen. Die Sache war schon aus den Fugen geraten. Solche Sachen sind hier in Key West eigentlich nicht üblich.«

»Stehen nicht auf Ihrer Tagesordnung, was?«

»Ehrlich gesagt, man weiß irgendwie nicht, was man tun soll. Diese Knilche sind ja auch Bürger. Haben irgendwie ja auch das Recht zu demonstrieren.«

»Hat's irgendwelche unmittelbaren Verhaftungen gegeben?« Fletch löffelte Pulverkaffee in die beiden Becher. Aus dem oberen Stock konnte er hören, wie Leute herumliefen, Möbel gerückt wurden. Dann konnte er Edith Howells empörten Aufschrei hören.

»Neun. Sie werden heute morgen wieder entlassen.«

»Und keiner hat diese Rumflasche nach Mrs. Littleford geworfen, was?« Das Wasser im Kessel sprudelte.

»Von denen, die wir eingesperrt haben, war's keiner.« Der Sergeant lächelte entschuldigend. »Wir haben alle gefragt, wirklich. Höflich, versteht sich.«

Fletch goß Wasser in die Becher und reichte einen dem Polizeisergeanten.

»Gibt's irgendwo Zucker?« fragte der Sergeant. Fletch deutete mit dem Kopf zur Schale auf der Theke. »Ich brauche nämlich meinen Zucker.« Der Sergeant bediente sich. »Kaffee und Zucker. Hält mich bei schlechter Laune.«

Zwei andere Polizisten kamen in die Küche und begannen sie zu durchsuchen.

»Wüßte es zu schätzen, wenn Sie keine allzu große Unordnung hinterließen«, sagte Fletch. »Kennen Sie Mrs. Lopez?)‘

»Klar«, sagte der Cop.

»Sie muß alles wieder aufräumen.«

Er ging mit seinem Kaffee auf die hintere Veranda hinaus. Der Sergeant folgte ihm.

»Können Sie mir verraten, warum Sie das Haus durchsuchen?« fragte Fletch.

Der Sergeant zuckte die Achseln. »Illegale Substanzen.«

»Aha, aber warum? Auf welchem Beweismaterial basiert der Durchsuchungsbefehl?«

»Dem Richter hat's ausgereicht. Das ist aber ein schöner Banyan-Baum. Bin seit Jahren nicht mehr in diesem Haus gewesen.« Er grinste Fletch an. »Auch beim Film?«

»Nein.«

»Nur einer von diesen Typen, die gern mit Filmleuten verkehren, was?«

»Richtig. Ein Parasit.«

»Muß irgendwie enttäuschend sein, diese Leute aus der Nähe zu erleben. Ich meine, wenn ihnen keiner ihren Text schreibt, ihnen keiner sagt, wie sie spielen sollen. Ich würd' sie lieber auf der Leinwand lassen.«

»Ich bin sicher, daß sie dort auch lieber bleiben möchten.«

»Dieser Mister Mooney ist ja ein ganz gewaltiger Säufer. Hab' ihn in der Stadt gesehen. Der braucht 'nen Aufpasser.«

»Er ist ein berühmter Mann.«

»Einer von unseren Streifenleuten hat ihn neulich nachts nach Hause gefahren. In der ersten Nacht, die Sie hier waren.«

»Danke.«

»Chuck erzählte, Mooney hätte auf dem ganzen Heimweg deklamiert.« Der Sergeant kicherte. »Irgendwas über Jessie James, der in der Stadt erwartet wird. Sollten ihn besser im Auge behalten.« Der Sergeant nahm einen Schluck Kaffee. Im oberen Stock war Edith Howell am Protestieren, Proklamieren, Deklamieren. »Das ganze Land ist besoffen. Mit irgendwas vollgepumpt.«

»Die ganze Welt.«

»Die Leute haben die Drogen entdeckt. Haben nicht mehr genug zu tun. Maschinen erledigen die Schwerarbeit. Freizeitdrogen nennen wir die jetzt. Baseball ist auch Freizeit... Angeln. Haben zuviel Freizeit, die Leute.«

»Kann ja nicht jeder angeln gehen. Oder zum Baseball.«

»Die ganze verdammte Welt ist mit der einen oder anderen Sache vollgepumpt.«

Schweigend hielt ein Polizist die Hintertür auf. Seine Augen waren blutunterlaufen.

Der Sergeant ließ seinen Kaffeebecher auf der Küchentheke stehen. Die Küche war tatsächlich sehr ordentlich.

In der Diele stand John Meade, neben ihm ein Polizist. John Meade trug leichte graue Hosen, braune Mokassins, ein blaues Button-down-Hemd und Handschellen.

Er lächelte Fletch zu. »Tranquilizer.«

»Tut mir leid, John«, sagte Fletch. »An Sie hätte ich nie gedacht.«

»Hab' sie von New York mitgebracht.«

Der Sergeant nahm dem Polizisten eine kleine Dose ab. »Quaalude«, sagte der Sergeant. »Eine rezeptpflichtige Substanz. Sie haben doch ein Rezept, Mister Meade?«

»Mein Arzt ist gestorben«, sagte John Meade. »Vor elf Jahren.«

»Tut mir leid, das zu hören. Sie haben mir in *Easy River* wirklich gut gefallen.«

»Ich mir auch«, sagte John Meade.

Der Sergeant untersuchte die Blechdose. »Die haben Sie doch bestimmt nicht legal erworben, Mister Meade. Sie unterstützen die bösen Buben, ehrlich gesagt.«

Andere Polizisten kamen in die Diele.

»He, Sergeant«, sagte Fletch. »Muß das alles sein? Müssen Sie Mister Meade wirklich einsperren?«

»Ja«, sagte Sergeant Hennings. »Zu viele Zeugen. Zu viele Cops dabei.«

30

Fletch zog sich in das kleine Arbeitszimmer an der Rückseite des Blauen Hauses zurück.

Auf der Vordertreppe machte Edith Howell lautstark ihrem Zorn darüber Luft, daß die Polizei John Meade in Handschellen abgeführt hatte. Sie schrie nach Frederick Mooney, der gefälligst etwas dagegen unternehmen sollte. Von Frederick Mooney war bisher noch kein Ton zu hören gewesen. Fletch war nicht einmal sicher, ob er im Haus war. Edith Howell trug einen blauen Seidenpyjama, blaue Seidenpantoffeln und einen blauen Seidenmorgenrock. Ihre Haare hatte sie mit Clips zu Locken aufgesteckt, und ihr Gesicht war dick mit Creme eingeschmiert. Sy Koller hatte kurz seinen Kopf über das Treppengeländer in der ersten Etage gesteckt und fürchterlich verkatert ausgesehen. Lopez und Gerry Littleford waren im Garten hinter dem Haus und warfen einen Tennisball hin und her. Mrs. Lopez hielt sich in der Küche auf und machte richtigen Kaffee und das Frühstück. Weder Geoffrey McKensie noch Moxie waren heruntergekommen.

Fletch scheute sich nicht, die Five Aces Farm so früh am Morgen anzurufen. Pferdeleute sind immer zeitig auf den Beinen.

Das Telefon läutete so lange, ohne daß der Hörer abgenommen wurde, daß Fletch sich an den Schreibtisch setzte.

Endlich meldete sich eine Männerstimme.

»Hier ist Fletcher. Könnte ich bitte mit Mister Sills sprechen?«

»Nicht da, Mister Fletcher. Hier ist Max Frizzlewhit.«

»Morgen, Max. Ted muß aber reichlich früh aufgestanden sein. Findet irgendwo ein Rennen statt?«

»Ja, es findet ein Rennen statt. Aber da ist er nicht hin. Ich bin gerade dabei, mit dem Transporter hinzufahren. Aber hier unten in den Ställen hat andauernd das Telefon geklingelt. Eins Ihrer Pferde ist auch dabei, Mister Fletcher«, schwätzte Frizzlewhit mit seinem englischen Akzent munter drauflos. »Scarlet Pimple-Nickle. Rufen Sie an, um ihr viel Erfolg zu wünschen?«

»Hat sie denn eine Chance?«

»Nein. Wenn sie nur halbwegs eine Chance hätte, wäre sie schon gestern zur Rennbahn gebracht worden. Sie ist die Stallgebühren nicht wert.«

»Warum laßt ihr sie dann überhaupt laufen?«

»Sie braucht das Training.«

»Oh, gut.«

»Sie braucht die Erfahrung.«

»Wird sie denn jemals Erfolg haben, Max?«

»Nein.«

»Warum gehört sie mir dann?«

»Keine Ahnung. Vielleicht, weil sie in der Woche, in der Sie hier waren, einen guten Eindruck gemacht hat.«

»Danach nie wieder?«

»Und davor auch nie, glaube ich.«

»Vielleicht habe ich irgendwelche verborgenen Talente in ihr geweckt.«

»Vielleicht. Sie müssen einfach öfter mal reinschauen, Mister Fletcher.«

»Um noch mehr Pferde zu kaufen?«

»Sie müssen mal zur Rennbahn gehen.«

»Das ist mir zu peinlich, Max.«

»Wenn Sie zur Rennbahn kämen, würde die gute Scarlet Pimple-Nickle sich Ihretwegen vielleicht mehr anstrengen und sich aufs Finish konzentrieren anstatt auf einen Haufen Pferdeärsche.« Wenn die Pferde, die er trainierte, doch nur so schnell liefen, wie Frizzlewhit redete...

»Soll das heißen, dieses Pferd hat einen Analkomplex?«

»Ich bin nicht ganz sicher, ob sie wirklich pervers ist, Mister Fletcher. Vielleicht liegt's ja auch nur daran, daß sie nie etwas anderes als Pferdeärsche gesehen hat.«

»Sehr einfühlsam von Ihnen, Frizzlewhit.«

»Muß man ja auch sein, in diesem Geschäft. Pferde sind genau wie Menschen.«

»Nein«, sagte Fletcher. »Sie sind gescheiter, weil sie nicht in Menschen investieren und sie um eine Rennbahn herumgaloppieren lassen.«

»Das ist wahr. So gesehen, sind sie gescheiter.«

»Also, wo ist Mister Sills hin?«

»Er hat das Land verlassen.«

»Ah. Würden Sie sagen, daß die Reise überraschend kam?«

»Er packte und fuhr gestern abend ab. Eigentlich hatte er vor, heute bei dem Rennen dabei zu sein.«

»Also eine überraschende Reise. Hat er erwähnt, welches Land er beehren wollte?«

»Frankreich. Er erwähnte Frankreich.«

»Und wie wollte er dahinkommen?«

»Mit dem Flugzeug, Mister Fletcher.«

»Ich meine, über Miami? New York?«

»Atlanta, glaube ich.«

»Dann ist er weg. Außer Landes.«

»Das ist nicht gesagt. Vetter Heath aus Piddle – wissen Sie, daß ich einen Vetter habe, der in Piddle lebt? – also, der wollte mich mal besuchen und geriet in diesen Flughafen von Atlanta, und dann hat man von Dienstag mittag bis zur Teezeit am Samstag nichts mehr von ihm gehört. Sagte, er hätte ständig drauf gewartet, daß was passieren würde, aber es wäre nichts passiert.«

»Ich werde dafür sorgen, daß man sich um Sie kümmert, Frizzlewhit.«

»Wäre schön. Manchmal ist's hier ziemlich einsam mit den Pferden.«

»Selbst Sie können schneller laufen als sie, was?«

»Manche von ihnen werden durchs Ruhigstehen auch nicht besser.«

»Wird Mister Sills Sie anrufen?«

»Wahrscheinlich.«

»Sie können ihm erzählen, daß das Blaue Haus heute morgen auseinandergenommen wurde. Wegen Drogen.«

»Ach ja? Da haben doch erst gestern welche bei Ihnen Rabatz gemacht, oder? Diese Braunhemden- und Bettlakenbanditen. Hab's im Fernsehen gesehen. Was wird wohl morgen passieren?«

»Um diese Frage geht es immer, nicht wahr?«

»Um diese Frage geht's bei einem Pferderennen.«

»Teufel noch eins«, sagte Fletch. »Und ich dachte, Sie hätten keine Ahnung, worum's bei einem Pferderennen geht.«

Und Fletch scheute sich auch nicht, zu dieser frühen Stunde Chief of Detectives Roz Nachman anzurufen. Von Polizeirevieren wird erwartet, daß sie rund um die Uhr zu Diensten stehen. Sollte sie noch nicht da sein, konnte er ihr sicher eine Nachricht hinterlassen.

Aber sie war da.

»Schlafen Sie denn nie, Chief?«

»Danke für Ihre Anteilnahme, Mister Fletcher.«

»Ich habe zu danken.«

»Wofür?«

»Für die Inszenierung dieser Drogenrazzia heute morgen. Hier im Blauen Haus. Wetten, daß ich in einer Minute den Grund dafür erraten habe? Sie wollten erfahren, wer mit wem schläft, stimmt's? Sie hätten doch fragen können. Haben Sie vorher ja auch getan.«

»Wie ist das Wetter in Key West?«

»Schön.«

»Hier auch.«

»Daß John Meade in Key West wegen ein paar Quaaludes geschnappt wurde, ist aber nicht schön von Ihnen.«

»John Meade?«

»Das könnte mit einer Gefängnisstrafe für ihn enden, wissen Sie.

Er ist eine berühmte Persönlichkeit. Bringt den Behörden in Key West tolle Schlagzeilen ein.«

»War er im illegalen Besitz einer rezeptpflichtigen Substanz?«

»Das ist der Grund für seine Festnahme gewesen.«

»Tut mir leid. In *Easy River* hat er mir sehr gut gefallen.«

»Er sich auch. Aber er wird nicht in der Lage sein, Sie mit weiteren Proben seines Talents zu erfreuen, wenn er im Kittchen sitzt.«

»Dann sehe ich mir eben *Easy River* noch einmal an. Wird ständig im Fernsehen gezeigt. Nun – was Ihre Frage, die Sie gestellt haben, betrifft, über Steve Petermans Wagen ...«

»Ja?«

»Wir haben es überprüft. Der Wagen stand auf dem Parkplatz am Bonito Beach. Ein blauer Cadillac.«

»Ein Mietwagen?«

»Ja. Unbeschädigt. Nicht mal ein Kratzer. Womit sich diese Spur wohl im Sand verlaufen haben dürfte.«

»An welchem Tag hat er den Wagen gemietet?«

Chief of Detectives Roz Nachman sagte lange Zeit kein Wort. »Das ist ein wichtiger Punkt. Versuchen Sie, mich zu überrunden, Mister Fletcher?«

»Glauben Sie etwa, daß er einen beschädigten Wagen halten würde? Einen beschädigten Mietwagen?«

»Ich frage mich, an welchem Tag er eigentlich in Florida angekommen ist?«

»Keine Ahnung. Ich hätte eigentlich angenommen, daß Sie das mittlerweile wüßten.«

»Ich auch. Okay ...«

»Dann ist diese Spur also noch nicht im Sand verlaufen?«

»Wir werden weiter ermitteln.«

»Noch etwas anderes. Sie wissen natürlich, daß gestern hier eine Art Revolte stattgefunden hat. Eine Demonstration. Ein paar Gewalttätigkeiten.«

»Es war in allen Zeitungen. Im Fernsehen. Alle Namen wurden erwähnt, nur Ihrer nicht. Wer sind Sie, Mister Fletcher?«

»Chief, eine jener Gruppen könnte tatsächlich versucht haben, diesen Film zu stoppen. Ich meine, sogar mit Hilfe eines Mordes. Gerry Littleford sagte gestern abend, daß er Drohbriefe und -anrufe erhalten hätte –«

»Hat er diese Briefe noch?«

»Nein. Aber diese Revolte gestern – Stella Littleford wurde

verletzt. Einige von diesen Leuten können gemein sein. Irrsinnig gemein.«

»Gemein ja, aber nicht gescheit. Ich glaube nicht, daß einer dieser üblichen fanatischen Fettwänste fähig ist, sich an den Drehort zu schleichen und dann, Hokuspokus, einem ein Messer zwischen die Rippen zu praktizieren, der dort, umgeben von Kameras, auf einer gut beleuchteten Bühne sitzt ... Glauben Sie das, Irrwisch?«

»Nein.«

»Bleiben Sie am Ball, Irrwisch. Die Aktien für Ihre Miss Mooney stehen immer schlechter. Ich brauche einen Advocatus Diaboli.«

»Was meinen Sie damit?«

»Nun, all diese Filmexperten, die wir angeheuert haben – die fallen ziemlich heftig über sie her. Dieser Tanz, den sie da gezeigt hat.«

»Welcher Tanz?«

»Genau vor dem Mord. Moxie Mooney stand von ihrem Stuhl auf und vollführte einen kleinen Tanz. Sie wollte Dan Buckley ein paar Tanzschrittchen zeigen, die sie in *A Broadway Hit* gemacht hat.«

»In ihrem Bademantel?«

»Schminkmantel, Morgenmantel, wie Sie's auch nennen wollen. Er ist aus frotteeartigem Stoff. Wir haben ihn. Mir kommt er eigentlich zu groß für sie vor.«

»Folglich kann sie's nicht getan haben.«

»Folglich kann sie's getan haben. Nachdem sie ihren kleinen Tanz vorgeführt hatte, kehrte sie zu ihrem Stuhl zurück, wobei sie hintenherum an Peterman und Buckley vorbeiging.«

»Sie ging hinter ihnen vorbei.«

»Ja. Hinter ihnen. Ist alles auf den Videobändern. Ehrlich gesagt, es sieht ein wenig nach Absicht aus. Von der Stelle, wo sie ihren Tanz beendet hatte, hätte sie direkt zu ihrem Stuhl gehen können oder hintenherum an Peterman und Buckley vorbei. Sie entschloß sich für hintenherum.«

»O Gott.«

»Die Experten haben über den ganzen Bühnenboden Linien gezogen. Sie reden in Raummetern. Verstehen Sie das?«

»Nein.«

»Ich auch nicht. Fazit daraus ist, so die Experten, daß es direkter und einfacher für sie gewesen wäre, wenn sie vornherum an den Männern vorbeigegangen wäre. Wie gesagt, mir kommt's ein bißchen wie Absicht vor. Aber bleiben Sie am Ball, Irrwisch. Glauben Sie mir, es wäre mir lieber, wenn ich den Mord einer Horde von

Verrückten anlasten könnte anstatt Moxie Mooney. Ich habe keine Ambitionen, auf diese Weise eine berühmte Detektivin zu werden.«

»Gibt es noch irgendwelche andere Spuren, denen Sie nachgehen?«

»Sicher. Aber lassen Sie mir ein paar Geheimnisse, ja? Ich warne Sie noch einmal, Fletcher: Daß Sie und Miss Mooney mir ja nicht Key West verlassen, außer, um hierher zurückzukommen.«

»Ich bin ganz Ohr.«

»Einige Leute waren ein bißchen nervös, als Sie gestern zum Segeln gingen.«

»Sie haben davon erfahren?«

»Die Küstenwache hat Sie von einem Hubschrauber aus beobachtet.«

»O nein.«

»O ja. Sie sagten, sie wären ein richtig goldiges Pärchen gewesen. Wären sich fast wie im Kino vorgekommen.«

31

»Eher fängt der Kater an zu kläffen, als daß ich noch einmal eine Einladung in Ihr Haus annehme, Mister Sowieso Fletcher«, erklärte Edith Howell beim Frühstück.

»Welcher Carter?« fragte Sy Koller. »Nick Carter oder Jimmy Carter?«

Sie saßen dichtgedrängt um den weißen, eisengefaßten Glastisch auf der Zisterne im hinteren Garten des Blauen Hauses. Moxie war noch nicht zum Frühstück heruntergekommen.

»Gestern morgen ein wilder Aufruhr. Leute, die Steine auf das Haus werfen. Der armen Stella eine Flasche über die Rübe hauen. Warum haben Sie die Polizei nicht gerufen?«

»Nick Carter hat immer gekläfft«, sagte Sy Koller. »Er hat die ganze Zeit gekläfft.«

»Heute morgen eine Polizeirazzia, im Morgengrauen. Sie kamen schnurstracks in mein Zimmer, während ich schlief! Ich habe meine Aspirinflasche nach dem verdammten Bullen geworfen. Habe ihn sogar getroffen, direkt an der Backe.«

»Jimmy Carter hat nie gekläfft. Jimmy hat miaut.«

»Und sie zerren John weg und werfen ihm vor, daß er ein Medikament besitzt oder so was ...«

»Willst du damit sagen, daß die Polizei heute morgen bei uns eine Razzia veranstaltet hat?« fragte Frederick Mooney.

»Sie hat, Freddy.« Edith legte ihre Hand auf seine. »Ist das nicht entsetzlich?«

Mooney befreite seine Hand, um sich mit der Grapefruit zu beschäftigen. »Hab' nicht einen Ton gehört.«

»Sie sind im ganzen Haus herumgekrabbelt, Freddy«, sagte Edith.

»Wie Küchenschaben«, grinste Gerry Littleford.

»Du meinst, sie haben mein Schlafzimmer betreten und durchsucht, während ich schlief?« fragte Freddy.

»Ja, Schätzchen«, sagte Edith teilnahmsvoll.

»Wie ungezogen von ihnen«, sagte Freddy. »Ich bin sicher, daß ich gut geschlafen habe.«

»Ich bin sicher, daß du ausgezeichnet geschlafen hast, Schätzchen.«

Lopez goß Orangensaft in Fletchs Glas. »Global Cable News ist am Apparat.«

»Sagen Sie ihnen bitte, daß ich zurückrufe.«

»Fletcher«, fragte Edith Howell, »sind Sie sich eigentlich darüber im klaren, daß einer Ihrer Hausgäste im Krankenhaus und ein weiterer im Gefängnis ist?«

»Wir kippen um wie die Fliegen«, sagte Koller den Mund voller Rührei.

»Küchenschaben«, sagte Gerry Littleford.

»Daß ihr Yankees nie das Komische an einer Sache seht«, sagte Geoff McKensie.

Sy Koller hörte auf zu kauen und starrte ihn an.

Moxie erschien in ihrem Bikini und einer leichten, weißen offenen Leinenbluse darüber.

»Guten Morgen, meine Süße«, säuselte Edith.

Gerry Littleford rückte näher an Sy Koller heran, um Platz für sie zu machen.

Fletch rückte seinen Stuhl beiseite. Ein Bein steckte in einem Spalt. Er sah hinunter und zog das Stuhlbein mit einem Ruck aus dem Spalt heraus. Die Zisterne war mit einem fünfzig mal fünfzig Zentimeter großen Deckel abgedeckt. In östlicher und westlicher-Richtung waren versenkbare Heberinge angebracht.

»Hast du geschlafen?« fragte Mooney seine Tochter. »Wie ich hörte, soll es etwas unruhig gewesen sein.«

Lopez kam mit einer frischen Kanne Kaffee zurück und schenkte Moxie ein.

»Weiß irgend jemand, wie diese alten Zisternen funktionieren?« fragte Fletch.

»Besser, ich bring's hinter mich«, sagte Moxie. Sie nippte an ihrem schwarzen Kaffee. »Ich habe von den Produzenten gehört.« Sie bedachte Fletch mit einem langen, eindringlichen Blick, der ihn warnen sollte, sie nicht zu korrigieren. »Die Produktion ist gestorben.«

Das bedeutete, daß nach Geoffrey McKensie, der bereits entlassen worden war, nahezu jeder der am Tisch Sitzenden seinen Job verloren hatte.

Mooney sorgte dafür, daß das Schweigen nicht allzu lange anhielt. »Meinst du etwa die Produktion von *Midsummer Night's Madness*, Tochter?«

»O. E.!« fauchte sie.

»Jammerschade.« Mooney ließ seinen Blick zur Spitze des Banyan-Baumes wandern. »Ich hatte eigentlich gehofft, daß man mir eine Rolle darin anbieten würde.«

»Aber warum?« Edith war wieder zu Atem gekommen. »Alles lief doch so prima.« Moxie schnaubte verächtlich. »Nun, zumindest ist das meine Meinung, und John würde mir sicher beipflichten, wenn er nicht wegen dieses Medikamentes im Gefängnis säße. Meine Rolle war die beste, die ich seit langer Zeit hatte. Ich bin so gut damit zurechtgekommen. Mit Sys Hilfe natürlich.«

»Mit wem hast du gesprochen?« fragte Gerry Littleford.

»Hab' den Namen nicht richtig verstanden«, antwortete Moxie. »Der Anruf war ganz korrekt.«

Sy Koller fragte: »Warum wollten sie denn dich sprechen?«

»Ich war rein zufällig am Apparat.« Moxie Mooney log überzeugend. »Wir sind alle von heute an aus unseren Verträgen entlassen.«

»Gefeuert«, sagte Gerry Littleford.

»Jaja«, tröstete Mooney, »das sind nun mal die Schicksalschläge, die man in dieser Branche einstecken muß.«

»Aber das ist nicht fair!« sagte Edith. »Ich habe meine Wohnung in New York untervermietet. Ich habe auf ein hervorragendes Theaterangebot verzichtet. Wohin soll ich jetzt gehen, was soll ich jetzt machen? Freddy!«

»Ja?« antwortete Mooney und streckte gleichzeitig abwehrend den Arm aus.

»Nun, McKensie.« Sy Koller sah dem Mann direkt in die Augen. »Es hat den Anschein, als ob Ihr Feldzug gegen Jumping Cow Productions Ihnen jetzt nicht mehr viel nützen wird.«

»Verdammte Idioten.« McKensie war unter seiner Sonnenbräune rot geworden. »Zu geizig, um ein paar Tage angemessener Trauer für die Frau des Regisseurs anzuordnen, aber wenn sich ein paar unverbesserliche Irre in Bettlaken wickeln und ein paar Steine auf ein Haus werfen, kneifen sie den Schwanz ein und blasen die Produktion ab, schießen alles, was sie investiert haben, in den Wind!«

»Ist man gegen so was eigentlich versichert?« fragte Fletch.

»Sie müssen das Komische an der Sache sehen, McKensie«, sagte Sy Koller. Aber er lachte nicht, lächelte nicht einmal, und zufrieden sah er schon gar nicht aus.

»Die schlechte Publicity ist dran schuld, daß er abgewürgt wurde«, sagte Moxie. »Hat dieser Mann gesagt.«

»Es gibt nichts Besseres als schlechte Publicity«, sagte Edith Howell. »Vor allem heutzutage. Jede Publicity ist gut. Je mehr, desto besser. Mord, Revolten, Razzien. Drei Tage hintereinander haben wir an erster Stelle in den Nachrichten gestanden! Und der Film ist noch nicht einmal fertig. Freddy, sag' ihnen, daß es nichts Besseres als schlechte Publicity gibt.«

»Es ist nicht nur die schlechte Publicity«, sagte Moxie. »Die Presse hat begonnen, *Midsummer Night's Madness* als einen schlecht geschriebenen, billig produzierten Propagandafilm zu verreißen. Diesen Ruf wird der Film nie wieder los.«

»Selbst wenn ihr mein Drehbuch benutzen würdet«, sagte McKensie. »Selbst wenn ich Regie führte. Ich will damit nichts mehr zu tun haben.«

Koller lächelte. »Und somit wäre ein Prozeß im Eimer. Wir haben alle gehört, daß Sie das gesagt haben, McKensie. Wir alle sind Zeugen.«

Gerry Littleford fragte ruhig: »Meinen sie, daß dieser Film die Rassenauseinandersetzung propagiert?«

Moxie zog tief die Luft ein. »Ja. Natürlich. Irgendwer muß ein Drehbuch in die Hand bekommen haben. Unbegründete Gewalttätigkeit in Schwarzweiß und Farbe.«

»Eine kleine Pause könnte allen sicher nicht schaden«, sagte Mooney. »Es war eine aufreibende Zeit.«

»Freddy! Mir aber nicht!« quiekte Edith. »Du hast ja keine Ahnung, was ich in den letzten zwei Jahren verdient habe! Ich habe schließlich nicht dein Geld, Freddy!«

»Allerdings nicht«, stimmte Mooney zu.

Niemand aß etwas. Moxie hatte gar nichts gegessen. McKensie

und Littleford hatten aufgehört zu essen, und auf ihren Tellern lagen die Reste ihres Frühstücks. Mooney dagegen hatte seinen Teller zweimal geleert.

Mooney zwinkerte der Gruppe fröhlich zu. »Möchte jemand vielleicht einen Drink?«

»Einen Katerkiller«, sagte Koller zu seinem Teller.

»Einen Muntermacher«, sagte McKensie.

»Irgendwas«, sagte Edith Howell. »Zur Hölle mit allen Kühen, springende oder sonstige, und mit ihrer Milch!«

»Aufreibende Zeiten«, sagte Mooney.

Gerry Littleford sagte: »Nun... wer auch immer versucht hat, diese Produktion zu stoppen... es ist ihm gelungen.«

32

»Falls John Meade als Kronzeuge eine Aussage machte«, fragte Fletch vorsichtig, »würden Sie dann alle Beschuldigungen, die noch gegen ihn erhoben werden könnten,fallenlassen?«

Da er nicht gewußt hatte, wo das Polizeirevier in Key West war, hatte er ein Taxi genommen. Außerdem wollte er dort sein, bevor der Fall Meade den Verbrauch von Behörden-und Zeitungspapier allzu sehr in die Höhe trieb.

Sergeant Hennings war sofort erschienen, nachdem Fletch den diensthabenden Polizisten gefragt hatte, ob er ihn sprechen könnte.

Offensichtlich wurde dem Sergeant kein Büro zugestanden, vielleicht nicht einmal ein Schreibtisch.

Sie hatten sich auf seine Bank gesetzt, die an einer Wand des Schalterraums stand.

»Welche Aussage?« fragte Sergeant Hennings.

»Er kennt sie noch nicht«, antwortete Fletch. »Weil ich sie ihm noch nicht mitgeteilt habe.«

»Aussage worüber?«

»Sehen Sie, Sergeant, Sie haben diese Razzia heute morgen im Blauen Haus doch nicht veranstaltet, um einen beliebten Filmschauspieler wegen ein paar Quaaludes hochzunehmen.«

»Das ist richtig«, sagte der Sergeant. »Das war nicht der Sinn der Sache.« Er stand auf. »Möchten Sie Kaffee?«

»Nein, danke.«

Der Sergeant schlenderte hinter den Schalter und in den Nebenraum. Als er zurückkehrte, hielt er einen halbleeren Plastikbecher mit Kaffee in der Hand.

»Sie wollen damit sagen, daß Sie etwas zu wissen glauben, womit Sie Meades Hals aus der Schlinge ziehen können?«

»Nein«, sagte Fletch. »Tut mir leid, aber *wissen* ist zuviel gesagt. Ich habe nur so eine Idee.«

»Warum haben Sie mir die nicht schon früher verraten? Als ich heute morgen im Haus war?«

»Weil ich diese Idee heute morgen noch nicht hatte. Ich hatte etwas übersehen. Und ich hatte es deswegen übersehen, weil ich erst mißtrauisch wurde, als Sie auftauchten.«

»Sie sind ja ganz schön gerissen.«

»Nein. Ich biete Ihnen meine Hilfe an.«

»Gegen Bezahlung.«

»John Meade gehört nicht in Ihr Gefängnis, und Sie wissen das. Jedesmal, wenn ihr Bullen eine prominente Person wegen Drogen hochnehmt, verstärkt ihr damit den Eindruck, daß Drogen doch eigentlich was ganz Tolles und Akzeptables seien, und das wißt ihr auch. Ihr macht genau das, was eine Werbeagentur auch täte, wenn sie John Meade engagierte, damit er für Limonade oder Kautabak Reklame macht.«

»Also sollten Leute, die berühmt sind, nicht eingesperrt werden?«

»Das habe ich damit nicht gemeint. Es gibt keine Sonderrechte. Glaube ich wenigstens. Vielleicht aber doch. Ich weiß es nicht. Wenn Sie einen echten Fall haben, dann müssen Sie in der Sache aktiv werden. Andernfalls müssen Sie sich – genau wie jeder andere auch – vor Augen führen, welche Folgen Ihre Aktivitäten haben könnten. Man nennt das Besonnenheit.«

»John Meade einzulochen, ist demnach unbesonnen?«

»Es ist dumm. Damit verkauft man Drogen. Ist es Aufgabe der Polizei, Drogen zu verkaufen?«

»Dieses Argument höre ich zum ersten Mal.«

»Vielleicht bin ich schon zu lange ein Filmstarparasit gewesen. Volle drei Tage.«

Sergeant Hennings setzte sich. »Was wollen Sie denn nun eigentlich sagen?«

»Ich möchte John Meade besuchen.«

»Mal sehen, ob ich das richtig verstanden habe: Sie möchten John Meade etwas mitteilen, was ihm hilft, als Kronzeuge, wie Sie das nennen, auszusagen und seinen Kopf damit aus der Schlinge zu ziehen?«

»Genau!«
»Strenggenommen, nicht korrekt.«
»Tut mir leid.«
»Anders ausgedrückt: Sie wollen sagen, daß Sie uns unter der Voraussetzung, daß wir John Meade freilassen, etwas mitteilen werden, was uns nützlich sein könnte?«
»Daß Sie ihn freilassen und alle Papiere vernichten, die auf seine Anwesenheit in diesem Polizeirevier hindeuten.«
»Warum sagen Sie mir das denn nicht gleich?«
»Warum gehen Sie auf diesen verdammten Handel nicht ein?«
»Oh!« Sergeant Hennings grinste. »Okay.«
»Okay?«
»Okay. Ich gelobe es beim Grabe meiner Großmutter.«
»War Ihre Großmutter eine nette Dame?«
»Die beste.«
»Der Eigentümer des Blauen Hauses ist Ted Sills.«
»Das ist mir bekannt.«
»Ted hat es strikt abgelehnt, mir das Blaue Haus zu vermieten. Ich zwang ihn dazu. Ich mußte Moxie irgendwo hinbringen, nicht zu weit von Fort Myers entfernt, wo sie sich erholen konnte...«
»Von dem Mord an Peterman.«
»Ja. In Ruhe und Frieden.«
»Davon hatten Sie ja nun reichlich.«
»Es hielt sich in Grenzen. Schließlich verlangte Sills eine ungeheuerliche Miete. Ich überraschte ihn damit, daß ich sie akzeptierte.«
»Wie hoch?«
»Sie würden es ja doch nicht glauben. Wie auch immer, sobald er im Fernsehen sieht, daß Frederick und Moxie Mooney im Blauen Haus wohnen und sich vor dem Haus Schaulustige und Kameraleute ansammeln, ruft er an und beginnt Zeter und Mordio zu schreien. Er klingt wie ein junger Hund mit einem Knochen, der sich plötzlich von den Kötern aus der Nachbarschaft umzingelt sieht.«
»Kann ich ihm nicht verdenken.«
»Sergeant, er will verhindern, daß das Haus Aufmerksamkeit erregt – jegliche Art von Aufmerksamkeit. Er ruft immer wieder an, von Mal zu Mal zetert und droht er mehr. Als er das letzte Mal anrief, sagte er, daß er mit einer Schrotflinte auf mich losgehen würde.«
»Und trotzdem sind Sie geblieben.«
»Hatte ich eine andere Wahl? Wie würden Sie jemanden wie Edith Howell von der Stelle bewegen? Den alten Mooney aus einer

Bar zu lotsen, erfordert das Zartgefühl und den logistischen Verstand eines Eisenhower.«

»Chuck hat mir davon erzählt. Bedrohte ihn mit Jessie James.«

»Heute morgen haben Sie das Blaue Haus auf den Kopf gestellt.«

»Und nichts gefunden.«

»Freut mich zu hören. Nachdem Sie weg waren, habe ich Ted Sills angerufen. Um ihm zu berichten, daß in seinem Haus eine Razzia stattgefunden hat. Nun, Sir, vergangene Nacht hat er ganz plötzlich das Land verlassen. Obwohl er heute eigentlich bei einem Pferderennen sein sollte.«

»Tja, Fletcher, da haben Sie den Nagel auf den Kopf getroffen: Wir glauben, daß Sills ein Rauschgiftschmuggler großen Stils ist. Also, wann werden Sie nun endlich mit Ihren Neuigkeiten herausrücken?«

»Mir wurde plötzlich klar, daß Ted Sills deswegen nicht will, daß das Blaue Haus Aufmerksamkeit erregt, weil sich Rauschgift darin befindet. Heute morgen habt ihr Burschen das ganze Haus durchsucht. Kein Rauschgift.«

»Nicht die geringste Spur.«

»Freut mich zu hören.« Fletch richtete seinen Blick auf die gegenüberliegende Seite des Raumes und blinzelte. »John Meade wird freigelassen?«

»Beim Grabe meiner Großmutter.«

»Alle ihn betreffenden Berichte werden vernichtet?«

»Ich werde sie zum Lunch verspeisen. Mit Mayonnaise. Wo steckt das Heroin?«

Fletch sah den Sergeant an. »Ehrlich gesagt, ich weiß es nicht.«

»Großartig. Warum sitze ich dann hier und rede mit einem . . .«

»Einem was?«

»Was weiß ich!«

»Während des Frühstücks bemerkte ich, daß über der Zisterne im hinteren Garten des Blauen Hauses etwas liegt, das wie eine Falltür aussieht. Wegen der salzhaltigen Luft oder sonst irgendwas kann ich nicht sagen, ob die Falltür neuer ist als die Zisterne, verstehen Sie? Die Heberinge sind verrostet. Ich weiß außerdem nicht, wie Zisternen funktionieren.«

»Sie müssen gereinigt werden.«

»Ich weiß allerdings, daß die Lopez' mir erzählt haben, im Blauen Haus wäre kein Zisternenwasser mehr benutzt worden, seit drüben auf Stock Island die Wasseraufbereitungsanlage gebaut worden ist.«

»Haben Sie die Luke geöffnet und in die Zisterne hineingeschaut?«

»Nein.«

»Warum nicht?«

»Ich bin kein Bulle. Außerdem«, sagte Fletch, »wenn ich entdeckt hätte, daß in der Zisterne keinerlei Rauschgift ist, worüber hätte ich mich dann mit Ihnen unterhalten sollen?«

»Himmel. Kein Wunder, daß Sie so gut mit diesen überkandidelten Filmstars zurechtkommen.«

»So gut nun auch wieder nicht. Edith Howell sagt, daß sie mich nie wieder besuchen wird. Ich bin am Boden zerstört deswegen.«

»Kann ich mir lebhaft vorstellen. Sie hat eine Aspirinflasche nach Officer Owen King geworfen und ihm damit einen Striemen auf der Backe verpaßt. Hätte sie wegen Beamtenbeleidigung einsperren können, aber zufälligerweise lag die Dame im Bett, als sie die Flasche warf. Ehrlich gesagt, im Gerichtssaal hätte dieser Zwischenfall wahrscheinlich einen Heiterkeitsausbruch verursacht.«

»Die Würde der Bullen muß gewahrt bleiben.«

»Sie sagen es.«

»Nun, was halten Sie von meiner Idee?«

»Man sollte ihr nachgehen.« Sergeant Hennings erhob sich und machte sich gemächlich wieder auf den Weg in den Nebenraum.

»Bringen Sie Mister Meade jetzt heraus?«

»Klar«, sagte Sergeant Hennings. »Sobald er alle Revolvergürtel mit seinem Autogramm verziert hat.«

33

Fletch stand auf dem hinteren Balkon im ersten Stock des Blauen Hauses. Die Hände auf dem Geländer sah er den Polizisten im Garten zu. Sergeant Hennings dirigierte das Wegräumen der Möbel, die über der Zisterne standen.

Unten im Wohnzimmer war eine morgendliche Cocktailparty im Gange. Drinks in ihren Händen, Drinks in ihren Köpfen, standen Edith Howell, Sy Koller und Frederick Mooney in einem engen Dreieck beieinander und tauschten lautstark Erinnerungen aus. *Es war nicht Olivier, der das gesagt hat. Ich war gerade dort*... Geoffrey McKensie hatte sich an eine Seite des Wohnraums zurückgezogen und nippte an einem Glas mit dunklem Whiskey. John Meade war zu einem späten Frühstück oder frühen Lunch in die Küche gegangen.

Laut Mrs. Lopez war Gerry ins Krankenhaus gefahren, um Stella abzuholen. Lopez war zum Haushaltswarenladen gegangen, um Fensterglas zu kaufen. Moxie saß im Schlafzimmer und starrte auf eine Quizsendung im Fernsehen.

Im Garten hinter dem Haus hoben zwei Polizisten mühelos den Lukendeckel hoch. Sergeant Hennings sah hinunter, kniete nieder und langte in die Zisterne. Er zog einen Plastikbeutel heraus. Dann noch einen.

Er sah hoch zu Fletch und hob den Daumen.

Fletch winkte zurück.

»Der Nebel beginnt sich zu lichten.« Im Schlafzimmer knipste Fletch den Fernseher aus. Moxie, die mit angezogenen Beinen in dem doppeltbreiten Sessel saß, sah ihn einfach nur an. »Die Bullen haben gerade eine Menge Heroin gefunden, in der Zisterne hinter dem Haus. Jedenfalls nehme ich an, daß es Heroin ist.«

Ihr Gesicht blieb ausdruckslos. »Hast du ihnen geholfen, es zu finden?«

»Klar.«

»Warum?«

»Ich mag Heroin nicht. Ich mag Leute nicht, die Heroin illegal importieren. Ich mag Leute nicht, die Heroin an andere Leute verkaufen.«

»Ich sehe nicht, was mir das nützen soll.« Dann schüttelte sie beschämt über ihre Worte den Kopf. »Du hast gesagt, ich müßte jetzt nur an mich selbst denken.«

»Das mußt du auch. Aber allmählich kommt Licht in die Angelegenheit. Hör zu, Moxie, ich vermute folgendes, und was Besseres fällt mir im Moment nicht ein.« Er blieb weiterhin im Schlafzimmer stehen. »Steve Petermann und Ted Sills waren Freunde. Das wußten wir. Sie waren darüber hinaus Geschäftspartner. Das wußten wir nicht.«

»Rauschgiftschmuggel.«

»Ja. Ich würde sagen, Sills erledigte den Schmuggelpart, Peterman den finanziellen. Sills benutzte das Blaue Haus als Versteck. Deswegen hat er es auch gekauft. Deswegen sind die Lopez' immer so allein gewesen. Das Haus wird im Grunde zu nichts anderem benutzt. Ausgenommen vielleicht –« Fletch grinste reumütig, »– um verdammte Narren zu bewirten, die sich dazu überreden lassen, ihr Geld in lahme Rennpferde zu stecken. Peterman hat eine Unmenge Geld hin und her bewegt, ins Land hinein und aus dem Land heraus, von Banken in Honduras, Kolumbien zu Banken in der Schweiz,

Frankreich, und das alles unter dem Namen von Jumping Cow Productions und, höchstbedauerlicherweise, auch unter deinem Namen. Moxie, man hat dich als eine Art Wäscherei benutzt. Eine Unmenge Geld wurde unter deinem Namen gewaschen – zumindest aber verpulvert, locker gemacht, verschoben.«

»Dachten sie denn, sie könnten das ewig so machen, ohne erwischt zu werden?«

»Moxie, um dich haben sie sich einen Dreck geschert.«

»Wie reizend.«

»Ich vermute, daß Peterman letzten Endes genau wußte, daß er, um Jumping Cow Productions den Anstrich einer seriösen Filmgesellschaft zu geben, einen Film machen mußte. Oder zumindest den Eindruck erwecken mußte, daß ein Film gemacht wurde. Aber ein erfolgreicher Film hätte nur die Aufmerksamkeit auf Jumping Cow Productions gelenkt.«

»Also hat er absichtlich einen schlechten Film gemacht.«

»Genau.«

Sie seufzte. »Ein Film, der so schlecht ist, daß er nicht einmal zur Aufführung freigegeben worden wäre.«

»Es muß ihn fast der Schlag getroffen haben, als Talcott Cross wahrhaftig einen guten Regisseur anheuerte, Geoff McKensie, der dann auch noch mit einem guten Drehbuch anmarschierte.«

Moxie lachte beinahe. »Der gute Steve.«

»Damit steckte er in einer ziemlichen Zwickmühle. Er mußte McKensie loswerden und einen abgewrackten Regisseur herbeischaffen, der ein schlechtes Drehbuch genauso verfilmen würde, wie es geschrieben war – nämlich schlecht.«

»Okay, okay. Willst du damit sagen, daß Sills Peterman ermordet hat?«

»Das glaube ich nicht.«

»Sills war nicht einmal am Drehort. Er kann es nicht gewesen sein.«

»Er könnte irgendwen aufs Gelände eingeschleust haben, der Peterman tötete. Aber welchen Grund sollte Sills gehabt haben, Peterman zu töten?«

»Weil sie Krach miteinander hatten.«

»Zweifellos ist Sills mit einem toten Peterman nicht besser dran. Er dampfte gestern abend nach Frankreich ab. Zumindest ist er, so wie sich die Dinge entwickelt haben, nicht besser dran.«

Moxie sah ausgesprochen müde aus. »Was willst du mir eigentlich verklickern, Fletch?«

»Ich weiß es nicht. Moxie, warum, zum Teufel, hast du bei einem schlechten, anrüchigen Film mitgemacht? Du bist zu schade für so was.«

»Man sagt mir, daß es ein anderes Drehbuch gäbe. Ein gutes. Das von McKensie, vermute ich. Als ich in Neapel ankam, hörte ich, daß McKensie Regie führen würde. Dann ging alles unheimlich schnell. McKensies Frau starb. Koller führte Regie. Wir drehten nach dem ursprünglichen Drehbuch. Die gesamte Filmbesatzung, die Crew waren am Drehort. Meine Gedanken kreisten ständig darum, wo Freddy sich wohl gerade aufhalten mochte, wann *er* wohl über den Haufen gefahren würde. Was sollte ich denn machen, ihn sitzenlassen? Meinen eigenen Freund-Agent-Manager-Produzenten?«

»Dennoch –«

»Fletch, erinnerst du dich an die Zeit, als ich in London ein gebrochenes Handgelenk hatte?«

»Ich habe nie gewußt, daß du in London mal ein gebrochenes Handgelenk hattest.«

»So war es aber. Ich war mitten in den Dreharbeiten für *The Face of Things*. Ich brach mir das Handgelenk. Ich war echt deprimiert. Steven kam innerhalb von wenigen Stunden von irgendwoher angeflogen. Verfrachtete mich in eine noch teurere, noch komfortablere Suite im Montcalm. Überschüttete mich mit Blumen. Regelte den ganzen Vertragsquatsch. Besorgte einen speziellen, abnehmbaren Gipsverband für mein Handgelenk. Demonstrierte allen, daß uns auch ein gebrochenes Handgelenk nicht davon abhalten konnte, weiterzudrehen.«

»Du hast *The Face of Things* mit einem gebrochenen Handgelenk gedreht?«

»Ungefähr zur Hälfte. Ich sehe ihn mir manchmal an. Etwa ab der zweiten Hälfte des Films benutze ich meine linke Hand überhaupt nicht mehr.«

»Und du willst damit sagen, daß alles, was Peterman da getan hat, so eine Art Freundschaftsbeweis war?«

»So habe ich es damals empfunden.«

»Was macht dein linkes Handgelenk?«

Sie bewegte es hin und her. »Ich kann es fast wieder voll gebrauchen.«

»Toller Freundschaftsbeweis.«

»Ich brauchte das Geld. Eine Menge Leute konnten weiterarbeiten.«

»Ja, und jetzt bist du richtig fein raus. Peterman hat dafür gesorgt, fabelhaft. Toller Bursche.«

»O Fletch!«

»Sei mir nicht böse.«

»Wo soll das alles denn noch hinführen? Erst bin ich eine Närrin, dann eine Mörderin und jetzt sogar noch so eine Art Supergangster? Bin ich jetzt daran schuld, daß die halbe Nation kopfsteht?«

»Nicht die halbe.«

»Die ganze?« Tränen kullerten über Moxies Wangen. »Und was habe ich von alledem? Neben mir sieht Eva Braun wie Madame Curie aus!«

Das Telefon läutete zweimal. Sie achteten nicht darauf.

»Nimm es nicht so schwer, Moxie. Ich habe gerade erzählt, daß wir allmählich dahinterkommen, was passiert ist. Wir wissen mehr als zuvor.«

»Du bringst mich nur noch in größere Schwierigkeiten! Ich bin unschuldig! Ich habe niemanden getötet! Ich weiß überhaupt nichts von diesem Geschäft! Ich weiß überhaupt nichts über Rauschgift!«

Ruhig sagte Fletch: »Ich glaube, wenn Peterman noch am Leben wäre, würde ich den Schweinehund umbringen.«

»Fantastisch! Also war ich es, ja?«

»Du hattest allen Grund dazu.«

»Nun, ich war's aber nicht.« Sie lehnte sich vor, um die Tränen auf ihrer Leinenjacke zu trocknen. »Soweit ist es also mit mir gekommen, daß ich in diesem dämlichen Haus sitze und mir die Augen aus dem Kopf heule, daß Leute Steine werfen ...«

»Sy Koller weiß alles über diese sonderbare Filmfinanzierungssache. Ich habe mit ihm gesprochen. Ich frage mich, wie weit er in diese ganze Geschichte verwickelt war. Er wußte, daß Peterman und Buckley irgendwas zusammen gemauschelt haben.«

»Na, los doch, laß Sy Koller verhaften. Dann kann er bei seiner eigenen Hinrichtung Regie führen und sie damit auch vermasseln.«

Es klopfte an die Tür.

Lopez stand im Gang. »Chief ...«

»Nachman?«

»Die Polizei. Am Telefon. Sie sagt, sie müßte Sie unbedingt sprechen.«

»In Ordnung. Ich gehe unten an den Apparat.«

Im Schlafzimmer war Moxie aus ihrem Sessel aufgestanden und hatte den Fernsehapparat wieder eingeschaltet. Der Mittagswetterbericht lief gerade. Es sei ein schöner Tag, hieß es.

Koller war gerade die Treppe heraufgekommen und ein wenig außer Atem. Sein schwarzes T-Shirt spannte mehr als üblich.

Im Flur sagte Fletch zu ihm: »Sy, diese Geschichte, die Sie mir da neulich abends erzählt haben. War es gestern abend? Über diese Prügelei zwischen Ihnen und Peterman.«

Koller stand dicht vor Fletch und sah ihn mit großen Augen an. Sein Atem roch nach Alkohol.

»Sie sagten, daß Peterman Filme fingierte und das Geld, das er dafür beschaffte, in die eigene Tasche steckte. Aber Sie wußten, daß er damit in Wirklichkeit die weltweite Verschiebung von Rauschgiftgeldern kaschierte. Richtig?«

Koller hob die Hand, als wolle er nach etwas in Augenhöhe grapschen. »So hab' ich ihn beim Schlafittchen gepackt.«

Koller schlurfte den Flur hinunter auf sein Zimmer zu.

»Sy? Sie wußten doch, daß *Midsummer Night's Madness* nie zur Aufführung freigegeben würde ...«

An seiner Tür drehte sich Koller herum. »Alles für einen Job, mein Junge. Alles für einen Wochenlohn.«

Er schloß die Tür hinter sich.

34

»Und wie ist das Wetter am Bonito Beach jetzt?« sagte Fletch ins Telefon. »Immer noch fotogen?«

»Ich bin nicht in Fort Myers«, sagte Chief of Detectives Roz Nachman. »Ich bin am Flughafen von Key West. Und ich habe meine letzte Münze in den Telefonapparat gesteckt, als ich darauf wartete, daß Sie endlich ans Telefon kommen.«

»Entschuldigung. Mußte noch den Mittagswetterbericht im Fernsehen mitkriegen.«

»Ich warte darauf, daß mich die örtliche Polizei abholt.«

»Die haben heute morgen viel zu tun gehabt. Waren schon früh auf den Beinen, um die Bürger aus den Federn zu treiben –«

»Ich habe vorhin schon einmal angerufen, bevor ich das Büro verließ, aber irgend jemand beteuerte beharrlich, daß Sie nicht da wären.«

»Ich habe der Polizei bei einem tiefschürfenden Problem geholfen. Haben Sie Neuigkeiten?«

»Sorgen Sie doch bitte dafür, daß niemand das Haus verläßt, bevor ich da bin.«

»Welche Neuigkeiten haben Sie?«

»Falls nicht alle da sind, wenn ich eintreffe, dann mache ich Sie dafür verantwortlich, Mister Fletcher.«

»Hatte Steve Peterman einen Wagen gemietet, bevor er den Wagen mietete, den Sie untersucht haben?«

Nachman zögerte. »Ja. Genau den gleichen blauen Cadillac. Bei einer anderen Firma. Am Tag des Unfalls hat er den einen Wagen am Flughafen abgegeben, ließ ihn auf dem Parkplatz stehen und mietete einen anderen.«

»Und war der erste Wagen beschädigt?«

»Ja!«

»Ist es ein Unfall mit Fahrerflucht gewesen?«

»Ja. Blut, Stoffetzen unter dem vorderen Kotflügel. Der Kotflügel selbst ist gereinigt worden.«

»Stimmt das Blut überein?«

»Wir vermuten es. Wir werden es bald wissen. Da kommt ein Polizeiwagen. Ich gehe wohl besser nach draußen, damit sie mich sehen. Lassen Sie ja niemanden weggehen, Fletcher.«

»Wir freuen uns auf Ihren Besuch, Chief. Ich zumindest.«

35

Fletch ging wieder hinauf ins Schlafzimmer und schloß die Tür. Das Fernsehen lief immer noch, mit gedämpfter Lautstärke. In einer Frauengesprächsrunde wurde über den Herpes diskutiert.

Fletch setzte sich zu Moxie in den Doppelsessel und nahm ihre Hand.

»Nachman ist auf dem Weg vom Flughafen hierher«, sagte Fletch. »Um Geoffrey McKensie wegen des Mordes an Steven Peterman zu verhaften.«

Das Fernsehen gab Frauen den Rat, nicht depremiert zu sein, wenn sie mal einen Herpes hätten.

»Peterman hat McKensies Frau getötet«, sagte Fletch. »Fuhr sie mit einem gemieteten blauen Cadillac über den Haufen.«

Wieder kullerten Tränen über Moxies Wangen.

»Wie du siehst«, sagte Fletch, »hatte Koller recht: McKensie wußte genau, wie man eine Dekoration manipuliert.«

Moxie zog ihre Hand weg, stand auf, ging zum Bett und setzte sich auf die Kante.

Sie schluchzte.

Fletch griff sich ein Papiertuch vom Nachttisch und reichte es ihr. »Eigentlich dachte ich, du wärst erleichtert.«

»Armer Geoff.« Sie schneuzte sich die Nase. »Armer, verfluchter Geoff. Warum mußten sie das herausfinden?«

Sie rang nach Atem, lief ins Badezimmer und schloß die Tür.

Fletch hörte, wie sie schluchzte und ihre Nase schneuzte und noch mehr schluchzte.

»Du findest mich unten«, sagte er zu der verschlossenen Tür.

36

Mrs. Lopez öffnete die Eingangstür des Blauen Hauses, als die Polizei eintraf. Fletch hielt sich im Wohnzimmer in Sichtweite der Eingangstür auf. Er hatte einen Rundgang durch das Haus gemacht, um festzustellen, wo sich jeder befand.

Roz Nachman trat ein. Sergeant Hennings folgte ihr.

Fletch schüttelte ihnen die Hand. »McKensie ist in der kleinen Bibliothek im hinteren Teil des Hauses. Versucht, einen Flug nach Sydney zu organisieren.«

Nachman sagte: »Gut.«

»Heute gibt's viel zu tun für Sie, Sergeant.«

»Mehr als sonst.«

Moxie kam die Treppe herunter. Sie trug die weißen Leinenhosen und Sandalen, die Fletch ihr gekauft hatte. Offensichtlich hatte sie ihr Gesicht mit kaltem Wasser abgewaschen, aber ihren Augen sah man immer noch an, daß sie geweint hatte.

»Hallo, Chief«, sagte sie.

Chief Nachman sagte: »Sie haben das Recht, die Aussage zu verweigern –«

»Was!« brüllte Fletch.

»Würden Sie mir bitte erlauben, diese Dame über ihre Rechte aufzuklären?«

»Sie verhaften Moxie?«

»Falls Sie die Güte haben, nicht mehr soviel Krach zu machen.«

»Aber das können Sie nicht!«

»Ich kann. Ich werde. Ich muß. Ich verhafte Miss Moxie Mooney wegen Mordes an Steven Peterman.«

Frederick Mooney stand in der Wohnzimmertür. Seine Augen waren eingefallen und leer.

»Geoff McKensie hat Peterman getötet!« schrie Fletch. Er sah sich um. McKensie stand am Ende des Flurs vor der Tür zum Billardzimmer. »Peterman hat McKensies Frau getötet!«

»Tut mir leid, Mister McKensie«, sagte Nachman. »Das haben Sie bis jetzt nicht gewußt, nicht wahr?«

McKensie, der im Schatten des dunklen Flurs stand, wurde blaß unter seiner Bräune.

»Natürlich hat er's gewußt!« insistierte Fletch.

»Er war an diesem Tag gar nicht am Drehort, Mister Fletcher. Jedenfalls nicht am Nachmittag. Er war in Miami, hat mit Anwälten gesprochen.«

»Ich habe ihn auf dem Polizeirevier gesehen.«

»Ja, er war auf dem Polizeirevier. Er hatte die Meldung im Autoradio gehört und war direkt zum Polizeirevier gefahren. Er war nicht am Drehort.«

»Er hat die Dekoration manipuliert.«

»Die Dekoration war nicht manipuliert«, sagte Nachman. »Laut Auskunft der Experten.«

»O Gott«, sagte Fletch.

Nachman klärte Moxie Mooney ausführlich über ihre Rechte auf. Für Fletch klang es wie das Gemurmel über einem Grab. Moxie starrte Nachman mit glasigen Augen an. Mrs. Lopez machte ein langes Gesicht. Mooney schwankte wie benommen in der Tür zum Wohnzimmer hin und her. Am Ende des Flurs lehnte McKensie an einem Tisch.

»Welche Beweise?« fragte Fletch lahm.

»Schluß jetzt, Fletcher«, sagte Nachman, als ermahnte sie ein kleines Kind. »Jede Menge Beweise. Motiv: Wir haben einen Bericht über ihre finanzielle Situation erhalten. Welche krummen Touren Moxie und Peterman auch gedreht haben, für Moxie war es garantiert unerträglich geworden. Gelegenheit: Sie war mit ihm am Schauplatz; sie trug einen weiten Bademantel, in dem man mit Leichtigkeit ein Messer verstecken konnte; sie ging gerade hinter ihm vorbei, als er erstochen wurde. Dan Buckley war auch am Schauplatz, konnte aber dieses Messer unmöglich in seiner Kleidung versteckt haben, und außerdem verließ er für keinen Moment seinen Stuhl. Motiv und Gelegenheit liefern die Beweise.«

Frederick Mooney, der aussah, als müßte er sich gleich übergeben, ging schweigend durch die Eingangshalle zur Treppe. Seine Finger berührten ganz leicht Moxies Schläfe.

Ihre Augen folgten ihm, als er die Treppe hinaufstieg.

Sergeant Hennings löste die Handschellen von seinem Gürtel. Er sagte zu Fletch: »In Ordnung, wenn ich sie verhafte? Sie ist talentiert und berühmt.«

»Es ist nicht in Ordnung!« rief Fletch. »Keine Handschellen!«

»Tut mir leid, Miss«, sagte Hennings zu Moxie. »Vorschriften der Polizeibehörde.«

»Muß ich denn nicht meine Zahnbürste holen?« fragte Moxie.

»Wir stellen neuerdings auch Zahnbürsten zur Verfügung«, sagte Nachman. »Insbesondere bei Kapitalverbrechen.«

Moxie hielt ihre Handgelenke hin. Moxie Mooney sah verkrampft und abgehärmt aus.

Sie lächelte Fletch zu. »Welchen Spruch hast du für Tapferkeit auf Lager?«

Fletch antwortete wie betäubt: »Unter Tapferkeit mußt du dir etwas vorstellen, was du dringend brauchst.«

»Aha«, sagte Moxie. »Ich werde es mir merken.«

»Ich begleite dich«, sagte Fletch.

Roz Nachman sagte: »Tut mir leid, Irrwisch, aber das werden Sie nicht tun. Nicht genug Platz im Hubschrauber.«

Sergeant Hennings führte Moxie am Ellbogen sanft durch die Haustür.

Moxie sah zu Fletch zurück. »He, Fletch?« fragte sie. »Du hast mir's nie verraten. Hier ist deine letzte Chance. Warum wird dieses Haus das Blaue Haus genannt?«

Nachman reckte ihre Nase zur Decke. »War früher mal ein Bordell«, sagte sie.

»Tatsächlich? Das ist mir neu«, sagte Fletch und drehte sich in der Eingangshalle einmal um die eigene Achse.

McKensie kam heran. Bitter sagte er zu Fletch: »Danke, Sportsfreund.«

Dann stieg er die Treppe hinauf.

Von der vorderen Veranda des Blauen Hauses aus schaute Fletch zu, wie sie Moxie in einen Polizeiwagen verfrachteten. Chief of Detectives Roz Nachman setzte sich neben sie auf den Rücksitz.

Er schaute zu, wie der Wagen fortfuhr.

Er starrte auf die Stelle, wo der Wagen gestanden hatte. *Moxie... Spaß und Spielereien... so viele Bilder von Moxie... an diesem und an jenem Strand... auf der Straße... im Klassenzimmer... in kleinen Theatern... in diesem und in jenem Zimmer... wird in Handschellen auf den Rücksitz eines Polizeiwagens verfrachtet.*

Hinter ihm sagte Mrs. Lopez: »Kann ich Ihnen etwas bringen, Mister Fletcher? Vielleicht einen Drink . . .?«

Er sagte: »Apfelsaft.«

Sie sagte: »Wir haben keinen Apfelsaft.«

»Sie haben keinen?« Er drehte sich zu ihr herum.

»Wir haben nie Apfelsaft im Haus. Warum sollten wir im Land des Orangensaftes Apfelsaft im Haus haben?«

Fletch starrte sie an.

»Ich kann Ihnen einen schönen Drink mit Rum und Orangensaft machen.«

»Entschuldigen Sie mich.«

Fletch ging an ihr vorbei und die Treppe hinauf.

37

Fletch klopfte an Frederick Mooneys Schlafzimmertür und trat ein, ohne auf eine Antwort zu warten.

Mooney saß in einem Morris-Sessel, die Hände im Schoß. Stumm betrachtete er Fletch.

»Seit wann trinken Sie nicht mehr?« fragte Fletch.

»Seit über drei Jahren.«

Die Fluglinientasche stand auf dem Boden neben dem Bett. Fletch hockte sich neben sie und zog eine der Flaschen heraus. Er schraubte die Flasche auf und schnupperte daran.

»In den meisten Bars gibt's keinen Apfelsaft«, sagte Mooney.

Fletch stellte die Flasche auf die Kommode. »Sie sind ein verteufelt guter Schauspieler.«

»Ich dachte, das wüßten Sie.« Mooney setzte sich in seinem Sessel zurecht. »Ich war natürlich im Vorteil. Wenn einen die Leute erst einmal als Säufer eingestuft haben, dann sehen sie einen auch als Säufer.«

»Moxie sagte, Sie wären betrunken gewesen, als sie in ihrer Wohnung in New York ankam.«

»Da ich wußte, daß sie irgendwann einmal vorbeischauen würde, hatte ich den Schauplatz entsprechend hergerichtet. Überall leere Flaschen, schmutzige, stinkende Gläser . . .«

»Aber warum?«

»Ich wollte sie sehen, ohne gesehen zu werden, sozusagen. Den geläuterten Frederick Mooney hätte sie aus ihrem Leben verbannt. Ich hatte sie zu viele Jahre aus meinem Leben verbannt. Sie hätte sich dem großen Mann, ihrem Vater, gegenüber kühl und korrekt benommen. Die beste Möglichkeit, sie zu sehen, sie so zu erleben, wie sie wirklich ist, sie kennenzulernen, schien mir die zu sein, mich von ihr abhängig zu machen. Einem hilflosen alten Mann, einem kritiklosen Säufer gegenüber war Marilyn sie selbst. Ich habe sie in den letzten paar Wochen wirklich kennengelernt. Und sie ist einfach ganz wunderbar.«

»Aber sie hat Sie nicht kennengelernt.«

»Das spielt keine Rolle«, sagte Frederick Mooney. »Das ist alles auf Film.«

»Demnach haben Sie in der Wohnung in New York alles mitbekommen. Alles über Peterman –«

»Natürlich. Ich habe sogar eines Nachmittags, als sie ausgegangen war, das Drehbuch von *Midsummer Night's Madness* gelesen. Ich wußte, daß da eine krumme Sache lief.« Fletch, der sich immer noch nicht von dem Schock erholt hatte, warf dem Mann einen verstohlenen Blick zu. Er konnte es einfach nicht fassen, welch überragende schauspielerische Begabung dieser Mann besaß. Diese ganze Peterman-Peterkin-Peterson-Patterson-Show war absichtlich inszeniert worden. ». . . als ich in den Zwanzigern war, wurde ich von einem dieser scheinheiligen Freund-Manager, Betonung auf *Freund*, praktisch ruiniert. Fünf Jahre lang schleifte man mich durch die Gerichtssäle. Diesem Menschen hatte ich vertraut. Meine Arbeit, mein Schlaf, meine Gesundheit waren praktisch ruiniert. Man fühlt sich so verletzt, so schwach, und kann sich nicht dagegen wehren. Und kreative Arbeit zu leisten, während man diesem Gefühl der Schwäche und des Verletztseins hilflos ausgeliefert ist, ist ungeheuer schwer. Der Kopf ist wie ausgehöhlt. Schöpferische Menschen sollten irgendwie gesetzlich geschützt sein. Von uns gibt es wirklich nicht allzu viele, und unsere Zeit ist kurz, unsere Kräfte sind begrenzt. Unsere Kräfte sollten nicht von Anwälten aufgezehrt werden, die ihre Papiermätzchen treiben. Als ich Ende dreißig war, passierte mir etwas Ähnliches noch einmal. Wenn ich damals gewußt hätte, was ich heute weiß – daß unsere Kräfte nämlich nicht ewig währen –, hätte ich jeden getötet, der derart mit mir umgesprungen wäre.«

»Statt dessen haben Sie Steve Peterman getötet.«

»Ich habe nicht viel für Moxie tun können, als Vater. Ich wollte nicht, daß man sie jahrelang durch die Gerichte schleifte, sie demütigte, einen Narren aus ihr machte, ihr Leben und ihre Arbeit zerpflückte und öffentlich ausbreitete, sich über ihr gesamtes Privatleben hermachte. Das alles zu verhindern, das war etwas, was ich für sie tun konnte.«

»Wie haben Sie es gemacht?«

»Ich bin Schauspieler. Ein sehr gut geschulter Schauspieler.«

»Sie wissen, wie man als Gardeoffizier und als Indianer ein Pferd reitet, wie man mit einer Schußwaffe umgeht, als wäre sie eine natürliche Verlängerung Ihrer Hand ...«

»Sie haben diesen kleinen Sermon, den ich im Dirty Harry's von mir gegeben habe, ja gehört.« Mooneys Augen wanderten über die Palmen vor den Fenstern. »In Colleges war ich damit früher immer recht erfolgreich.«

»Erst vor wenigen Minuten«, sagte Fletch, »als sie Moxie abtransportierten, erinnerte ich mich daran, daß sie mir vor Jahren einmal erzählt hat, Sie hätten als Kind in den Vergnügungsparks, oder was auch immer, auf Kleinstadttourneen sogar, in einer Messerwerfernummer mitgewirkt. Kurz zuvor war mir in den Sinn gekommen, daß ich drei leere Apfelsaftflaschen in der Mülltonne gesehen hatte.«

»Sie wären überrascht, wie die physischen Fähigkeiten Ihrer Jugend wieder zurückkehren, nachdem Sie vollkommen abstinent geworden sind.« Mooney lächelte. »Ich war sowieso nie der Trinker, den man aus mir gemacht hat. Ich habe dieses Image kultiviert. Es erhöhte die Spannung der Zuschauer, wenn ich Ihnen die Frage suggerierte, ob ich wohl zu betrunken wäre, um weiterzumachen, zu betrunken, um das Stück zu beenden. Ich glaube, Kean hat sich desselben Tricks bedient. *Seht nur den alten Mooney, schon wieder betrunken. Unmöglich, daß er selbst so wundervoll spielt, es muß irgendein Gott sein, der in seiner Gestalt spielt.*. Sehen Sie, jeder hatte den *Hamlet* schon mal gesehen, kannte den Inhalt. Man mußte sie daran zweifeln lassen, ob Mooney den *Hamlet* spielen konnte. Wieder und immer wieder. Glauben Sie mir, Freund und Geliebter meiner Tochter, kein Mensch könnte das, was ich getan habe, in dem betrunkenen Zustand tun, in dem ich angeblich gewesen sein soll. Natürlich habe ich nicht zwanzig oder dreißig Filme gedreht, ohne zu wissen, was ich tat. Die Leute sind bereit, alles glauben ...«

»Mister Mooney, wie haben Sie den Mord eigentlich begangen? Da waren doch überall Kameras.«

»Ich habe mich als Müllmann verkleidet. Ein paar alte Klamotten, mehr Haare, mehr Bart, verlegen auf dem Drehgelände herumstehen, herumlaufen, herumschlendern und dabei jedes einzelne Bonbonpapier, jede einzelne Zigarettenschachtel aufsammeln.« Er lachte in sich hinein. »Edith Howell bat mich, eine Mülltonne von ihrem Wohnwagen wegzuräumen. Nein, sie hat nicht gebeten. Sie hat befohlen. Nannte mich einen faulen, alten Sack, als ich mich langsam auf meinen angeblich wunden Füßen bewegte. Keine sehr nette Lady, diese Edith Howell.«

»Sie hat ein Auge auf Ihre Millionen geworfen.«

»Auf der Bühne hat sie auch schon immer in die verkehrte Richtung gesehen. Sie pflegte entweder einen Meter mehr zum Hintergrund oder einen Meter mehr zum Vordergrund der Bühne zu sehen, als sie sehen sollte. Diese Frau hat mich während der gesamten Spielzeit von *Time, Gentleman, Time* fast zur Verzweiflung getrieben.«

»Und haben Sie Millionen von Dollar?«

»Sicher.«

»Viele Millionen?«

»Warum nicht? Ich habe einen einträglichen Beruf ausgeübt. Habe mein ganzes Leben lang hart gearbeitet und bin gut dafür bezahlt worden. Hatte nie kostspielige Bedürfnisse. Ein Hotelzimmer ist so gut wie das andere.«

»Oh. Moxie glaubt, daß Sie pleite sind.«

»Es hat ihrer Psyche wohlgetan, so zu denken.«

Fletch seufzte.

»So, als ein altes, geduldetes Mitglied des Dienstpersonals«, fuhr Mooney fort, »war es mir möglich, beim Aufbau der Dekoration für die *Dan Buckley Show* zuzuschauen. Denken Sie, ich wüßte nicht, wie man einen Kamerawinkel berechnet? Ich lief den ganzen Strand hinunter und näherte mich dem geschlitzten Vorhang hinter der Dekoration vom Wasser her. Ich mußte in einem sehr sorgfältig errechneten Z laufen. Auf dem Film tauchte ich zu keiner Sekunde auf. Und Gott sei Dank wehte nur eine ganz leichte Brise. Der Vorhang bewegte sich also mehr oder weniger überhaupt nicht.«

»Warum haben Sie Peterman ausgerechnet in dem Moment das Messer in den Rücken geworfen, als Moxie gerade hinter ihm vorbeigegangen war?«

»Hab' ich das? Das wußte ich nicht. Ich habe nicht zugeschaut, verstehen Sie, das konnte ich nicht, ohne daß man mich entdeckt hätte. Ich warf das Messer genau in dem Moment, in dem die Brise den Vorhang teilte.«

»Und dann sind Sie in einem großen Z zum Wasser zurückgegangen.«

»Ja. Und bis Sie mich in dieser Bar aufgabelten, hatte ich bereits gut zwei Stunden oder länger meine Säuferrolle gespielt. Und ich hatte den Barkeeper überzeugt, daß ich bereits betrunken angekommen war.«

»Und niemand traute Ihnen eine solche Sache zu.«

»Nicht einmal Sie.«

»Und wie sind Sie so einfach ins Drehgelände und wieder hinaus gekommen?«

»Immerhin«, sagte Frederick Mooney, »bin ich Frederick Mooney.«

»Ja. Das habe ich schon mal gehört.«

»Ich wurde angehalten und mußte mich ausweisen, mich eintragen und wieder austragen – ehrlich. Bei mir müssen nicht alle Vorschriften eingehalten werden, wissen Sie.«

Fletch schüttelte den Kopf und lachte vor sich hin. »Es gibt da einen großen schwarzen Hund, der auf den Namen Rex hört und im Dirty Harry's ein und aus geht. Ich bin am folgenden Abend noch einmal da gewesen, weil ich dachte, Sie hätten ihn anstelle eines rosa Elefanten gesehen.«

»Fletch ... es ist Ihnen doch recht, wenn ich Sie Fletch nenne, oder?«

»Ich weiß nicht. Ich hatte mich irgendwie schon an Peterkin gewöhnt.«

»Hätten Sie etwas dagegen, einen Drink mit mir zu nehmen?«

»Ist das Ihr Ernst?«

»In dieser Flugtasche dort ist noch eine andere Flasche. Das echte Zeug. Im Badezimmer sind zwei Gläser.«

»Aber klar.«

Als er die Drinks eingeschenkt hatte, stellte Fletch auch diese Flasche auf die Kommode und reichte Mooney eins der Gläser.

»Auf Ihr Wohl, Mister Mooney. Es ist wirklich interessant, Sie zu kennen.«

»Auf Ihr Wohl, Fletch. Sie haben Ihr Möglichstes versucht, denke ich.«

Nachdem sich der Kognak in Fletchs Kehle verflüchtigt hatte, fragte er: »Meinten Sie, ungestraft davonzukommen?«

»Nein.« Mooney schien sich in diesem Punkt ganz sicher zu sein. »Natürlich habe ich damit gerechnet, daß man mich erwischen würde.«

»Warum haben Sie dann ein derart raffiniertes Verbrechen begangen?«

»Ich bin ein Perfektionist. Außerdem habe ich dadurch, daß ich allen Leuten Rätsel aufgab, mehr Zeit mit Marilyn gewonnen. Nicht viel.«

»Was hatten Sie vor, wenn Sie erst einmal erwischt worden wären?«

»Im Hintergrund verschwinden, Fletch, im Hintergrund verschwinden. Mich als Tourist mit rosa Knien und kurzen Hosen oder als bejahrten Strandgammler oder als backenbärtigen Priester zu verkleiden und in die Niederungen der Normalsterblichen hinabzusteigen. Allerdings hätte ich mich lieber an einen abgeschiedenen Ort zurückgezogen, mit einem guten, warmen, freundlichen Pub in der Nähe, wo die Leute sich nicht für Theater oder Film interessieren.«

»Das können Sie im Augenblick nicht tun. Sie haben Moxie verhaftet.«

»Im Augenblick könnte ich überhaupt nichts tun, Sie Mistkerl.« Mooney grinste entschuldigend. »Das haben Sie vermasselt. Sie steckten mich in ein Flugzeug und setzten mich auf einem Fleckchen Sand am Ende der Welt ab. Aus Key West gibt es für Frederick Mooney kein Entrinnen. Selbst als Bettwanze verkleidet, könnte Frederick Mooney kein Boot oder Flugzeug chartern, das ihn von KeyWest wegbringt. Solche Leute schauen einen zu genau an. Am ersten Abend, den ich hier war, bin ich draußen gewesen, um die Lage zu sondieren, und entdeckte, daß ich keinerlei Chance hatte, aus diesem verdammten Nest herauszukommen. Ich bin so viel herumgelaufen und so müde geworden, daß ich in eine Bar ging und meine Säufernummer abzog. Habe mich von den Cops nach Hause fahren lassen. Nur eine Straße führt hier raus, und Edith Howell hat mir von all diesen Brücken zwischen hier und dem Festland erzählt.« Zuneigung lag in Mooneys Blick und seinem leisen Lachen. »Sie Mistkerl.«

»Tut mir leid. Wissen Sie, daß Peterman McKensies Frau getötet hat? Sie mit einem Auto über den Haufen fuhr?«

»Überrascht mich nicht. Er hat eine Menge Menschen vernichtet und hätte noch mehr vernichtet. Um was hat es sich bei dieser ganzen Sache eigentlich gehandelt? Um Rauschgifthandel?«

»Ja.«

»Nun ja«, sagte Mooney, »wenn der Bonbon- und Zeitungsladen an der Ecke keine Bonbons und Zeitungen verkauft, ist klar, daß er mit etwas anderem handelt.«

Fletch stellte sein leeres Glas auf die Kommode. »Denke, daß Sie und ich zusammen nach Fort Myers fliegen müssen.«

Mooney sagte: »Wir wollen Marilyn nicht zu lange in Haft lassen.«

»Ach, übrigens«, fragte Fletch, »warum haben Sie da unten eigentlich nicht gleich alles gestanden – bevor man sie wegbrachte?«

»Können Sie sich vorstellen, daß ich wie gelähmt war? Ich hatte so viele Mordtheorien herumschwirren hören, daß ich dachte, wir könnten noch sehr viel mehr Zeit zusammen verbringen. Ich hatte nicht gewußt, daß Moxie hinter Peterman vorbeigelaufen war. Ich war ehrlich wie gelähmt. Ich konnte mir einfach nicht vorstellen, wie ich das da unten bewerkstelligen sollte. Schließlich hatte ich mich hier erfolgreich als einen kranken, alten Mann ausgegeben. Was hätte ich denn sagen sollen – *ich trinke nicht mehr, und ich hab's getan?* Moxie hätte gesagt, *Oh, verdammt!*«

»O. E.«

»Die werden einen Moment brauchen, um das hier zu begreifen Die Vorhänge werden fallen und die Lampen auf die Bühne gerichtet sein müssen. Junger Mann, ich kenne mein Publikum.«

Fletch sagte: »Ich werde jetzt herumtelefonieren und versuchen, ein Flugzeug zu chartern.«

Mooneys leeres Glas stand auf der Armlehne seines Sessels. Seine Finger lagen gefaltet in seinem Schoß.

An der Tür sagte Fletch: »Noch eine Frage, Mister Mooney. Als Sie und ich uns zum ersten Mal trafen, in dieser Bar am Strand, erzählten Sie mir, daß Moxie – Marilyn – vielleicht jemanden umgebracht hat, einen Lehrer, einen Schauspielpauker, als sie vierzehn war.«

Mooney nickte.

»Warum haben Sie mir das erzählt – wenn Sie doch wußten, daß sie Peterman nicht getötet hatte?«

»Um den Verdacht – insbesondere Ihren Verdacht – von mir abzulenken. Ich wußte, daß Marilyn nach Ihnen geschickt hatte. Ich wußte, wer Sie sind – ein alter Freund und Geliebter von Marilyn. Ich wußte, daß es Ihnen äußerst schwerfallen würde zu glauben, daß Marilyn einen Mord auf dem Gewissen hatte. Ich habe es Ihnen leichter gemacht, indem ich Zweifel in Ihnen weckte.«

»Sie haben mich blind gemacht«, sagte Fletch. »Seitdem habe ich nicht mehr logisch gedacht.« Fletchs Hand lag auf dem Türknopf. »Was war wahr an der Geschichte – alles?«

»Haben Sie Marilyn danach gefragt?«

»Ja.«

»Und versicherte sie Ihnen, sie hätte Mister Hodes nicht getötet?«

»Nein. Das hat sie nicht.«

»Ach, diese Marilyn.« Mooney schüttelte lächelnd den Kopf. »Sie weiß genau, wie man ein Publikum fesselt.«

38

Es kostete Fletch mehr Zeit als erwartet, ein Flugzeug nach Fort Myers zu chartern. Schließlich fand er einen Charterdienst in Miami, der bereit war, nach Key West herunterzufliegen und sie abzuholen. Es würde eine Weile dauern, bis das Flugzeug ankam.

Als Fletch in die Eingangshalle zurückging, sah er durch die offene Haustür, daß Geoffrey McKensie auf der Straße war und sein Gepäck in dem kleinen gelben Wagen verstaute.

Ungefähr ein Dutzend Leute beobachteten das Haus von der anderen Straßenseite aus.

Fletch ging auf den Bürgersteig hinaus, stand einen Moment schweigend da. Dann sagte er zu McKensie: »Es tut mir leid, daß alles so miserabel für Sie gelaufen ist.«

Ein Müllwagen fuhr vorbei. Längsseits trug er die Aufschrift WIR LIEFERN HOCHZEITSESSEN.

Den Kopf im Kofferraum sagte McKensie: »Jedesmal, wenn wir Aussies Australien verlassen, werden wir als Kanonenfutter benutzt.«

»Das ist historisch aber nicht belegt.«

Mc Kensie knallte den Kofferraumdeckel zu. »Diesen Burschen hier werden Sie an diesen Küsten nicht wiedertreffen.«

»Schade, daß Sie so empfinden. Ihnen ist ein einzelner mieser Ganove, ein Mörder in die Quere gekommen –«

»Das ist nicht alles, Bruder.« McKensie stieg in den Wagen, schloß die Tür, kurbelte das Fenster herunter, ließ den Motor an. »Ich habe meine Erfahrung mit der amerikanischen Filmindustrie gemacht. Meine erste und meine letzte.«

Er fuhr davon.

In der Eingangshalle sagte Edith Howell: »Es tut mir ja so leid, Fletcher. Geoff hat uns alles darüber erzählt, wie die Polizei Moxie abschleppte. Nicht, daß ich ihr verübelte, diesen Steve Peterman um die Ecke gebracht zu haben. Gräßlicher Mensch! Das habe ich ja immer gesagt, nicht wahr, John?« John Meade hatte Gepäck die Treppe heruntergetragen. Stella und Gerry Littleford kamen mit Gepäck die Treppe herunter, ebenso Sy Koller. Jeder trug Gepäck, nur Edith Howell nicht. »Wir hatten nur gehofft, daß ihr noch ein wenig mehr Zeit geblieben wäre, bevor man sie einsperrte. Sie hat ja so hart gearbeitet.«

Auf der Straße zog eine Fuhre Schaulustiger vorüber... *wurde heute nachmittag die Schauspielerin Moxie Mooney wegen Mord ersten Grades verhaftet. Noch eine Klatschgeschichte über Key West...*

Fletch beschloß, niemanden mit den Fakten zu beunruhigen, diese Leute einfach ziehen zu lassen. Frederick Mooney aus dem Haus und zum Flughafen zu bringen, wäre viel leichter, wenn ihm das schockierte und neugierige Geschnatter dieser Leute erspart blieb.

»Wo ist Freddy?« fragte Edith. »Läßt sich, so schnell er kann, bis zum Rand vollaufen, nehme ich an.«

»Vielleicht.«

»Oh, ich kenne meinen Freddy«, sagte Edith. »Ich möchte diesen Mann nicht für all seine Millionen geschenkt haben. Rührei statt Gehirn.«

»Als Mrs. Mooney würde man dich eher beschäftigen, Edith«, sagte Sy Koller.

Alle Leute, die Gepäck trugen, versuchten, sich in der Eingangshalle um die Person zu scharen, die kein Gepäck trug. Edith Howell drapierte sich wohlgefällig im Mittelpunkt.

»Ich glaube auch nicht, daß Freddy der große Schauspieler ist, für den die Leute ihn halten«, sagte Edith. »In *Time, Gentleman, Time* hat er mir meine ganze Rolle geschmissen. Äußerst lästig. Natürlich wußte ich, wie sehr er sich danach sehnte, wegen eines Drinks in seine Garderobe zurückzukommen.«

Fletch beobachtete, wie sie den weiteren Verlauf der Abreise durchsprachen. Man hätte meinen können, sie verließen ein Hotel. Edith Howell belaberte John Meade, daß man Miami *über diese Brücken* vor Einbruch der Dunkelheit erreichen müsse. Die Littlefords sagten, sie müßten nach Vanderbilt Beach zurück, da sie dort Gepäck zurückgelassen hätten. Sy Koller grummelte, daß er ja wohl zum Bonito Beach zurück müsse, um die Schließung des Drehgeländes von *Midsummer Night's Madness* zu überwachen. »Wenn ich das nicht wenigstens pro forma tue«, sagte Sy, »dann wird man mich nie wieder beschäftigen, fürchte ich.« Stella Littleford hielt ihren bandagierten Kopf gerade und sagte nichts. Nur John Meade schüttelte Hände und sagte auf Wiedersehen und danke schön.

Bevor er in den Wagen stieg, sagte Gerry Littleford: »Ach ja, Fletch. Da hat jemand angerufen. Mit einem englischen Akzent.

Hab' den Namen nicht verstanden. Sprach so schnell. Ich wußte nicht, wo Sie steckten. Er sagte, ich solle Ihnen ausrichten, daß Scarlet Irgendwas, Pumpernickle?, ein Fünfundzwanzigtausend-Dollar-Rennen gewonnen hat.«

»Das darf doch wohl nicht wahr sein!«

»Wußte ja gar nicht, daß Sie an Pferderennen teilnehmen.«

»Und ich wußte nicht, daß auch Scarlet Pimple-Nickle an so was teilnimmt.«

Wäre er Pförtner gewesen, hätten sie ihm vielleicht ein Trinkgeld gegeben. So jedoch fuhren sie alle in zwei Wagen davon, im Moment wohl etwas ratlos, wie Fletch vermutete, aber nur im Moment, denn trotz allem glaubten sie fest daran, daß eines schönen Tages der richtige Stoff und die richtigen Leute zusammenkommen und sie eine Illusion schaffen würden, die glaubwürdiger war als die Wirklichkeit, und man würde sie dafür bezahlen und ihnen applaudieren.

39

Als er diesmal an Frederick Mooneys Schlafzimmertür klopfte, wartete er auf eine Antwort. Es kam keine. Er klopfte noch einmal.

Er öffnete die Tür.

Frederick Mooney lag rücklings auf dem Bett. Auf dem Nachttisch standen ein Glas und eine der Flaschen, dreiviertel voll.

Fletch schloß die Tür und trat ans Bett. »Mister Mooney?«

Er schüttelte seinen Arm. »Oh, nun kommen Sie schon. Ich kann auf eine Schlußvorstellung verzichten.«

Er schnupperte an der Flasche auf dem Nachttisch. Kognak.

»Nun kommen Sie schon«, sagte Fletch. »Ich glaube Ihnen ja, daß Sie auch noch länger den Atem anhalten und sich tot stellen können als alle anderen, die jemals auf der Bühne gestanden haben.«

An der anderen Seite von Mooneys Bett stand eine leere Tablettenflasche. Ohne Verschluß. Fletch langte über Mooney hinweg und nahm sie in die Hand. Auf dem Etikett stand, daß es sich um verschreibungspflichtige Schlaftabletten handelte.

»Mister Mooney!« sagte Fletch. »Sie haben den Schauplatz wirklich hübsch hergerichtet, aber jetzt lassen Sie uns endlich gehen.«

Er schüttelte ihn noch einmal. »Himmel«, sagte Fletch. »Das ist doch nicht möglich!«

Er fühlte nach dem Puls an Mooneys Handgelenk. Nichts. Frederick Mooney atmete überhaupt nicht.

»O. E.!« Fletch ließ Mooneys Hand fallen. »Verdammt nochmal, Sie geben ja überhaupt keine Vorstellung mehr!«

Ein Tränenschleier zog sich über Fletchs Augen. Durch die Fenster schien hell die Nachmittagssonne.

Auf dem Schreibtisch lagen zwei Briefumschläge und eine unverschlossene Nachricht. Fletch ging zum Schreibtisch. Die beiden Umschläge waren versiegelt. Auf dem einen stand *Ms Marilyn Mooney*, auf dem anderen *An die Behörden*.

Die unverschlossene Nachricht war an ihn gerichtet.

Fletcher,

»Darf ich Sie bitten, uns noch einen Gefallen zu tun? Bitte händigen Sie diese Briefe an die angegebenen Adressaten aus.

Der Brief an die Behörden beschreibt so ausführlich, wie und warum ich Steven Peterman getötet habe, daß ihnen nichts anderes übrigbleibt, als mir zu glauben. Mein Arzt wird bezeugen, daß ich vollkommen abstinent bin, seit ich vor über drei Jahren Schwierigkeiten mit dem Herz bekam. Ich habe den Behörden seinen Namen genannt.

Der Brief an Marilyn kann nicht alles erklären. Vielleicht können Sie ihr helfen, zu verstehen. In dem Brief steht, daß ich es genossen habe, diese Wochen mit ihr zusammen zu sein, sie sozusagen aus den Kulissen heraus zu beobachten, ihr zu applaudieren, sie zu lieben. Ich teile ihr außerdem mit, daß ich ihr genügend Geld hinterlasse, so daß sie sicherlich in der Lage sein sollte, all diese finanziellen Forderungen gegen sie zu begleichen, wie hoch sie auch sein mögen, und vielleicht sogar noch soviel übrigbehält, um sich irgendwann in ihrem Leben ein ruhiges Wochenende ohne Arbeit leisten zu können.

Ich werde in diesem Moment an all die Tausende von Nächten erinnert, in denen ich irgendwo irgendein Theater verließ, müde bis auf die Knochen, und allein in irgendein Hotel ging, wo ich nur per Zufall etwas Schlaf finden würde, und mich auf dem Weg dorthin fragte, warum soviel Talent, soviel Sachkenntnis, soviel Kraft vergeudet werden, nur um einer Handvoll Leuten ein paar Stunden lang eine Illusion vorzugaukeln. Wozu? Man kann die Wirklichkeit zwar eine Zeitlang verdrängen, sie aber niemals bezwingen.

Danke für Ihre Gastfreundschaft.

Frederick Mooney

40

Fletch ging in dem stillen Haus nach unten, den Flur entlang, durch das Billardzimmer und in die kleine Bibliothek an der Rückseite des Hauses.

Er setzte sich an den Schreibtisch.

Er wählte Chief of Detectives Roz Nachmans Nummer und hinterließ eine Nachricht mit der Bitte, sofort nach ihrer Rückkehr zurückzurufen.

Er rief Miami an und erkundigte sich nach dem Flugzeug. Es war bereits gestartet. Er bat den Flugdienstleiter, dem Piloten über Funk mitzuteilen, daß er das Flugzeug jetzt für einen Flug nach Fort Myers hin und zurück brauchte.

Dann erinnerte sich Fletch zum erstenmal daran, daß er Tage zuvor einen Mietwagen auf dem Flughafen von Fort Myers stehengelassen hatte. Sein Gepäck war immer noch im Wagen.

Dann rief er Washington, D. C., an. Jetzt war der Moment gekommen festzustellen, ob Global Cable News wirklich irgendeinem *barfüßigen Rotzbengel* zuhören würde, der zufällig eine Story hatte.

Eine Frauenstimme meldete sich. »Guten Tag. Global Cable News. Was kann ich für Sie tun?«

»Hallo«, sagte Fletch. »Mein Name ist Armistad . . .«

Robert B. Parker

Bodyguard für eine Bombe

Ullstein Buch 10103

ein Ullstein Krimi

Rachel Wallace ist eine militante Feministin. Ihr neustes Buch schlägt wie eine Bombe ein, denn es prangert Mißstände an und nennt die dafür Verantwortlichen beim Namen. Als ihr anonyme Anrufer mit Mord drohen, engagiert sich Rachel den Privatdetektiv Spenser als Bodyguard.
Doch auch Rachel ist explosiv. Im falschen Moment geht sie vor Wut hoch und entläßt Spenser. Darauf haben ihre Feinde nur gewartet. Jetzt haben sie freie Bahn . . .

»Parker ist der beste Autor auf diesem Gebiet der Literatur.« THE NEW REPUBLIC

Ted Allbeury

Die Saat der Angst

Ullstein Buch 10083

ein Ullstein Krimi

ATOMUNGLÜCK IM URAL?

New York (dpa). Nach Darstellung des in den Westen emigrierten russischen Wissenschaftlers Medwedjew hat sich im Winter 1957/58 im Ural ein Atomunglück ereignet, das dreitausend Menschen das Leben kostete und weite Landstriche radioaktiv verseucht hat. Die Katastrophe wurde von den Sowjets geheimgehalten.

War es wirklich ein furchtbarer Unglücksfall . . . oder etwa ein kaltblütig gesteuertes Experiment, um die Folgen eines Atomkrieges genau zu erforschen?
Ted Allbeury schrieb einen beklemmenden Thriller, bei dem man nie sicher ist, ob er dem Leser nicht bisher geheimgehaltene Fakten enthüllt.